LISA QUENTIN
Ein völlig anderes Leben

AF217104

GOLDMANN

Buch

Jetzt habe ich niemanden mehr, ist Jules erster Gedanke, als ihre Mutter stirbt. Doch dann findet sie bei der Wohnungsauflösung Unterlagen, die darauf hindeuten, dass sie adoptiert wurde. Jule, die sich ihrer Mutter nie wirklich nah gefühlt hat, beginnt ihre gesamte Vergangenheit zu hinterfragen: den überstürzten Umzug in den Westen, den Kontaktabbruch des Vaters, das Verschwinden der Schwester sowie das beharrliche Schweigen ihrer Mutter dazu. Hätte sie heute ein völlig anderes Leben, wäre sie bei ihrer richtigen Familie aufgewachsen? Wäre sie glücklich? Jule weiß, sie muss ihre leibliche Mutter finden und zur Rede stellen. Und ahnt dabei nicht, dass sie nicht die Einzige ist, die jahrelang nach Antworten gesucht hat …

Mehr Informationen zu Lisa Quentin
finden Sie am Ende des Buches.

Lisa Quentin

Ein völlig anderes Leben

Roman

GOLDMANN

Penguin Random House Verlagsgruppe FSC® N001967

2. Auflage
Taschenbuchausgabe März 2024
Copyright © der Originalausgabe 2022 by
by Wilhelm Goldmann Verlag, München,
in der Penguin Random House Verlagsgruppe GmbH,
Neumarkter Straße 28, 81673 München
Umschlaggestaltung: buxdesign GbR
Umschlagmotiv: © DEEPOL by plainpicture and buxarchiv
LK · Herstellung: ik
Satz: GGP Media GmbH, Pößneck
Druck und Bindung: GGP Media GmbH, Pößneck
Printed in Germany
ISBN 978-3-442-49530-6

www.goldmann-verlag.de

Für Johannes

Prolog

Das Haus atmet im Gleichtakt. Ein tiefer Seufzer im alten Gebälk, ein leises Surren aus der Küche, irgendwoher ein feines Knistern. Dann wird das Haus ganz still, schmiegt seine festen Arme um uns und trägt uns behutsam durch die Nacht.

Meine Tochter schläft unten im Wohnzimmer, eingewickelt in meine wärmste, in meine weichste Decke. Ich liege oben in meinem Bett unter der Dachschräge. Der Große Wagen funkelt silbrig durch das Fenster über mir. Ich blinzele nicht, halte meine Augen geöffnet, bis die einzelnen Sternenpunkte zu einem großen Strahlen verschmelzen. Die Müdigkeit zieht an mir, doch ich werde nicht schlafen. Zu groß, zu überwältigend ist die neue Wahrheit, und keine Sekunde möchte ich davon verpassen. In jede Zelle meines Körpers soll die Gewissheit sickern, dass wir zusammen sind, in Sicherheit hinter roten warmen Backsteinmauern.

Möge meine Tochter für immer so geborgen sein. Möge sie gesund sein und stark und in Leichtigkeit leben. Möge sie glücklich sein. Ich schicke meine Wünsche gen Himmel, wo sie sich vereinen mit den Milliarden Wünschen anderer Mütter, die für ihre Töchter um genau dasselbe bitten.

Auch meine Mutter schickte ihre Träume für mich dorthin. Ich habe lange nicht mehr an sie gedacht, an diese stille, starke Frau, an ihre Liebe zu mir, derer ich mir stets sicher sein konnte. Nach über zwanzig Jahren vermisse ich meine Mutter plötzlich, als hätte ich sie erst gestern verloren. So gerne würde ich die Freude über meine Tochter mit ihr teilen.

Nun blinzele ich doch, das Sternenstrahlen vor meinen Augen verwässert, und lautlos rutscht eine Träne über meine Wange. Eine zweite folgt.

Mutterliebe, denke ich, Mutterliebe hält die Schichten meines Lebens zusammen, hält mich zusammen. Und was passiert ist, gilt nicht mehr. Was mir angetan wurde, darf nicht länger mein Leben bestimmen. Nur noch im Jetzt und nur noch nach vorne will ich leben, in der Gewissheit, dass meine Tochter bei mir ist.

Sie heute zu sehen, sie zu berühren, war überwältigend. Eisblaue Augen – als ob ich in den Spiegel sehe. Ihr Mund, der das Lachen ihrer Großmutter formt. Ihre Nase, die der ihres Vaters ähnelt. Die Art, wie sie sich die widerspenstigen dunkelblonden Haare aus dem Gesicht streicht. Ich erkenne mein Leben in ihr.

Und ich sehe den einzigartigen Menschen in ihr. Ihren Mut, ihre Stärke, ihre Güte. Aber auch, wie sehr sie gelitten hat. Bei aller Vertrautheit ist sie mir doch fremd.

Ich möchte nach unten gehen, nachschauen, ob alles in Ordnung ist, ihr noch näher sein. Treppenstufe für Treppenstufe möchte ich hinuntersteigen, dann den Flur entlang ins Wohnzimmer schleichen. Selbst im Dunkeln ist mir dieses Haus vertraut. Ich kenne jede Fuge hier, kann jeder Unebenheit ausweichen, jedem Knarzen der Dielen. Ich möchte zu ihr gehen, mich lautlos auf die Sofakante setzen und sie anschauen. Ihr schlafendes Gesicht erkunden, nach-sehen, was sie träumt.

Ich richte mich auf, die Füße schon am Boden, da wird mir klar, wie abwegig dieser Wunsch ist. Ich kann nicht zu ihr gehen. Man hat uns der Jahre beraubt, in denen das möglich gewesen wäre, in denen ich an der Seite meiner schlafenden Tochter hätte wachen können, ihr einen Kuss aufs wirre Haar hauchen, die Decke richten.

Heute wäre es unangemessen.

Meine Tochter ist eine erwachsene Frau.

ERSTER TEIL
Davor

Am Anfang das Ende

Der Anruf kam gegen halb zehn, kurz nachdem Jule in der Agentur angekommen war. Es war noch ruhig im Büro, nur der Rechner ratterte sich schon wach. Sie starrte in ihren Becher, dem Aquarell aus Kaffee und warmer Milch hinterher, als ihr Handy vibrierte. Es war ein neuer Arzt, den sie noch nicht kannte.

Der Zustand ihrer Mutter habe sich über Nacht verschlechtert. Organversagen. Eingeschränkte Hirnfunktionen.

Natürlich, sie würde sich sofort auf den Weg machen. Nein, sie brauche nicht lange.

Sie fuhr den Rechner wieder herunter, ging zu Laurenz und sagte ihm, dass sie gehen müsse. Er nickte, ohne von seinem Bildschirm aufzusehen, und sie lief los, raus aus dem Glasbunker, zur U-Bahn-Station. Der Regen kam von vorne, kam er in Hamburg immer, nie von oben. Es war, als wüsste der Regen in Hamburg überhaupt nicht, dass es auch senkrecht ging.

Drei Minuten warten.

Ausreichend Zeit für ihre Gedanken, um zu gären, aufzuquellen und ihr das Hirn mit Angst zu verkleben. Seit sie denken konnte, waren sie zu zweit gewesen, Anke und Jule, der Torso einer verstümmelten Familie. Vorsichtshalber hatten sie sich fest miteinander verwoben, die Nähte ihrer Identitäten aufgetrennt und zu einem rauen, grob-maschigen Stoff verknüpft, der ihr Leben geworden war.

Es hatte gut gehalten, bis sich der Krebs in Ankes Körper verbissen hatte, ihn immer poröser werden ließ und heute nun das wahr machte, wovor Jule sich seit Jahren fürchtete: Wenn ihre Mutter jetzt starb, hatte sie niemanden mehr.

In einer Welt, die bald acht Milliarden Menschen behei-matete, würde Jule allein sein. Ein isolierter Mensch in-mitten einer komplexen Matrix aus Beziehungen und Ver-wandtschaften. Wie schwerelos würde sie durch die Welt treiben.

Als sich die Türen der Bahn öffneten, stieg Jule gegen den Strom der Büromenschen ein, mit angehaltenem Atem in die abgestandene Berufsverkehrsluft. Sie setzte sich ge-genüber einer Frau mit einem kleinen Mädchen auf dem Schoß und sortierte ihre langen Beine unter den Sitz. Mut-ter und Tochter schauten aus dem Fenster, und das Mäd-chen rieb eine Haarsträhne der Frau zwischen den Fingern. Jule folgte ihren Blicken zur Hafenkante, zur stolzen *Rick-mer Rickmers*, den Partydampfern und Barkassen, zum lä-cherlichen Schaufelraddampfer. Nirgends war die Hanse-stadt unehrlicher als hier.

Die Frau küsste ihr Kind auf den Scheitel, das Mädchen lä-chelte und vergrub sein Gesicht im großen Schal der Mutter.

Schnell schaute Jule auf das grau gesprenkelte Linoleum zu ihren Füßen. Womöglich würde sonst etwas aus ihr her-ausbrechen, das sie oben im Büro fest nach unten gedrückt hatte, das auf keinen Fall hier und besser auch nicht heute herauskommen durfte. Sie biss sich mit den Backenzähnen auf die Innenseite der Wange. Schloss die Augen, als der

Schmerz stärker wurde und alles in ihr schrie, sie solle aufhören. Doch sie hörte nicht auf, presste die Lippen fest aufeinander, damit kein Ton nach außen drang, biss weiter, so lange, bis sie nichts anderes mehr spüren konnte als den grellen, kreischenden Schmerz und sie einen Moment Ruhe fand. Dann der vertraute Geschmack von Blut. Sie musste aufhören, lockerte den Kiefer, versuchte die Vereinbarung einzuhalten, die sie mit sich selbst getroffen hatte.

Sie sah nicht mehr zu der Frau und dem Kind, nur noch nach unten, und verband die Linoleumpunkte auf dem Boden zu Mustern und Figuren.

Einmal hatte sie umsteigen müssen, dann waren es noch zehn Minuten Fußweg zur Klinik. Ihre Sneakers schmatzten auf den Schneeresten. In der vergangenen Woche hatte es geschneit, mehrere Zentimeter hoch. Busse und Bahnen waren augenblicklich ausgefallen, Menschen schlitterten über die vereisten Straßen. Der Winter traf die Stadt immer unvorbereitet. Über Nacht waren die Temperaturen aber wieder gestiegen, und seit heute Morgen sog der Regen an den zurückgebliebenen Schneehaufen, die sich an Hauswände und Bordsteine drängten.

Auf den ersten Metern durch das trostlose Labyrinth der Klinikflure hinterließ Jule nasse Abdrücke. Sie bewegte sich zügig durch den Desinfektionsgeruch, der alles mit Hoffnungslosigkeit infizierte. Schon lange musste sie niemanden mehr nach dem Weg fragen. In den letzten vier Jahren war sie so oft hier gewesen, sie kannte die Dienstpläne der Ärzte und Schwestern auf der Station, wusste, wann sie welche Reinigungskraft auf welchem Flur antreffen würde, und an welchem Hintereingang die Pfleger zum Rauchen zusammenstanden. Sie hatte Weihnachten im Krankenhaus verbracht und an Silvester mit den Schwestern auf das neue Jahr angestoßen. Alles hier war ihr so verdammt vertraut.

Jule konnte nicht sagen, wie lange sie schon an Ankes Bett saß. Das Grau draußen hatte eine dunklere Schattierung angenommen, richtig finster war es aber noch nicht. Stundenlang hatte sie Ankes Hand gehalten, die sich spröde und kühl anfühlte. Es gab keine Maschinen und Geräte mehr, kein Netz, keinen doppelten Boden. Nur eine Infusion mit Schmerzmitteln, so hatte Anke es gewollt.

Flüsternd hatte Jule ihr versichert, dass es in Ordnung sei zu gehen. Dass sie genug gekämpft hätte. Dass sie, Jule, zurechtkommen würde. Sie hatte versucht, in diesen letzten Stunden alles zu vergessen, was nicht gut gewesen war, und die Lücken mit schönen Erinnerungen zu füllen:

Wie sie als Kind manchmal in Ankes Bett schlafen durfte, ihre Mutter sie fest umarmt hielt und ihr *Wenn es dich nicht gäbe* sich als warmes Gefühl in Jules Bauch ausbreitete.

Wie sie gemeinsam ihre neue Adresse geübt hatten, wenn sie wieder einmal umgezogen waren. Karpfenweg 8, schielend und mit Fischmund. Königsallee 211, wie die Nummer der Feuerwehr, nur andersrum.

Oder wie sie bis zuletzt sonntagabends bei Anke gewesen war, zu Schnittchen und *Tatort*. Wie sie nebeneinander auf dem Sofa gesessen hatten, sich der Nähe der anderen gewiss, und es ganz egal gewesen war, wer ermittelte.

Jule stellte sich vor, dass Anke noch einmal die Augen öffnen und sie anlächeln würde, einen letzten Seufzer ausstoßen und dann friedlich gehen würde.

Aber Anke starb nicht.

Sie röchelte wie eine Ertrinkende, immer wieder setzte ihr Atem aus, sie stöhnte und verzog das Gesicht. Einmal begann sie zu zittern, erst ein leichtes Vibrieren, dann ein heftiges Zucken des ganzen Körpers. Dazu gab sie kehlige Laute von sich, Speichel rann aus ihren Mundwinkeln. Jule drückte und drückte den Knopf, weil aber niemand kam, stürzte sie hinaus auf den Flur, horchte und folgte der Richtung, aus der das Quietschen von Schwesternschuhen zu hören war.

»Schnell!«, rief Jule. »Irgendetwas passiert.«

Schwester Elena folgte ihr. Sie war eine große Frau mit warmem Blick und entschlossenen Bewegungen, die Anke und Jule schon lange kannte. Sie umrundete das Bett und drehte am Rädchen der Infusionsflasche. Schnell entspannte sich der verkrampfte Körper. Elena wartete noch einen Moment, dann zog sie behutsam das Laken glatt und strich Anke über den Handrücken. »Mehr können wir nicht tun«, sagte sie und berührte beim Rausgehen kurz Jules Schulter.

Jule setzte sich zurück ans Bett und fuhr mit den Fingerspitzen den Faltenzug des stumpfen Lakens nach. Hier zu sitzen, ohnmächtig, nur warten zu können – das alles erinnerte sie an früher, an Zeiten, an die sie lieber nicht denken wollte.

Phasen, in denen Anke tagelang in ihrem Bett verschwunden war. Nichts gegessen, viel geweint und durch Jule hindurchgesehen hatte. Jule hatte nach der Schule auf der leeren Seite des Ehebetts gesessen und ihrer Mutter lustige Geschichten erzählt, die sie draußen erlebt oder erfunden hatte.

Diese Tage, manchmal Wochen, in denen Jule die Wohnung in Ordnung hielt, einkaufen ging und sich besonders anstrengte, damit niemand Fragen stellte. Nie hatte sie gewusst, wie lange es diesmal dauern würde.

Doch selbst in guten Phasen, wenn Anke zur Arbeit ging, es schaffte, einzukaufen und aufzuräumen, manchmal sogar Jules Hausaufgaben durchsah oder sie nach den neuen Klassenkameraden fragte, also das tat, was andere Mütter auch taten, hörte ihre Traurigkeit nicht auf.

Die Traurigkeit veränderte nur ihre Form, war nicht mehr flüssig und heiß, sondern wurde zu etwas, das Anke von innen auskleidete, sie kantig und kühl werden ließ, ihre Bewegungen hölzern machte, ihre Sätze kurz.

Schluss damit, dachte Jule. Nicht heute. Sie ließ ihren Blick über die beigefarbenen Fronten der Schränke schweifen, über die schweren braunen Vorhänge, den kleinen Tisch, den anderen Stuhl. Die Wände waren kahl, vor dem Fenster war nur blassgraue Großstadtnacht.

Das Sterben zog sich noch mehrere Stunden hin. Anke wollte und wollte sich nicht geschlagen geben, bäumte sich auf, spie das letzte bisschen Leben aus ihren Zellen.

Stirbt man, wie man lebt?, überlegte Jule. Ist »friedlich entschlafen« das Privileg der Dankbaren? Und blieb für eine Frau wie ihre Mutter, die stets um des Überlebens willen gelebt hatte, die immer auf der Hut gewesen war, keinen Genuss und keine Lust kannte, die ständig gearbeitet hatte, Ordnung verlangte und Leichtigkeit misstraute – blieb für so eine Frau nur ein zäher Tod wie dieser?

Als es dann endlich so weit war, fühlte Jule nichts außer

Erleichterung. Zu keinem anderen Gefühl war sie mehr in der Lage. Ihr Vorrat an Angst, Trauer und Verzweiflung war in diesem entscheidenden Moment aufgebraucht, hatte sich erschöpft in den zahllosen Nächten, in denen sie wach gelegen und die Dämonen von sich ferngehalten hatte. Wie sehr sie sich auch anstrengte, sie war nicht angemessen betroffen, als das Zimmer plötzlich von einer tiefen Ruhe erfüllt wurde. Als Schwester Elena ihr Ankes kleinen braunen Rollkoffer übergab und sie zum Abschied umarmte. Als der Arzt ihr die Formalitäten erklärte. Jule nickte einfach, verstand nichts und dachte an ihr Bett. An seine Wärme und Weichheit. Daran, wie es sich anfühlte, auf dem Bauch zu liegen, die Arme unter das Kissen zu schieben, den Kopf abzulegen, die Augen zu schließen und wegzusinken.

Sie verließ das Krankenhauszimmer, und da drang doch noch ein Gefühl zu ihr durch – ein Erstaunen. Einfach gehen, den toten Mutterkörper zurücklassen, im Wissen, ihn nie wiederzusehen, das war doch absurd. Jule hätte lachen können, wenn da nicht dieser dicke Pfropf aus Erschöpfung ihre Kehle verstopft hätte.

Dann stand sie in der kalten Nacht, das Krankenhaus im Rücken, und zündete sich eine Zigarette an. Eigentlich hatte sie schon lange aufgehört, aber heute war es egal. Tief inhalierte sie den beißenden Rauch, schaute nicht zurück und ging. Ihre Füße wurden nass, alles aufgelöst, kein einziger Schneerest zu sehen, dafür überall Pfützen. Sie zog den Koffer einfach durch sie hindurch, er schabte über den Fußweg, der Streusplitt knirschte zwischen den Rädern.

Als sie endlich zu Hause ankam, zog sie den Koffer hinter sich die Treppe hoch. Stufe für Stufe polterte er gegen die ausgetretenen Dielen bis in den vierten Stock. Dann fiel ihr ein, wie spät es war, und sie öffnete leise die Wohnungstür. Hoffte, dass ihre Mitbewohnerin Marie nicht zu Hause sein würde oder schon schlief. Jule wollte nicht reden, nichts erklären müssen, nicht getröstet werden.

Sie streifte sich die Schuhe ab, trug den Koffer in ihr Zimmer und stellte ihn in die Nische neben den Schrank. Es war verheißungsvoll ruhig in der Wohnung, nur das gelegentliche Rauschen vorbeifahrender Autos auf der nassen Straße war zu hören. Jule ging in die Küche und holte sich ein Glas Wasser. Zurück in ihrem Zimmer schaltete sie den Fernseher an. Es war egal, was lief, Hauptsache, es war bunt und es bewegte sich. Sie ließ die Jacke auf den Boden fallen, zog die Jeans aus, ging zur Kommode, wühlte sich durch Socken, BHs und Schlafanzüge, bis sie endlich die Packung mit den Schlaftabletten fand und sich drei aus dem Blister drückte. Eine war ausreichend, aber sie wollte kein Risiko eingehen.

Schlafen.

Nicht denken. Nicht spüren, was fehlte.

Nicht betrauern, was nie da gewesen war.

Wegsein.

Inselbegabung

Vier Jahre zuvor, als der Krebs das erste Mal diagnostiziert worden war, hatte Anke Jule einen braunen DIN-A4-Umschlag gegeben. Er war zugeklebt gewesen und mit »Wichtige Dokumente, Anke Hoff« beschriftet.

Anke hatte gerade die erste ambulante Chemotherapie hinter sich. Schmal und blass saß sie auf ihrem Sofa und schob Jule den Umschlag über die geblümte Wachstischdecke zu. »Da drin sind meine Geburtsurkunde, eine Patientenverfügung und eine Generalvollmacht. Außerdem eine Auflistung aller Versicherungen, die du kündigen musst. Ich möchte eine anonyme Beerdigung, dann musst du dich nicht um die Grabpflege kümmern. Ich habe schon beim Ohlsdorfer Friedhof nachgefragt. Es ist unkompliziert, sobald ich tot bin, musst du dort einfach nur Bescheid geben, dann kümmern sie sich um alles. Ich möchte keine Feier, keine Gäste.«

Jule starrte auf den angebissenen Keks in ihrer Hand und begutachtete das Muster, das ihre Zähne hinterlassen hatten. Sie wollte den Umschlag nicht nehmen, weigerte sich zu akzeptieren, was ihre Mutter gerade tat und sagte.

»Hörst du mir zu? Juliane, das ist wichtig. Diese Unterlagen werden dir helfen.« Anke schob den Umschlag noch ein Stück in Jules Richtung, es waren nur noch Millimeter zwischen Keks und Papier. Sie sprach jetzt über Fristen

und Paragrafen, über Versicherungspolicen und Erbschafts-
steuer. Jule sah Anke noch immer nicht ins Gesicht und
atmete gegen die aufsteigende Übelkeit an. Mit welcher
Abgeklärtheit ihre Mutter sich um alle Formalitäten gekümmert hatte. Wie ambitioniert sie ihr Leben abwickelte.
Dabei gab es doch noch Heilungschancen. Dass sie einfach
so aufgab, ihren Tod einfach so hinnahm, war nichts weniger als Verrat. Jule rang nach Worten, um ihrer Empörung
Ausdruck zu verleihen, blinzelte die Tränen weg.

»Nun stell dich nicht so an.« Mühsam hievte sich Anke
von der Couch und ging mit unsicheren Schritten zur
Wohnzimmertür. »Für dich noch einen Kaffee?«

Jule war froh, dass sie den Umschlag wiedergefunden hatte.
Er steckte in der Ablage ihres Schreibtischs, im *Wichtig*-
Stapel, und enthielt neben den Unterlagen und Listen
3.000 Euro in bar, die Jule für die Kosten der Beerdigung
verwenden sollte.

Anke hatte Post-its an die einzelnen Dokumente geklebt,
auf denen sie den jeweiligen Verwendungszweck vermerkt
hatte. Und weil sie alles so gut vorbereitet hatte, alles so rei-
bungslos klappte, konnte Anke schon drei Tage nach ihrem
Tod bestattet werden. Beisetzung in Bestzeit.

Jule hatte freibekommen, Sonderurlaub, der ihr im To-
desfall eines Elternteils zustand. Sie hatte ihn direkt bei der
Personalabteilung eingereicht, nicht bei Laurenz, damit er
sie nicht so mitleidig ansehen würde.

Als es so weit war, fuhr sie zum Ohlsdorfer Friedhof und
stand allein auf der mit Schneeflaum bedeckten Freifläche.
Der Friedhofsmitarbeiter ließ die Urne in das Loch hinab,

Jule betrachtete die angelaufenen Erdschichten und konnte nicht fassen, dass das Ankes Ende sein sollte. Diese Frau, an deren Fäden sie zeitlebens gehangen hatte wie eine Marionette, die nie nur Mutter, sondern oft auch Aufgabe gewesen war, voller Widersprüche und Ängste, fragil und fordernd, an deren Ansprüchen Jule zahllose Male gescheitert war, die bis zuletzt mit einem einzigen, kritischen Blick einen Tumult an Emotionen bei ihr auslösen konnte. Diese Frau, die das Zentrum von Jules Leben gewesen war, verschwand nun sang- und klanglos in einem Erdloch?

»Mein Beileid«, sagte der Mann und schüttelte Jule eilig die Hand. Es war keine Hand zum Festhalten, sondern eine, die Jule abschüttelte.

Mit frostigen Füßen, aufgebissenen Wangen und Gedanken aus Eis kehrte Jule in die WG zurück. Sie traf Marie in der Küche, trank einen Tee und nickte interessiert, als sie von ihrer Strafrechtvorlesung erzählte. Auch hier, nichts zum Festhalten.

Als Marie einmal den Raum verließ, gab Jule einen Schuss Rum in ihren Tee, weil weder Füße noch Gedanken wärmer oder weicher geworden waren. Und als Marie sich ganz verabschiedete, trank Jule den Rum ohne Tee. In hastigen Schlucken, bis die Flasche leer war, bis sie die Kälte und die Leere nicht mehr fühlte, gar nichts mehr spürte, bis auf den Schwindel, der ihr Leben war.

Der Gedanke an Ankes Tod festigte sich auch in den kommenden Tagen nicht. Er rutschte weg, verflüchtigte sich und verschwand.

Nur manchmal, wenn Jule sich bei den Überlegungen ertappte, ob Anke heute wohl einen ihrer guten oder schlechten Tage hatte. Ob sie anrufen müsste, um nach den Zwischentönen zu hören. Oder besser noch hinfahren, um sich selbst ein Bild zu machen. Dann fiel ihr ein, dass Anke tot war. Nicht mehr da. Unwiderruflich gegangen. Und ein Schmerz wie ein Schlag auf die Brust traf Jule, dass ihr die Luft wegblieb.

Dann half nur weitermachen, ganz egal was oder wie, nur weiter, weiter, weiter, nur nicht stillstehen, den Gedanken verscheuchen, damit er verschwand und weniger wirklich wurde.

Am besten gelang es Jule in der Agentur. Die superwichtigen To-dos mit absoluter Prio, asap mit Ausrufezeichen und die kollektive Panik, die in der Werbebranche zum guten Ton gehört, ließen keinen Zentimeter Platz, um an Anke erinnert zu werden. Die Atmosphäre im Büro glich der in einer Notaufnahme: Es wurde bis zum Extrem gearbeitet, die Grenzen des Aushaltbaren wurden weiter verschoben, es musste schnell gehen, ständig wurde ums Überleben der Ideen gekämpft.

Hatte Jule sich in den letzten Jahren innerlich ein wenig zurückgezogen, auf Dauer konnte man das ja nicht ertragen, warf sie sich jetzt mitten in die Arena. Sie feilte an Slogans, bis die Funken flogen, trieb Praktikanten und Junioren zu Bestleistungen an, schrieb seitenweise Claim-Entwürfe und übernahm sogar Longcopys, nur um nicht in die WG zu müssen. Wie zu Beginn ihrer Karriere verließ Jule als Letzte das Büro. Wagte sich erst kurz vor Mitternacht nach Hause, wenn sie darauf vertrauen konnte, dass die Müdigkeit sie zielgerichtet ins Bett führte.

Doch es gab immer noch die Zeiten dazwischen, die Probleme machten. In der Schlange vor der Supermarktkasse, in der U-Bahn, auf dem Nachhauseweg. Damit kein falsches Gefühl durchbrach, betäubte Jule sich mit Nachrichten, die besonders schrecklich waren. Artikel über Morde und Missbrauch, Reportagen zu Kriegen und Klimawandel – je abscheulicher die Informationen, desto länger hielten sie ihre Gedanken in Schach.

Doch dann näherte sich das Wochenende. Ab Donnerstag wuchs Jules Panik stündlich. Was sollte sie tun, zwei Tage lang allein im Vakuum ihrer Wohnung? Womit sollte sie die vielen Stunden füllen? Samstagvormittag gab es noch genügend in der Agentur zu tun, doch gegen Nachmittag verließen auch die Engagiertesten das Büro. Wer jetzt noch blieb, machte sich verdächtig, das Pendel schlug nun schnell in Richtung Einsamkeit aus.

Jule täuschte Geschäftigkeit vor, erzählte den Kollegen von einer Fotoausstellung, von einem ausgiebigen Sonntagsfrühstück mit ihrer Mitbewohnerin, von einem schönen Spaziergang durch den Park. Und natürlich musste sie noch Einkäufe erledigen, Wäsche waschen, aufräumen, alles, was man unter der Woche nicht geschafft hatte.

In der Bahn nach Hause überlegte sie, ob sie tatsächlich noch einkaufen gehen sollte. Doch allein der Gedanke daran, sich für eine Käsesorte entscheiden zu müssen, erschöpfte sie. Sie wollte nur ins Bett, sich die Decke über den Kopf ziehen, nichts mehr müssen.

Marie war an den Wochenenden selten da. Sie fuhr zu ihren Eltern nach Bad Oldesloe, wo sie mit Liebe, Lachen und Leichtigkeit aufgepumpt wurde, bis sie am Montag irgendwann glückselig in die WG zurückschwebte.

Zu Hause angekommen, ließ Jule ihre Schuhe im Flur liegen, die Jacke auf dem Boden. Sie schaffte es gerade noch, die Waschmaschine anzustellen, danach versumpfte sie im Bett vor dem Fernseher. Sie aß eine Packung Kekse, nur einmal musste sie aufstehen, weil die Brösel piksten. Irgendwann schlief sie ein, die feuchte Wäsche hatte sie in der Maschine vergessen.

Als sie am Sonntag aufwachte, war es bereits Mittag. Sie hatte über vierzehn Stunden geschlafen, doch ausgeruht fühlte sie sich nicht. Sie hatte Durst, aber keine Lust aufzustehen, ihr Kopf tat weh, aber im Liegen ging es.

Sie überlegte, Laurenz anzurufen, und ärgerte sich sogleich über den Gedanken. Eine alte Gewohnheit, die sie dringend ablegen musste. Die Lücken mit Laurenz zu füllen, das musste ein für alle Male aufhören. Doch es reizte sie auszuprobieren, ob es noch funktionierte. Ob ihre Wirkung auf ihn noch dieselbe war.

Eigentlich war sie sich sicher, ein kurzer Anruf und er wäre gekommen, hätte den Nachmittag mit Aufmerksamkeit gefüllt. Hätte für sie gekocht und sie zum Lachen gebracht. Sie hätten sich unterhalten und geliebt. Am nächsten Morgen hätte er ihr einen Kaffee ans Bett gebracht, ihr die Haare aus dem Gesicht gestrichen und sie auf die Stirn geküsst.

Er war verbindlich und liebevoll, lustig und entspannt. Doch nie genügte ihm, was sie im Augenblick hatten. Er wollte mehr, wollte Pläne, wollte Zukunft, wollte ein gemeinsames Schild auf einem Briefkasten. Schon als er es zum ersten Mal ansprach, hatte Jule ihm erklärt, sie sei nicht fürs Bleiben gemacht, das müsse er verstehen. Nur so und niemals anders würde es zwischen ihnen sein. Nur so oder gar nicht.

Er war gekränkt gewesen, hatte aber schließlich genommen, was sie ihm von sich gegeben hatte. Seitdem hatte er nicht nach mehr gefragt. Doch sie wusste, dass sich seine Gefühle nicht verändert hatten, dass er irgendwann wieder davon sprechen würde.

Abstand war die wichtigste Regel. Sie durfte nur nicht einknicken.

Gegen vier aß sie Nudeln mit Mayonnaise, etwas anderes gaben die Vorräte nicht her. Sie hätte zum Supermarkt im Bahnhof gehen können, der auch am Sonntag geöffnet hatte. Aber sie hatte sich nicht aufraffen können, zu müde, zu schlapp und eigentlich auch egal. Sie hatte sowieso keinen Hunger gehabt, nur der Blick auf die Uhr hatte sie daran erinnert, dass sie etwas essen musste. *Du bist viel zu dünn*, hallten Ankes Worte in ihr nach.

Sie aß wütend, sie aß viel. Danach fühlte sie sich miserabel. Schließlich steckte sie sich den Finger in den Hals. Sie würgte über der Kloschüssel, befreite sich von Nudeln, Mayo, Tränen und spülte alles weg.

Jetzt bloß nicht die Kontrolle verlieren. Stattdessen: laufen gehen. Ihrem Körper etwas Gutes tun, Bewegung, frische Luft, Endorphine. Sie kramte ihre alten Laufschuhe hervor, war ein bisschen stolz auf sich, hatte sie das Ruder doch offensichtlich noch mal rumgerissen.

Ihre Gelenke knirschten, der letzte Lauf war lange her, aber eine Runde an der Elbe, das musste machbar sein. Blöd nur, dass die Gedanken die Gelegenheit nutzten: War sie wirklich nur traurig, weil Anke tot war, oder nicht auch erleichtert? Es gab niemanden mehr, um den sie sich kümmern musste, niemanden mehr, der nörgelte, forderte oder verbot. Was sollte sie machen mit dieser neuen Freiheit?

Ein Gedankenorkan, dem Jule nur entkam, indem sie schneller lief, noch schneller, so schnell, dass sie nicht mehr denken konnte, dass die Winterluft scharf in den Lungen brannte, sie heftiges Seitenstechen bekam, dass die Muskeln schmerzten, ihr ganzer Körper »Aufhören!« schrie, sie nur noch ihn hörte und keine Fragen mehr, weiterlief, weiter, weiter, weiter.

Wieder zu Hause, ließ sie sich in den Sessel fallen. Fror in den durchgeschwitzten Laufklamotten, fühlte sich aber nicht in der Lage, unter die Dusche zu gehen. Irgendwann döste sie ein, wechselte mitten in der Nacht vom Sessel ins Bett.

Am nächsten Morgen wachte sie in ihren Laufsachen auf und fühlte sich erbärmlich. Aber zum Glück war es Montag, und in der Agentur wartete schon das nächste wichtige Projekt auf sie. Das Wochenende war überstanden. Vielleicht waren ihre Ängste umsonst gewesen, überlegte sie. Ein Leben ohne Anke war möglich. Es gab ein Danach. Sie war mittendrin und noch aufrecht, nicht zusammengebrochen. Überhaupt besaß sie doch ein beachtliches Talent zu funktionieren. Eine Inselbegabung, wenn sie ehrlich war. Denn leider haperte es am ganzen Rest.

Was schmerzt, wird weggeschnitten

Nach zwei Wochen mehrten sich Anrufe und E-Mails von Ankes Vermieter, sogar ein Einschreiben schickte er. Er wollte wissen, wann die Wohnung wieder vermietet werden könne. Die erste Nachricht war mitfühlend. Die nächste fragend. Dann fordernd. Schließlich drohte er mit Räumung.

Weiter hinauszögern konnte Jule es nicht, sie musste sich dem stellen, was Anke nicht für sie geregelt hatte. Sie musste ihre Hinterlassenschaften sichten, hergeben, was nicht von Wert war, verkaufen, was sich zu Geld machen ließ, behalten, was ihr etwas bedeutete.

Es war Freitagnachmittag, und sie hatte eher Schluss gemacht, war einfach gegangen, ohne Laurenz um Erlaubnis zu fragen. Ein Arzttermin, würde sie erklären, wenn er am Montag doch noch nachfragen sollte, am besten Gynäkologe, dann würde er nicht weiter nachhaken. Auf dem Weg zur U-Bahn hatte sie inständig gehofft, dass irgendetwas Schicksalhaftes sie abhalten würde (die Bahn ausfallen, der Schlüssel abbrechen, die Tür klemmen). Doch nichts stellte sich ihr an diesem diesig-grauen Februartag in den Weg.

Sie betrat Ankes Wohnung und schloss die Tür hinter sich. Alles sah aus wie immer. So, als würde Anke gleich zurückkommen. Nur das Ticken der Uhren war zu hören. Der Sekundenzeiger der Standuhr im Wohnzimmer lief nicht im Takt mit dem der Küchenuhr. Die Standuhr tickte tief und kräftig, die Küchenuhr sprunghaft hinterher. Jule lauschte dem vertrauten Versatz. Tick-*tick*, tick-*tick*. Ansonsten war es still. Eine Stille, die in den Ohren summte.

Ankes Tod war hier so viel realer. Alles hatte einen Bezug zu ihr und seinen Sinn mit ihr verloren. Wozu war diese Kaffeemaschine noch gut, wenn es niemanden mehr gab, der Kaffee trank? Wozu der Schal an der Garderobe, wenn er nicht mehr getragen wurde? Die Existenz dieser Wohnung fühlte sich grundfalsch an.

Und erst recht das, was Jule in den kommenden Tagen bewältigen musste. Anke war unnahbar gewesen, niemals wäre Jule einfach so an die Sachen ihrer Mutter gegangen, als Kind nicht und schon gar nicht als Erwachsene, die nur noch sonntags zu Besuch kam. Jetzt all ihre Besitztümer zu durchforsten, jedes Detail ans Tageslicht zu zerren – es erschien ihr geradezu unmöglich.

Als Erstes schaltete Jule das Radio in der Küche und den Fernseher im Wohnzimmer an, danach drehte sie die Heizkörper hoch, ihre Jacke behielt sie vorerst an. Es würde dauern, bis sich die in Ankes Abwesenheit kalt gewordenen Räume wieder aufgewärmt hätten. Der lange, dunkle Flur. Das karge Wohnzimmer, das Schlafzimmer. Die Küche mit dem kleinen Esstisch. Alles war penibel ordentlich. Nicht modern, aber gepflegt. Robuste Möbel, die schon viele Male auf- und wieder abgebaut worden waren. Wenige Besitztümer, die sich leicht in Kisten verpacken ließen. Die Gesetze des Nomadenlebens hatten für Anke bis zuletzt gegolten.

Jule bereute kurz, Maries Angebot, bei der Wohnungsauflösung zu helfen, ausgeschlagen zu haben. Nachdem Jule in den letzten Tagen kein einziges Mal ins Krankenhaus gefahren war, hatte sie gefragt, ob mit Anke alles in Ordnung sei. »Ordnung ist relativ«, hatte Jule gesagt und versucht, es nicht so dramatisch klingen zu lassen. »Sie ist letzte Woche gestorben.«

Marie hatte sie erschrocken angesehen, Jule dann an sich gezogen und umarmt. »Das tut mir so, so leid für dich«, hatte sie gesagt, und Jule war fast die Luft weggeblieben. So viel Nähe und Mitgefühl vertrug sie nicht.

Seitdem bot Marie ständig ihre Hilfe an. Sie könnte für Jule einkaufen, ihre Wäsche waschen, in ihrem Zimmer saugen. Jule war das alles zu viel, sie lehnte konsequent ab.

Als sie jetzt aber in der stillen, klammen Wohnung ihrer toten Mutter stand, kam ihr die zu bewältigende Aufgabe unlösbar vor. Zusammen mit Marie wäre es sicherlich ein wenig erträglicher gewesen. Aber Anke hätte es nicht gefallen, dass eine Fremde all ihre Sachen begutachtete. Überhaupt hatte Anke nicht verstanden, warum Jule nicht endlich aus dieser WG auszog und sich etwas Eigenes suchte.

»Wenn es am Geld liegt, sag es. Ich habe etwas für dich zurückgelegt.«

Es lag nicht am Geld. Es lag an Menschen wie Marie, die Jule sich aussuchen konnte und von deren Nähe sie profitierte. Ungefährliche, planbare Menschen, die abends da waren, wenn sie nach Hause kam. Mit denen sie reden konnte, auch wenn sie ihnen nichts zu sagen hatte. Menschen, die ihr das Gefühl von Gesellschaft gaben, selbst wenn sie nichts verband.

Marie wohnte seit drei Jahren bei ihr. Sie studierte Jura, konnte stundenlang lernen und anschließend alles auswendig wiedergeben. Jule mochte sie. Ihre naive, strebsame

Art. Marie wollte gefallen, das machte sie angenehm vorhersehbar.

Nachdem damals aus Jules erster Mitbewohnerin, Isa, eine Freundin geworden war, vielleicht die einzige, die sie je hatte, und weil sie Isas Auszug kaum verkraftet hatte, schwor sie sich, nie wieder jemanden so tief in ihr Leben und ihr Herz zu lassen.

Jule begann in der Küche, dem am wenigsten persönlichen Raum. Sie hatte sich vorgenommen, Zimmer für Zimmer durchzugehen. Die Sachen, die sich verkaufen ließen, stapelte sie in einer Ecke des Wohnzimmers. Die Sachen, die sie spenden würde, in einer anderen. Und die, die auf den Müll kamen, im Flur.

Sie nahm jeden Gegenstand in die Hand. Die Inventur dessen, was von Ankes Leben übrig geblieben war. Meist praktische Gegenstände, nichts Verspieltes, nichts Gefälliges, nur das Nötigste.

Die Küche war schnell erledigt. Geschirr, Töpfe und Pfannen würde sie spenden, die wenigen Vorräte würde sie mit in die WG nehmen. Bei den Kochbüchern überlegte sie kurz, beschloss dann aber, sie wegzuschmeißen. Sie waren alt und vergilbt, wer interessierte sich heute noch für ein DDR-Kochbuch von 1974?

Als Nächstes kam das Schlafzimmer dran. Jule streifte Blusen, Kleider und Strickjacken von Bügeln, klassische Schnitte, gedeckte Farben. Sie faltete alles zusammen und verstaute die Garderobe ihrer Mutter in großen Plastiktüten, die sie unter der Spüle gefunden hatte. Irgendjemand würde sich darüber freuen.

Es war seltsam, Ankes Kleidung zu berühren. Obwohl Jule die Sachen oft an ihr gesehen hatte, wusste sie nicht, wie sie sich anfühlten.

Das Bett abzuziehen, war schwer. Der Kopfkissenbezug roch so stark nach Anke, dass Jule ihr Gesicht in den Stoff drücken wollte, um einzuatmen, was ihr immer gefehlt hatte. Sie beeilte sich, packte Decke und Kopfkissen in eine Tüte fürs Sozialkaufhaus, Laken und Bezug würde sie wegschmeißen.

Danach brauchte sie eine Pause. Öffnete das Fenster im Wohnzimmer, setzte sich auf die Fensterbank, rauchte eine Zigarette und trank große Schlucke vom Likör, den sie hinten im Küchenschrank gefunden hatte. Er steckte noch in Cellophan, war wohl ein Geschenk gewesen.

Anke hatte weder geraucht noch getrunken und hätte daher von Jule verlangt, sofort damit aufzuhören. Sorge war die einzige Form ihrer Zuneigung gewesen. Sie hatte sich um Jules Aussehen, Gesundheit und berufliche Entwicklung gesorgt. Vor allem aber um Jules Körper. Er war zu dünn und zu groß. Er war kränklich und schlapp. Kam Jule sonntagabends zum *Tatort*-Schauen zu Anke, lautete ihre Begrüßung jedes Mal: »Du siehst aber schlecht aus.«

Jule nahm noch einen großen Schluck Likör. Zuckrig, fruchtig, scharf rann er die Kehle hinunter, dann einen tiefen Zug von der Zigarette. Sie paffte Wölkchen in die feuchte Winterluft, sah ihnen zu, wie sie sich auf die Straße senkten.

Sie brauchte kein schlechtes Gewissen mehr zu haben, sie schuldete niemandem mehr Rechenschaft. Ab jetzt war es allein ihre Entscheidung, was sie ihrem langen, schlappen Körper antat.

Gestärkt von ihrer Pause, gelöst vom Likör, widmete sie sich dem Wohnzimmer und erweiterte ihr Sortiersystem um die Kategorie »Persönliches/Erinnerungen«. Jene Dinge, die sie behalten würde.

Anlass dazu gab ihr die Kuschelkatze Minka, die sie in einer Schublade der Kommode fand. Sie war in dünnes Papier eingeschlagen wie ein besonders kostbarer Gegenstand. Jule hatte nicht gewusst, dass Anke sie aufbewahrt hatte, und sie überkam ein sentimentales Gefühl, als sie der alten Mieze über das struppige Polyesterfell strich. Minka war ihr in Kindertagen eine treue Freundin gewesen. Dass Jule sie bei ihrem Auszug achtlos zurückgelassen hatte, machte ihr jetzt ein schlechtes Gewissen. Dass Anke sie so sorgsam aufbewahrt hatte, umso mehr.

Jule legte auch ein Fotoalbum zu den Dingen, die sie behalten wollte. Sie blätterte es durch und sah sich selbst, winzig klein, ein rosiges Bündel in weißem Mull. Später mit kurzen Hosen und großen Brillen. Bei Schulausflügen mit mehr Lücken als Zähnen im Mund. Sie hatte die Bilder lange nicht betrachtet.

Bei einem Foto von ihrer Abi-Feier blieb sie hängen. Es war eines der wenigen, das Anke und sie zusammen zeigte. Blass und in einem zu kurzen Hosenanzug überragte sie ihre Mutter um einen Kopf. Die trug ein dunkles Kleid, stand aufrecht neben Jule und blickte ernst. Irgendein Fremder hatte das Bild gemacht, vermutlich die Eltern eines Mitschülers, die es von sich aus angeboten hatten. Anke war alleinerziehend, natürlich half man da, wäre doch schade, würde man den besonderen Moment nicht festhalten. Niemals hätte Anke einen Unbekannten darum gebeten, eher hätten sie sich zu Hause vor dem Selbstauslöser verrenkt. Überhaupt konnte sich Jule nicht daran erinnern, dass Anke jemals Hilfe von jemandem angenommen hatte.

»Wir schaffen das allein«, war das Credo ihrer Kindheit.

Sie schafften es. Alles schafften sie allein. Umzüge, Schularbeiten, Krankheiten. Mussten es schaffen, weil sie außer sich niemanden hatten und Anke keinen heranließ.

Wütend klappte Jule das Album zu, genug davon, es war Vergangenheit. Dabei rutschte es ihr aus den Händen, fiel zu Boden und blieb mit aufgefächerten Seiten vor ihr liegen. Jule kniete sich hin, schlug es erneut zu und stand auf.

Und da lag es: ein Familienfoto mit Georg, Anke, Jule und Marlene. Aufgenommen an einem sonnigen Tag in einem Park oder einem Garten; Blumen flankierten das Bild. Die ganze Familie trug kurzärmelig. Marlene hielt ein mit Schokolade überzogenes Eis und strahlte. Georg hatte seinen Arm um Anke gelegt und lächelte ganz selbstverständlich. »Das ist meine Familie«, sagte sein Blick. Und Jule? Nicht älter als zwei, war nur im Profil zu erkennen, turnte auf Ankes Arm und fiel fast seitlich aus dem Bild.

Jules Herz schlug schneller. Sie hatte nicht damit gerechnet, dass es noch ein Foto gab. Und dass es so unschuldig zwischen den anderen klemmte, so als wäre diese vollständige Familie tatsächlich einmal Realität gewesen, etwas, das man bedenkenlos in ein Album klebte.

Georg und Marlene waren Vergangenheit. Mehr noch, sie existierten nicht mehr. Sorgsam waren sie aus ihrem Leben getilgt worden. Es war eines der unausgesprochenen Gesetze zwischen Anke und Jule gewesen: Alles, was schmerzt, wird weggeschnitten.

Spurrinnen

Wenn ich meine Geschichte erzähle, und das tue ich mittlerweile oft, stelle ich mir vor, ich erzählte sie dir. Weil du die Einzige bist, für die sie wichtig ist.

Die anderen sind nur Touristen. Sie kommen und staunen, nehmen am Ende vielleicht ein Stück Beklemmung mit, einen Brocken Schauder, ein Klümpchen Wut. So wie sie auch Teile der Berliner Mauer mitnehmen, die es immer noch zu kaufen gibt. Souvenirs der Vergangenheit, die daran erinnern, was überwunden ist.

Weil für dich und mich aber nichts überwunden ist, musst du alles wissen. Jedes Wort ist für dich bestimmt, jeden Gedanken möchte ich mit dir teilen. Damit du irgendwann einmal die ganze Wahrheit kennst.

Heute heißt es ja, es war nicht alles schlecht in der DDR. Das Miteinander damals und die soziale Sicherheit sind den Menschen in guter Erinnerung geblieben. Auch ich glaube mittlerweile, dass es sich gut in der DDR leben ließ – vorausgesetzt, man kollidierte nicht mit dem System, vorausgesetzt, man bewegte sich in den vorgezeichneten Bahnen.

Die Spurrinnen meiner Geschichte waren aber schon lange vor meiner Geburt vom Schicksal geprägt, sodass ich gar nicht anders konnte, als mit dem System zu kollidieren, sodass ein anderes Leben für mich undenkbar gewesen wäre.

Ich hadere nicht mehr damit. Ich habe meinen Frieden und meine Freiheit darin gefunden, meine Geschichte zu akzeptieren und diese mir zugeschriebene Rolle bestmöglich zu besetzen – die dem Schicksal trotzende, tragische Heldin, das bin ich, deine Mutter.

Mein Vater, Peter Galinsky, wurde 1934 in Königsberg in Ostpreußen geboren, als drittes Kind des Tabakwarenhändlers Siegfried Galinsky und dessen Frau Johanna. Meine Großeltern müssen vermögende und angesehene Leute in Königsberg gewesen sein. Manchmal erzählte mein Vater von seiner frühen Kindheit in einem geräumigen Königsberger Stadthaus, von adretten Kindermädchen, von akkurat gezogenen Seitenscheiteln, von funkelnden Kronleuchtern, großen Gesellschaften, Zigarrenrauch und dem satten Kollern von Eiswürfeln in filigran geschliffenen Gläsern.

Als Siegfried einberufen wurde und die Familie verließ, übernahm Johanna den Tabakwarenladen. Meine Großmutter hatte schon immer über kaufmännisches Geschick verfügt, doch an der Seite ihres Mannes waren ihre Ambitionen als Liebhaberei abgetan worden. Nun war es an ihr, die Familie durchzubringen.

Als im Herbst 1942 ein junger, blasser Kerl im Laden erschien und ihr mit spitzen Fingern einen unscheinbaren Brief übergab, wusste sie Bescheid. Siegfried habe sein hoffnungsvolles Leben für Führer, Volk und Vaterland gelassen, hieß es. Ein Kopfschuss, der ihm den Heldentod brachte.

Johanna hob den Blick und starrte ins Leere, der blasse Bursche war längst verschwunden. »Wegen Trauerfall geschlossen« schrieb sie auf ein Blatt Papier, das sie an die Tür hing. Dann ging sie nach Hause, informierte ihre Kinder über den Verlust des Vaters und ermahnte sie, stark zu sein, es helfe ja nichts. Am nächsten Morgen stand sie hinter dem Tresen und machte weiter.

Das tat sie auch noch, als ein halbes Jahr später ihr ältester Sohn einberufen wurde, als im August 1944 britische Luftangriffe halb Königsberg zerstörten, als die Fronten von beiden Seiten näher rückten, als sie schon lange keine Antwort mehr von ihrem Sohn erhalten hatte.

Doch als im Januar 1945 die Sowjetarmee mit zwanzigfacher Übermacht in Ostpreußen einfiel, entschied sich Johanna, Königsberg zu verlassen. Und zwar schnell. Sie weckte ihre beiden verbliebenen Kinder noch vor dem Morgengrauen, wies sie an, drei Schichten ihrer wärmsten Kleidungsstücke übereinanderzuziehen und einen Handkarren mit dem Nötigsten zu beladen. Nur eine Stunde später verließen sie ihr Haus und schlossen sich den fliehenden Massen gen Westen an. Die Tür ihres Hauses ließen sie offen. Mein Vater war damals elf – alt genug, um zu wissen, dass es der falsche Moment für Fragen war. Aber auch alt genug, um zu ahnen, dass sie nie wieder hierher zurückkommen würden.

Die Geschichtsbücher sollten später von 1,5 Millionen Menschen erzählen, die bei Schnee und Eis, bei Temperaturen von minus 20 Grad um ihr Leben liefen. Es heißt, ein Flüchtlingstreck schaffte damals zehn Kilometer am Tag, die Rote Armee war dreimal so schnell.

Meine Großmutter schloss sich einem Treck an, der in Richtung Pillau zog. Von dort sollte es mit dem Schiff weiter nach Gotenhafen gehen, dann mit einem anderen Schiff nach Sassnitz.

Die Namen dieser Orte sind mir so vertraut wie mein eigener Geburtsort. Wann immer ein Gespräch auf die Herkunft meines Vaters kam, auf den Krieg, auf seine Kindheit, seine Erzählungen landeten immer bei diesen Orten, bei den Koordinaten seiner Flucht, den Zwischenzielen, die sein Überleben markierten. Und während sich die Ortsnamen durch Wiederholungen stärkten, zu etwas wurden, das Gewicht hatte, verblasste der unaussprechliche Schrecken. Nie verlor mein Vater ein Wort darüber, wie er die Flucht erlebt hatte. Wie lange sie unterwegs gewesen waren. Wo sie geschlafen hatten. Was sie gegessen hatten. Warum er die Flucht mit einer Schwester angetreten hatte und als Einzelkind in Sassnitz angekommen war.

Niemand erwartete Johanna und ihren Sohn bei ihrer Ankunft. Ich stelle mir vor, dass sie, erschöpft von der Flucht, durch ein Flüchtlingslager taumelten, weitermussten, weil auch dies kein Ort war, an dem sie sicher waren, und sich schließlich bis Leipzig durchschlugen, wo Johanna Verwandte vermutete. Tatsächlich fand sie ihren Cousin und dessen Frau in den Trümmern der Stadt. Nur drei der fünf Kinder ihres Cousins hatten überlebt, zusammengepfercht hauste die Familie in einem feuchten Kellerraum. Kein Platz, kein Essen, keine Wärme, nichts, um die Flüchtenden aufzunehmen, aber es gab eine Hütte am Stadtrand, nicht mehr als ein Verschlag, in dem meine Großmutter und mein Vater bis zum Kriegsende blieben und die letzten Bombenangriffe auf Leipzig unbeschadet überlebten. Sie schliefen auf dem Boden, heizten den kleinen Ofen mit Reisig, Johanna buk Brot aus Sägemehl und tauschte ihre letzten Königsberger Habseligkeiten auf dem Schwarzmarkt gegen ein Paar Schuhe für ihren Sohn ein.

Als im Frühjahr 1945 die Waffen endlich verstummten, der milde Maiwind Hoffnung durch das zertrümmerte Deutschland wehen ließ und sich tröstend um die erstarrten Herzen der Überlebenden legte, investierte Johanna ihr letztes Geld in einen Briefbogen und einen Stift, schrieb an die ehemaligen Geschäftskunden und bat um Tabakwaren auf Kommission. Der Name Galinsky genoss noch immer Vertrauen, sie bekam die Ware, ging von Tür zu Tür mit einem braunen Lederkoffer voller Zigaretten und Zigarren und verkaufte. Sie zahlte fristgerecht an die Händler, sparte jeden Pfennig, der übrig blieb. So erwirtschaftete sie sich eine überschaubare Summe, die ihr die Miete eines kleinen Tabakwarenladens am Rande der zerbombten Innenstadt ermöglichte. Nun verfügte sie über einen kleinen Verkaufsraum, mit einem winzigen Lager, mit einem Waschbecken, auf das sie eine Platte legte und sich so einen Tisch improvisierte. Im Obergeschoss gab es einen kleinen Raum mit einem Bett, in dem sie gemeinsam mit ihrem Sohn schlief.

Bis mein Vater sie Jahrzehnte später zu uns ins Dorf holen sollte, lebte Johanna hier in aller Bescheidenheit, obwohl sie sich im Lauf der Jahre genug erwirtschaftete, um zu expandieren oder sich eine größere und schönere Wohnung zu leisten.

Eine Kindheit im Krieg, das waren die prägenden Jahre meines Vaters. Er war in Wohlstand geboren und hatte alles verloren – den eigenen Vater, seine Geschwister, sein Zuhause, seine Heimat.

Manchmal frage ich mich, ob es dir helfen würde, die Geschichte deines Großvaters und deiner Urgroßmutter zu kennen. Wäre es weniger schmerzhaft für dich, wenn du wüsstest, dass das Verlieren in unserer Familie liegt? Seit Generationen verlieren wir, was wir lieben. Doch wir geben nicht auf. Wir bauen uns ein neues Leben auf.

Johanna hatte keine Zeit für ihren Sohn, sie war mit dem Aufbau einer neuen Existenz beschäftigt. Doch mein Vater war findig, er verstand es, sich durch die Trümmer zu bewegen, war ein hervorragender Schatzsucher, der nach Holz Ausschau hielt, mit dem Johanna den kleinen Ofen befeuern konnte, oder nach gusseisernen Rohren, für die Altwarenhändler gut bezahlten.

In seiner Klasse waren sie über sechzig Kinder, viele von ihnen, wie er, vaterlos. Im Winter musste jeder Schüler zum Unterricht ein Stück Holz mitbringen, damit der Klassenraum geheizt werden konnte, sonst hatte man wieder zu gehen und bekam auch nichts vom Mittagessen. Häufig war die Schulspeisung die einzige richtige Mahlzeit, die mein Vater in diesen Jahren zu sich nahm.

Dass er sich nach seinem ganz passablen Abitur gerade für ein Theologiestudium entschied, verstehe ich bis heute nicht. Der christliche Glaube hatte in der Familie meines Vaters keine große Rolle gespielt. In Königsberg waren sie weltlichen Dingen zugetan, nicht geistlichen.

Und ob mein Vater jemals wirklich glaubte, ob er überhaupt in der Lage war zu dieser bedingungslosen Hingabe, die echter Glaube erfordert, daran zweifle ich. Vielmehr war er ein radikaler Freidenker, dem seine Kanzel die Bühne bot, die er brauchte, um seine Sicht auf die Welt unters Volk zu bringen.

Gleiches Ziel, unterschiedliche Richtung

Meine Mutter, Annegret, erlebte einen anderen Krieg. Sie war die einzige Tochter einer Näherin, ihr Vater, ein Soldat, galt seit Kriegsbeginn als vermisst. Sie lebte in Leipzig in einer kleinen Wohnung, das Gehalt der Mutter reichte kaum, sie durchzubringen.

Schon 1942, meine Mutter war gerade sechs Jahre alt, kam sie mit der Kinderlandverschickung in die Bayerische Ostmark, heute Oberfranken, wo sie bei der Familie Volz untergebracht wurde. Die Volzens waren fromme, warmherzige Bauersleute, die Annegret zwischen ihre eigenen vier Töchter einreihten, als hätte dieser Platz dort auf sie gewartet.

Anfänglich war von einem halben Jahr die Rede, die Annegret von der Mutter getrennt bleiben sollte, doch der erhoffte baldige »Endsieg« ließ auf sich warten, und aus sechs Monaten wurden schließlich drei Jahre. Und auch als der Krieg vorbei war, blieb Annegret bei ihrer Pflegefamilie. Die Mutter in Leipzig schickte Geld, Annegret ihr ab und zu einen Brief, in dem sie von kalbenden Kühen und blühenden Rapsfeldern berichtete.

Als ich anfing, mich für die Vergangenheit meiner Mutter zu interessieren, sie nach früher fragte und sie mir nur ausweichend antwortete, dachte ich, die Trennung von ihrer Mutter muss schrecklich für sie gewesen sein.

Noch später, als ich darüber las, was mit den Landverschickungskindern in manchen Lagern passiert war, befürchtete ich, auch meine Mutter sei missbraucht, gedrillt und geschlagen worden.

Erst als erwachsene Frau verstand ich ihre wenigen Auskünfte besser: Sie erzählten von Ruhe und Weite, von noch warmer, frisch gemolkener Milch zum Frühstück, von Übernachtungen im Stroh mit ihren Schwestern, von Familienzusammenhalt und Geborgenheit, wie sie es in Leipzig nie erlebt hatte. Ich glaube, meine Mutter sprach wenig über die Zeit der Kinderlandverschickung, weil sie sich schämte, so viel Glück inmitten des Krieges erlebt zu haben.

Den Kontakt in die Bayerische Ostmark hielt sie noch lange. Ihre Pflegefamilie schrieb Briefe, später schickten sie Pakete mit Süßigkeiten, Kaffee und Kleidung. Als meine Mutter erfuhr, dass ihr Pflegevater 1977 im Sterben lag und sie keine Reisegenehmigung bekam, um seiner Beerdigung beizuwohnen, war sie untröstlich.

Mit sechzehn Jahren war Annegret nach Leipzig zurückgekehrt. Ihre Mutter war schwer krank, schon lange hatte sie der Pflegefamilie kein Geld mehr geschickt. Der Krieg war vorbei, und es war offensichtlich, dass es für Annegret keinen Grund mehr gab zu bleiben. Als sie ihre Mutter nach fast zehn Jahren wiedertraf, war sie ihr fremd. Eine verhärmte, gebrechliche Frau, die trotz Lungenkrebs im Endstadium verbissen weiterrauchte. Annegret zog bei ihr ein, nahm sich vor, sie bis zu ihrem Tod zu pflegen und dann schnellstmöglich wieder zu den Volzens zu gehen.

In der Zwischenzeit begann sie eine Ausbildung zur Kinderdiakonin. Sie fühlte sich ihren Pflegeeltern und deren zupackender Frömmigkeit verbunden und wusste von einem kirchlichen Kindergarten in deren Dorf, bei dem sie nach ihrer Ausbildung arbeiten wollte.

Doch dann traf sie meinen Vater und warf ihre Pläne über Bord.

Es war an einem heißen Sommertag, die Luft flirrte vor Hitze. Die Menschen bewegten sich träge, jede Regung war zu viel, nur die Kinder hüpften kreischend durch die Springbrunnen. Wer konnte, hatte die Stadt verlassen, war aufs Land oder an den See gefahren.

Meine Mutter musste sich auf ihre Abschlussprüfungen vorbereiten. Sie saß mit drei Freundinnen auf den Stufen der Bibliothek, im Schatten der hohen Mauern. Sie tauschten sich über die bevorstehenden Aufgaben aus, als ein junger Mann, der gerade aus der Bibliothek kam, stehen blieb, ihrem Gespräch lauschte und sich dann ganz selbstverständlich zu ihnen setzte.

»Meine Damen, ich höre, Sie sind vom Fach. Haben Sie Lust auf ein kleines Fragespiel? Es geht darum: Wir Christen glauben, dass Gott allmächtig und gut ist. Aber wie kann es dann sein, dass es so viel Leid auf der Welt gibt? Was glauben Sie: Ist Gott entweder gut, aber eben doch nicht allmächtig? Oder allmächtig, aber nicht gut? Oder Gott ist gut und allmächtig, plant aber das Böse in sein Wirken ein?«

Die angehenden Diakoninnen waren überrumpelt. Wie sich dieser Kerl so dreist in ihr Gespräch einmischte! Sie hielten dagegen, waren ebenfalls Profis, die Theodizee-Frage war ihnen vertraut – was für ein aufgeblasener Schnösel.

Hitzig diskutierten sie, ein schnelles Hin und Her von Fragen und Gegenfragen, das den eigentlichen Standpunkt des Mannes nicht zu erkennen gab. Die Sonne wanderte, und der Widerstand meiner Mutter schmolz. Sie war wie ihre Freundinnen hingerissen von diesem gut aussehenden jungen Mann, von seinem Charme, seiner Chuzpe und seinem Enthusiasmus für das Thema.

Als er sich so unvermittelt verabschiedete, wie er aufgetaucht war, fragte er nur eine der vier Frauen nach ihrem Namen und ob sie sich wiedersehen wollten. Die Ruhige, Hochgewachsene mit den eisblauen Augen. Natürlich wollte sie.

Von Anfang an waren sie ein ungleiches Paar. Er: laut, leuchtend und impulsiv. Sie: still, besonnen und nachgiebig. Was sie einte, war ihr Glaube und der unbändige Wille zu leben. Nicht nur zu *über*leben, sondern das bisschen Glück, das jedem von uns zusteht, zu finden, zu bergen und auszukosten. Mein Vater fand dieses Glück im Widerstand. Meine Mutter im Rückzug. Ihre Richtungen waren gegensätzlich, ihr Ziel dasselbe.

Nur der Ort, den sie sich dafür ausgesucht hatten, war denkbar ungünstig, und häufig habe ich darüber nachgedacht, wie mein Leben wohl verlaufen wäre, wenn ich in der Bundesrepublik aufgewachsen wäre.

Bereits in den frühen Fünfzigerjahren hatte die Deutsche Demokratische Republik einen härteren Kurs gegen die Kirche eingeschlagen, die sich gegen eine Instrumentalisierung durch Staat und Partei wehrte. Es gab Beschattungen, erste Verhaftungen. Konfessionelle Pflegeheime wurden enteignet, die evangelischen Jungen Gemeinden als illegal aufgelöst, gläubige Schüler mussten die Erweiterten Oberschulen verlassen. Und als 1955 die Jugendweihe als Alternative zur Konfirmation beschlossen wurde, war klar, dass sich die SED zum Gegner der Kirche erklärt hatte.

Nach Beendigung seines Studiums wurde meinem Vater der Ort Sälchow als Gemeinde zugeteilt. Das 1200-Seelen-Dorf lag in der Nähe von Rostock, unscheinbar und vergessen zwischen Äckern, die so weit reichten, dass sie mit dem Horizont verschmolzen. In Sälchow gab es eine Dorfschule, einen kleinen Konsum, einen Arzt. Bis zum nächstgrößeren Ort waren es siebzehn Kilometer.

Meine Eltern waren in dem Dorf nicht willkommen. Der alte Pfarrer war nach Rostock versetzt worden und hatte nun Verantwortung für eine größere Gemeinde. Er war still und friedlich gewesen, ein gemächlicher Mann, der sich aus dem Dorfgeschehen herausgehalten hatte. Es war einfach gewesen, ihn zu ignorieren.

Mein Vater aber war nicht der Typ Mensch, der Vergangenes auslotete, um daran anzuknüpfen. Er scherte sich nicht darum, was vor ihm gewesen war. Sälchow war ab jetzt seine Gemeinde, und er würde so arbeiten, wie er es für richtig hielt. Schon in der Woche seiner Ankunft – meine Mutter war gerade noch dabei, ihre wenigen Besitztümer auszupacken und den Staub des Vorgängers von den Dielen des baufälligen Kirchhauses, das sie bezogen hatten, zu wischen – klingelte mein Vater bereits an jeder einzelnen

Haustür in Sälchow und lud die Dorfbewohner persönlich zum Gottesdienst ein.

Sie schlugen ihm die Tür vor der Nase zu. Ignorierten ihn. Forderten ihn auf zu gehen. Man brauche in Sälchow keinen Pfarrer.

Seinen ersten Gottesdienst hielt mein Vater vor leeren Bankreihen. Mit der Zeit hörten sich mehr Menschen seine Predigten an, doch es waren nicht die Sälchower, die kamen. Es waren Menschen aus den umliegenden Dörfern, Enttäuschte und Engagierte, die die Kirche als Raum des freien Wortes schätzten.

Mit der Berufung meines Vaters ins Pfarramt änderte sich auch das Leben meiner Mutter schlagartig. Sie war ab jetzt Pfarrersfrau, die zusammen mit meinem Vater aus dem Netz staatlicher Kontrolle schlüpfte. Sie kümmerte sich um die sozialen Belange der Gemeindemitglieder, bereitete Kindergottesdienste vor, half den Alten und Schwachen. Damit gehörte sie zu einer kleinen Gruppe von Frauen, die nicht in staatlichen Betrieben arbeiteten, sich ihren Alltag weitestgehend frei einteilen und ihre Kinder selbst betreuen konnten.

Das Kirchhaus, in dem wir lebten, war dunkel, die Räume klein, und selbst im Sommer blieb das Gemäuer kalt. Im Herbst ächzten die dicken Holzbalken unter den Stürmen und flüsterten von besseren Zeiten. Im Winter war es nur in der Küche und in der Stube auszuhalten, alle anderen Räume waren zu kalt, an den Fenstern wuchsen Eisblumen.

Meine Mutter interessierte sich nie für dieses Haus. Es zu renovieren und zu pflegen wäre ein hoffnungsloses Unterfangen gewesen. Stattdessen verliebte sie sich augenblicklich in den Kirchgarten, ein verwildertes Stück Land, das an das Haus grenzte. Hier würde sie sich verwirklichen.

Und tatsächlich gelang es ihr mit den Jahren, dem lehmigen Boden die farbenfrohsten Blüten und schmackhaftesten Früchte zu entlocken. Sie machte den Garten zu einer Oase mit meterhohen Stauden und blühenden Rosensträuchern. Im Sommer erntete sie Gurken, Erbsen, Bohnen und Tomaten, im Herbst Kohl, Kürbis und die Früchte der knorrigen Obstbäume. Sie weckte sie ein, sodass wir den ganzen Winter davon essen konnten.

Annegret liebte ihren Garten. Was für meinen Vater die Kanzel war, war für meine Mutter ihr Garten.

Ich kam im August 1961 zur Welt, kurz bevor eine Mauer gebaut wurde, von der niemand die Absicht hatte, sie zu errichten, und die meine Welt bis zu meinem achtundzwanzigsten Lebensjahr auf eine Größe von rund hunderttausend Quadratkilometern beschränken sollte.

Meine Rolle im Dorf stand mit meinem ersten Atemzug fest: die Außenseiterin. Ich war nicht in der Kinderkrippe und auch nicht im Kindergarten. Meine Mutter behielt mich zu Hause und erzog mich nach christlichen Werten.

Doch mit Beginn meiner Schulpflicht war das Aufeinandertreffen mit der anderen Welt unvermeidlich, und ab da wurde ich jeden Tag mit meinem Anderssein konfrontiert. Ich war nicht bei den Pionieren, trug nicht das blaue Halstuch, hatte keinen glänzenden Klappausweis. Ich nahm nicht an Jugendweihestunden statt, war nicht bei der FDJ und war vom Wehrkundeunterricht entschuldigt. Beim Fahnenappell stand ich mit meiner normalen Kleidung wie ein bunter Papagei zwischen den weißen Hemden meiner Mitschüler.

Während meine Klassenkameraden am Sonntag lärmend durch die Straßen zogen, hatte ich beim Gottesdienst zu erscheinen. Nachmittags wurde Kaffee getrunken, meine Mutter hatte gebacken, häufig kamen Gäste, meist Kollegen meines Vaters.

Die Dorfkinder hänselten mich, bewarfen mich drinnen mit Papierkügelchen, draußen mit Steinchen, Stöcken oder Schneebällen – je nach Laune und Jahreszeit. Meine Mutter ermahnte mich, die Attacken zu ignorieren. Auf gar keinen Fall durfte ich mich wehren, im Gegenteil, ich sollte ihnen durch mein tadelloses Verhalten ein Beispiel sein.

Ich akzeptierte die Regeln meiner Eltern, schlüpfte ohne Vorbehalte in ihre Weltanschauung wie in einen wärmenden Mantel. Mein Vater erklärte: Ich sei nicht ausgeschlossen, ich sei privilegiert. Wo sonst in diesem Land könne man noch frei denken und diskutieren? Ich könne mich glücklich schätzen, geborgen und geschützt im Schoß der Kirche groß zu werden.

Auch wenn wir arm waren, so arm, dass am Ende des Monats nie etwas übrig war und wir für die Heizkosten im Winter schon im Sommer sparen mussten (hätte es die Bruderhilfe der Westkirche nicht gegeben, wir wären erfroren), klagten meine Eltern nie. Sie hatten einen Weltkrieg überlebt. Sie hatten Hunger überlebt. Sie waren wild entschlossen, auch die DDR zu überleben.

Großmutter Johanna unterstützte uns, wo sie nur konnte. Oft kam sie uns am Sonntag besuchen, steckte mir Süßigkeiten zu oder brachte kleine Spielzeuge mit, Dinge, für die meine Eltern kein Geld ausgeben wollten. Mit einem resignierten Kopfschütteln ließ sie ein paar Scheine auf dem Küchentisch liegen, wenn sie nachmittags wieder nach Leipzig fuhr.

Lautstark versicherten meine Eltern jedes Mal, dass sie das Geld nicht bräuchten, schließlich seien sie keine Bittsteller und der Garten versorge sie ausgezeichnet. Nach einem kleinen Tanz nahmen sie das Geld aber trotzdem an, und am nächsten Tag gab es dann immer etwas Besonderes zum Mittagessen.

Obwohl sich die Probleme damals noch in Grenzen hielten, war unser Schicksal längst vorgezeichnet. In jeder Gesellschaft werden Menschen, die anders sind, ausgegrenzt oder müssen für ihr Anderssein einen hohen Preis bezahlen. Es liegt in der Natur der Menschheit, denen zu misstrauen, die sich nicht konform verhalten. Der Argwohn und die Strafen waren in der DDR aber besonders hoch. Hätte das Schicksal meine Großmutter, deine Urgroßmutter, damals einige hundert Kilometer weiter nach Westen gebracht, unser Leben wäre ganz anders verlaufen. Wir wären heute keine Fremden.

Beziehungsstörungen

Am Ende des Tages ließ Jule alles stehen und liegen, zog ihre Jacke an und ging. Es war genug für heute. Sie schloss die Tür hinter sich, versiegelte die Stille in Ankes Wohnung und hasste die Vorstellung, dass sie morgen wiederkommen musste.

Das Familienfoto hatte sie aufgewühlt. Georgs Lächeln. Marlene mit ihrem Eis.

Jules Erinnerung an die Zeit, in der sie eine richtige Familie gewesen waren, war löchrig und porös. Aber eine war geblieben: Ständig hatte Marlene Süßes gegessen, darum verhandelt, danach gebettelt. Was für ein Mensch wäre ihre Schwester heute? Eine erwachsene Frau, fünfunddreißig Jahre alt. Hätte sie Kinder? Wäre Jule Tante? Würden sie sich gut verstehen? Hätte sie ihre Hand gehalten, als Anke im Ohlsdorfer Erdloch verschwand? Wie wäre ihr Leben verlaufen, wenn Marlene noch da wäre? Und Georg, ihr Vater?

Es waren Gedanken, die sie sich lange verboten hatte. Die zu nichts führten. Die erneut entzündet worden waren durch dieses eine Foto. Schluss damit.

Jule konzentrierte sich wieder auf ihre Schritte. Mit jedem Meter, den sie sich von Ankes Wohnung entfernte, wurde sie ruhiger. Sie fand zurück auf die unsichtbaren Gleise der Stadt. Das Hamburg hier draußen gab ihr Sicherheit. Die Stadt war ein beständiger Ort, verlässlich in ihren Geräuschen, Farben und Gerüchen. Hier konnte sie sich tarnen, war eine von vielen.

Als sie die S-Bahn in Altona verließ, steuerte sie auf dem Weg nach Hause eine Tankstelle an, kaufte zwei Flaschen Wein mit dem festen Vorhaben, sich zu betrinken, bis die Übelkeit, die das Foto hinterlassen hatte, nachlassen oder wieder aus ihr herauskommen würde.

Vor dem Regal entschied sie sich für einen Riesling mit imposantem Etikett. Sicherlich billiger Fusel, aber der größte Vorteil des vorsätzlichen Trinkens lag ja darin, dass man sich um die Qualität des Getränks keine Gedanken machen musste.

In der Wohnung wurde sie von Freitagabendgeräuschen empfangen: hohes Lachen, ein flottes Pingpong aus Fragen, Antworten und Kommentaren, klirrende Gläser. Vorglühen, später würden Marie und ihre Freundinnen auf den Kiez gehen. Jule mied die Küche, verzog sich in ihr Zimmer und trank den Wein direkt aus der Flasche. Sollte sie auch noch los? Nicht mit Marie und ihren überfröhlichen Freundinnen, auf keinen Fall. Wenn, dann allein. Menschen beobachten, die vorgaben, Spaß zu haben, Musik hören, dabei trinken, um zu vergessen.

Vielleicht würde sie auch irgendeinen Typen finden und mitnehmen. Einen, der das Einschlafen leichter machen würde. Oder doch Laurenz anrufen? Sie brauchte etwas Lebendiges, das sie heute Nacht wärmen würde. Das Gewicht eines anderen Körpers auf ihrem spüren, das wäre schön. Wenn sie Laurenz dann doch erzählen würde, dass ihre Mutter gestorben war, würde er ihr Tee kochen und den Rücken streicheln, bis sie einschlief.

Das Problem daran war nur, dass er am nächsten Morgen noch da sein und reden wollen würde. Über sich und seine Gefühle zu ihr, über Chancen und Vertrauen.

Es war leichter, sich einen Unbekannten für eine Nacht zu suchen. Und wer konnte es schon vorhersagen, vielleicht war heute der Eine dabei. Der Mann ihrer Träume. Der Vater ihrer Kinder. Sie gurgelte den Weißwein zwischen den Zähnen und durch ihre Gedanken. Sie war jetzt in einem Alter, da musste man mal ernsthaft Ausschau halten. Einen Mann, der die Leere füllen würde, die Anke hinterlassen hatte. Bislang war da kein Platz gewesen, aber jetzt?

Es war nicht schwer, Männer auf dem Kiez zu finden. Jule musste nur am Rand der Tanzfläche stehen: eine große, schlanke Frau, mit eisblauen Augen und dunkelblonden Haaren, eine Frau, die ganz offensichtlich keinen Anschluss suchte, immer gab es einen besonders mutigen Mann, der sie ansprechen musste.

Seit sie das verstanden hatte, war es einfach. Sie mochte diese Art von Begegnungen und war gut darin. Die Aufregung, die Hitze, die Anziehung, das Gefühl der Eroberung.

Nur das, was danach kam, das Ruhige, Beständige, das Tiefe und Warme, das ertrug sie nicht.

»Du bist beziehungsgestört«, hatte ihr Isa einmal attestiert, und Jule war ganz kurz davor gewesen, ihr die Freundschaft zu kündigen. Weil Isa aber genau das im nächsten Satz vorhersagte, »sobald dir jemand zu nahekommt, haust du ab«, machte Jule einen Rückzieher.

Isa hatte gut reden, wo sie doch gerade auf dem besten Weg war, eine dieser selbstgefälligen Minivan-Mütter zu werden, die einem ihr Glück schon auf dem Parkplatz demonstrierten. Aber so ungern es Jule auch zugab, in der Begründung für Jules Probleme hatte Isa wohl recht: fehlende Vaterliebe.

Es stimmte. Wenn man dem eigenen Vater so egal war, dass er sich seit über siebenundzwanzig Jahren nicht meldete, saß das tief. So viel Tee konnten die Laurenzens dieser Welt gar nicht kochen, fehlende Vaterliebe bekam man nicht repariert.

Jule war fünf oder sechs Jahre alt gewesen, auf jeden Fall noch im Kindergarten, als ihr Vater sie verließ. Es passierte, kurz nachdem Marlene aus ihrem Leben verschwunden war. Anke hatte eine neue Stelle angenommen, Georg wollte nachkommen. Aber irgendwo auf dem Weg zwischen Bamberg und Mannheim war er falsch abgebogen. War nicht aufgetaucht in der neuen Wohnung, die Anke und Jule bereits bezogen hatten.

Erst behauptete Anke noch, ihr Vater würde bald folgen. In ein paar Tagen. Wochen. Monaten. Doch er kam nicht, und Jule hörte irgendwann auf zu fragen. Er meldete sich nicht zu Geburtstagen. Nicht zu Weihnachten. Ihr Vater verschwand so endgültig aus ihrem Leben, dass es ihr manchmal schwerfiel, sich überhaupt daran zu erinnern, dass es ihn gegeben hatte.

Erst später verstand sie, dass sich ihre Eltern hatten scheiden lassen. Dass ihr Vater nicht wie Marlene spurlos verschwunden war, sondern sich entschieden hatte, nicht mehr mit Anke und ihr zu leben.

Doch auch wenn sie begriff, dass es dabei vor allem um

die Beziehung ihrer Eltern gegangen war, klopften dunkle Fragen bei ihr an. Wie wenig musste sie ihrem Papa bedeutet haben, dass er sie so hatte fallen lassen? Was hatte sie an sich, dass er nicht wenigstens ab und zu anrief? Wie wenig liebenswert war sie, dass er sie völlig vergessen hatte? Wieso hatten selbst die dümmsten Mädchen der Schule Väter, die sie vergötterten?

Jule nahm den letzten Schluck Riesling. Nein, besser keine Männer heute Nacht, sie war in miserabler Verfassung. Mutter tot, Schwester verschwunden, Vater weg, vielleicht auch tot, wer wusste das schon. Sie war wirklich zu bedauern. Sie musste lachen. Wer dachte sich so etwas aus? Jule Hoff, zweiunddreißig Jahre alt, Vollwaise, hatte nichts und niemanden. Was für eine absurde Geschichte ihr Leben war. Besser nicht so laut lachen, ermahnte sie sich. Allein trinken war grenzwertig, allein lachen höchst verdächtig.

Der Wecker klingelte um sechs, sofort war ihr Kater hellwach: Kopfschmerzen, Übelkeit, Schwindel, das volle Programm. Und doch hatte es etwas Beruhigendes. Ihr Körper folgte den Gesetzmäßigkeiten des Saufens, auf ihn war Verlass.

Jule stand auf, riss sich zusammen. Kaffee, Aspirin, zurück in Ankes Wohnung. Das beenden, was sie gestern angefangen hatte. In der S-Bahn erinnerte sie sich an den Traum der vergangenen Nacht. Es war der immer gleiche. Seit Jahren, seit Jahrzehnten rannte sie manchmal mehrfach in der Nacht Marlene hinterher und wollte die zwanzig Pfennig zurück, die sie ihr geliehen hatte. Und stets hinterließ der Traum das Gefühl von Empörung, schließlich war es ihr Geld gewesen.

Ein Traum – so nichtssagend wie beschämend. Ihre große Schwester war plötzlich weg, wie ausradiert, als hätte es sie nie gegeben. Und Jules Unterbewusstsein hatte nichts dazu beizutragen, außer der Sorge um zwanzig Pfennig?!

Anke hatte zeitlebens einen Bannkreis um das Thema Marlene gezogen, nie auch nur ein Wort über ihr Verschwinden verloren. Und wenn Jule nach Geschwistern gefragt wurde, verneinte sie. Das war sicherer. So wurden keine Fragen gestellt, die sie nicht hätte beantworten können. Wie sollte sie auch erklären, dass es mal eine große Schwester in ihrem Leben gegeben hatte, die dann aber plötzlich nicht mehr da war? Weg, verschwunden, als hätte es sie nie gegeben. Ankes Schweigen zu Marlene war eine Festung, so wehrhaft, unnachgiebig und kalt, dass Jule den Schmerz nur erahnen konnte, der sich dahinter verbarg.

Einmal, als Jule vierzehn oder fünfzehn war, hatte sie all ihren Mut zusammengenommen und Anke gefragt. Sie wollte wissen, wann Marlene gestorben war: Woran? Und wie? Sterben hieße doch nicht verschwinden und wo sei sie denn begraben?

Jule hatte gewusst, dass sie sich mit ihren Fragen auf sehr dünnes Eis begeben würde. Brach sie ein, war ihre Mutter womöglich für Wochen außer Gefecht gesetzt. Trotzdem wagte sie es. Erst vorsichtig, herantastend: »Marlene mochte Knusperflocken, oder?« Dann wurde sie direkter: »Warum war sie eigentlich plötzlich weg, damals?« Schließlich platzte es aus ihr heraus: »Warum verheimlichst du mir, was mit ihr passiert ist? Ich will wissen, was geschehen ist!«

Anke hatte den Kopf geschüttelt, »Hör auf!« geschrien und sich die Ohren zugehalten. »Sei still!« Aber Jule hatte sie weiter mit Fragen bombardiert, bis Anke ins Schlafzimmer geflüchtet war, die Tür zugeworfen und von innen verschlossen hatte.

Jule blieb mit einem Hochgefühl zurück. Endlich war sie die Fragen los. Das hatte gutgetan, selbst wenn es keine Antworten gab. Sie ging ins Bett und fühlte sich um ein paar Zentimeter größer.

Doch als sie am nächsten Morgen aufwachte, war es verräterisch still in der Wohnung, und sie wusste, dass sie für das kurze Gefühl der Überlegenheit lange würde büßen müssen. Sie hatte Anke wieder für Tage verloren, vielleicht sogar für Wochen. Ihre Mutter war erneut in Depressionen versunken.

Das, was fehlte

Ankes Wohnung empfing sie wärmer, aber um einiges chaotischer, als sie sie in Erinnerung hatte. Berge von Dingen, die gestern noch System gehabt hatten, waren heute ein Gebirge aus Schrott. Jule konzentrierte sich, starrte auf Ankes Nachlass und versuchte sich zu erinnern, wo die Grenzen verlaufen waren – wegschmeißen, spenden, verkaufen, behalten …

Nein, sie würde nichts verkaufen, schob den Haufen in Richtung spenden. Womöglich würde es ewig dauern, Käufer zu finden. Spenden ging schneller, das Geld war ihr egal.

Sie stopfte die Sachen in große blaue Müllsäcke, belud Ankes alten Passat, der jetzt ihrer war, und brachte die erste Fuhre zum Wertstoffhof. Unterwegs hielt sie an einem Kleidercontainer.

Sie kam gut voran, die Straßen waren noch leer, auf den Gehsteigen waren nur ein paar Jogger unterwegs und junge Väter mit müden Augen, die ihre pausbackigen Babys zum Bäcker schoben.

Am Wertstoffhof empfing sie ein gut gelaunter Mann in Arbeitskleidung. Er warf einen Blick in den Passat, zählte die Säcke mit Restmüll und erklärte ihr, wohin sie die alten Regalbretter bringen sollte. Sie zahlte vierzig Euro, fuhr auf den Hof und versenkte Ankes Leben in Containern. Es war erschreckend einfach.

Die nächste Ladung ging zum Sozialkaufhaus. Die Mitarbeiter dort freuten sich über die vielen hervorragend erhaltenen Sachen, und Jule besprach mit ihnen, dass sie die Möbel und die Waschmaschine am Montag aus der Wohnung abholen würden. Den Schlüssel würde Jule für sie bei der Nachbarin hinterlegen.

Zurück in Ankes Wohnung, fühlte sie sich erleichtert. Der Erfolg war sichtbar, viel war nicht mehr zu tun. Nur noch das Badezimmer, Ankes Schreibtisch und die letzten Sachen aus dem Kleiderschrank. Um den Rest würden sich andere kümmern.

Bevor sie weitermachte, musste sie aber erst mal etwas essen. Frühstück hatte sie keins gehabt, und es war schon weit nach Mittag. Sie ging zum Türken am Ende der Straße und bestellte Falafeln, die sie auf dem Rückweg zu Ankes Wohnung im Gehen aß. Oben angekommen, hatte sie immer noch Hunger. Sie fand ein paar Kekse, wahrscheinlich längst über dem Verfallsdatum, sie schmeckten aber noch.

Nach dieser kurzen Pause klingelte sie bei der Nachbarin, Frau Otto, und erklärte ihr die Sache mit dem Schlüssel für die Leute vom Sozialkaufhaus.

Die alte Frau verstand erst nicht, was Jule von ihr wollte. »Was ist denn mit Ihrer Mutter?«, fragte sie. »Ist sie wieder im Krankenhaus?«

»Nein.« Jule räusperte sich, die Frage passte nicht zum guten Gefühl, das sie sich durch den Vormittag erarbeitet hatte. »Sie ist gestorben.«

»Was? So plötzlich?« Frau Otto sah betroffen aus. »Wann ist denn die Beerdigung?«

»Die war schon.«

»Warum haben Sie denn nicht Bescheid gesagt? Ich wäre doch gekommen. Und Frau von Stetten von unten sicherlich auch. Wir haben doch einmal im Monat mit Ihrer Mutter Skat gespielt.«

»Tut mir leid.« Jule sah auf ihre Schuhe. »Das wusste ich nicht.«

»Und wo ist ihr Grab? Dann will ich wenigstens einen Strauß hinlegen.«

»Es ist ein anonymes Grab.«

Die Frau sah sie fassungslos an.

Jule wollte erklären, dass Anke es so gewollt hatte, es nicht ihre Idee gewesen war und sie nichts von der Freundschaft ihrer Mutter zu ihren Nachbarinnen gewusst hatte.

»Nun denn«, sagte Frau Otto kurz angebunden. »Werfen Sie den Schlüssel in meinen Briefkasten, wenn Sie gehen. Auf Wiedersehen.«

Als Jule sich wieder in Ankes stiller Wohnung befand, kam ihr das eben Gehörte wie Verrat vor. Warum hatte ihr Anke nie von diesen Frauen erzählt? Warum hatte sie Jule im Glauben gelassen, sie wäre die Einzige, die sich um sie kümmerte? Wütend machte sie sich wieder an die Arbeit.

Das Badezimmer war einfach, die angebrochenen Putz- und Waschmittel würde sie mit in die WG nehmen, Kosmetik, Medikamente, Lotionen und Cremes schmiss sie großzügig weg.

Der Kleiderschrank war ja schon fast leer, nur ein paar Röcke, die sie seit Jahren nicht an Anke gesehen hatte, stapelten sich auf den oberen Fächern. Auch die würde sie spenden.

Als Letztes nahm sie sich Ankes Schreibtisch vor, der in

einer Nische im Schlafzimmer stand. Ein massives Ding mit Schubladen, Rückwand und großer Arbeitsplatte. Sie fand Tacker, Locher und Scheren. Alles fürs Sozialkaufhaus. Alte Rechnungen, Ankes Reisepass und eine Sammlung von Rezeptausschnitten – ab in den Müll.

In einer der Schubladen stieß sie hinten auf eine kleine Holzschatulle. Eine alte Zigarrenkiste vielleicht. Beim Öffnen fiel ihr ein Seepferdchen-Abzeichen entgegen. Jule nahm es hoch und strich über den faserigen, ausgeblichenen Stoff. Das damit verbundene Gefühl war noch immer abrufbar: außen kalt vom Wasser, innen drückte der Stolz warm und kräftig gegen ihre Brust.

Es war ein heißer Julitag im Freibad gewesen, die Luft war schwer von den Gerüchen und Geräuschen des Sommers. Jule hatte ihr Seepferdchen bestanden, ganz allein hatte sie es geschafft. Es waren lang vergessene Erinnerungen, aber gestochen scharf, unangetastet vom Weichzeichner der Zeit. Es war in einem Freibad in Göttingen gewesen. Anke war nicht dabei, seit über zwei Wochen hatte sie das Bett nicht verlassen, die Vorhänge blieben zugezogen, morgens machte sich Jule selbst das Pausenbrot und verließ ohne Verabschiedung das Haus.

Sie waren nur wenige Wochen vor den Sommerferien umgezogen, die Klasse war ein fester Zusammenschluss, und kein Kind hatte Interesse an der großen, dünnen Neuen. Jule bemühte sich nicht um Anschluss, nicht darum zu gefallen. Sie akzeptierte den Platz der Außenseiterin. Wenn die anderen sie in Ruhe ließen, sie nicht hänselten, war sie froh.

Im Sportunterricht stand Schwimmen auf dem Lehrplan. Alle Kinder aus ihrer Klasse konnten es schon. Nur Jule nicht. Nie hatte sie lange genug an einem Ort gewohnt, um an einem Schwimmkurs teilzunehmen. Und um es ihr beizubringen, hatte Anke weder Zeit noch Kraft gehabt.

Jules neue Klassenkameraden erschienen mit zahlreichen Abzeichen, die ihre Mütter auf Badehosen und Schwimmanzüge genäht hatten, wie hoch dekorierte Generäle am Beckenrand. Sie sprangen kopfüber in die Tiefe, dass es nur so spritzte. Einzig Jule nicht, die drückte sich im flachen Wasser herum und täuschte Unwohlsein vor.

Schon in Memmingen, wo sie zuvor gelebt hatten, wollte sie sich das Schwimmen selbst beibringen. »Hinten wie ein Frosch, vorne wie ein Pfeil«, hatte sie den Bademeister einmal anleiten hören. So schwer konnte das doch nicht sein.

Von ihrem Taschengeld hatte sie den Eintritt ins Hallenbad gezahlt. Aber der Bademeister hatte sie nicht allein ins Wasser gelassen. Dafür brauchte sie das Seepferdchen-Abzeichen. Aber wie sollte sie das Abzeichen bekommen, wenn sie nicht vorher schwimmen übte?

In dieser neuen Stadt, mit den neuen Kindern und alten Problemen, hatte sie es endgültig satt. Sie ging nach Hause, legte sich bäuchlings auf den Teppich und übte. Vorne Pfeil, hinten Frosch, so lange, bis die Bewegungen sich vertraut anfühlten.

Am Samstag nach der ersten Schulschwimmstunde war es so weit. In der Wohnung war es unerträglich heiß. Das Fenster durfte nicht geöffnet werden, weil die lauten Straßengeräusche Anke Kopfschmerzen bereiteten. Jule hatte aufgeräumt, war beim Bäcker gewesen, hatte den Boden in der Küche gefegt und gewischt. Ihre Hausaufgaben waren erledigt. Verabredet hatte sie sich nicht, mit wem auch?

Sie kletterte auf die Fensterbank und sah Ellenbogen aus Autofenstern lugen, flatternde Röcke, gebräunte Beine und Vanilleeis, das auf den Asphalt tropfte.

Da packte sie ihre Sachen und ging los. Meldete sich gleich beim dicken Bademeister, und der sagte: »Meinetwegen.« Er pfiff die anderen Kinder an, die Bahn frei zu machen für sie, Juliane Hoff, und ihre Knie zitterten.

»Als Erstes: Sprung vom Beckenrand«, rief er und biss in eine Salamisemmel.

Jule sprang vom Beckenrand. Einfach so. Mitten hinein ins strahlend blaue Wasser. Mit weit aufgerissenen Augen, man weiß ja nie, aber wird schon gut gehen. Im ersten Moment war es schrecklich, das Wasser brannte in den Augen. Jule prustete, paddelte, konnte nicht erkennen, wo oben und unten war, dann endlich berührten ihre Füße den vertrauten Boden. Sie stieß sich ab, keuchte und rettete sich an den Rand.

Kauend sagte der Bademeister etwas, das Jule nicht verstand. Nett klang es nicht. Dann rief er: »Jetzt schwimmen, fünfundzwanzig Meter, eine halbe Bahn. Aber sauf uns nicht ab.«

Jule brachte sich in Position und paddelte los, vorne Pfeil, hinten Frosch. Vorne Pfeil, hinten Frosch. Vorne Pfeil, hinten … Sie schluckte Wasser, hustete, ging unter, kam schnell wieder hoch, hustete noch mal, machte weiter, kam irgendwie tatsächlich voran.

»Reicht!«, rief der Bademeister.

Sie sah sich um, ja, das war die Hälfte der Bahn. Sie konnte es selbst nicht glauben.

Dann das Tauchen nach dem Ring. Klappte nicht. Überhaupt nicht. Wie sehr sie sich auch anstrengte, sie schaffte es nicht, ihren Po unter Wasser zu bekommen.

»Letzter Versuch«, rief der Bademeister, und Jule bekam Angst.

Sie holte tief Luft, sprang ein bisschen hoch, dann mit dem Kopf voran ins Wasser. Und tatsächlich, mit dieser Technik schaffte sie es, tiefer zu tauchen, berührte sogar den Ring mit den Fingerspitzen, bekam das verfluchte Ding aber nicht zu fassen. Ruckartig kehrte sie zurück an die Oberfläche, sie musste nach Luft schnappen.

Verdammt. Die Enttäuschung schnürte ihr den Hals zu. Jetzt nur nicht weinen.

Der Bademeister stand einen Moment unschlüssig herum, dann zuckte er mit den Schultern – und Jule hatte bestanden.

Mit federnden Schritten eilte sie zurück in die Wohnung. Durfte sie Anke wecken? Aufgeregt schlich sie vor ihrer Schlafzimmertür auf und ab, sie platzte fast vor Stolz. Schließlich hielt sie es nicht mehr aus und öffnete vorsichtig die Tür.

»Mama?« Sie berührte Anke an der Schulter. »Mama, schau mal, ich habe mein Seepferdchen bestanden.«

Anke reagierte nicht. Sie lag auf dem Bauch, den Kopf abgewandt.

»Mama? Mama?«, sagte Jule etwas lauter.

Doch Anke lag weiterhin wie leblos da und gab keinen Laut von sich.

Jules Magen zog sich zusammen. »Wach auf!«, rief sie jetzt panisch. »Wach doch auf!« Sie rüttelte an Ankes Schulter.

Endlich bewegte sich ihre Mutter, verwirrt rappelte sie sich hoch, wischte sich die Augen.

»Ich habe das Seepferdchen bestanden. Ohne Schwimmkurs.« Sie strahlte.

»Wirklich?« Anke befühlte den kleinen Stoffaufnäher. »Das hast du toll gemacht, Julchen, ich bin stolz auf dich.« Ihre Augen füllten sich mit Tränen, aber es waren andere Tränen als sonst. Anke gab ihr einen Kuss auf die Wange, was sie schon lange nicht mehr getan hatte.

»Freust du dich?«, fragte Jule.

Anke nickte. Wischte sich weitere Tränen aus dem Gesicht.

Ihre Freude war sogar so groß, dass sie es schaffte, aufzustehen, sich zu duschen, etwas Frisches anzuziehen und mit ihrer Tochter in die Eisdiele zu gehen. Jule durfte sich drei Kugeln aussuchen, mit Streuseln, Soße und Obst.

Ein bisschen davon ließ sie auf die Straße tropfen.

Behalten. Jule steckte das Schwimmabzeichen in ihre Tasche. Als Erinnerung daran, dass es ihr gelungen war, Anke fröhlich zu machen, und dass sie das erste Mal etwas ganz allein geschafft hatte.

Als Nächstes entdeckte sie in der Schatulle einen Zeitungsausschnitt. Sie hatte als Elfjährige über das Weihnachtstheaterstück in der lokalen Tageszeitung geschrieben. Man musste sich bewerben, und sie hatte gewonnen. Sie durfte sich das Stück ansehen, *Das Dschungelbuch*, und anschließend darüber einen Bericht schreiben, wie es ihr gefallen hatte.

Außerdem fand sie die Einladung für ein Schulsommerfest; auf dem Deckblatt ein Bild, das sie gemalt hatte. Sechste oder siebte Klasse, eine recht gelungene Rosenranke, der Kunstlehrer hatte sie dafür gelobt.

Und dann noch ein weiterer Zeitungsausschnitt, ein Foto und eine Auflistung derer, die 2004 am Leibniz-Gymnasium in Hamburg Abitur gemacht hatten. Jule auf dem Bild wegen ihrer Größe ganz hinten, beim Notendurchschnitt ziemlich weit vorne.

Es waren alles Zeugnisse ihrer Leistungen. Dinge, die Anke gesammelt, aber nie mit jemandem geteilt hatte. Mit wem auch? Dennoch hatte sie sie behalten.

Was behielten andere Mütter von ihren Kindern in Erinnerung? Bei Anke war es: das Außergewöhnliche. Das Besondere. Aber mehr als vier Reliquien waren nicht zusammengekommen, dachte Jule und fühlte Bedauern. Sie hätte ihrer Mutter gern mehr geliefert, um diese Schatulle zu füllen.

Behalten oder wegschmeißen? Jule entschied sich für den rechten Stapel. Wegschmeißen. Diese Sachen hatten für sie keine Bedeutung, nur das Seepferdchen würde sie behalten.

Dann hatte sie es geschafft. Alles leer geräumt, fortgebracht und weggeschmissen. Das war's.

Nur noch eines wollte sie erledigen. Sie schob das Bett ein Stück von der Wand weg, um zu überprüfen, ob etwas dahintergefallen war.

Nichts, nur schöne Grüße von den Wollmäusen.

Den Schrank bekam sie nicht vom Fleck und auch beim Schreibtisch tat sie sich schwer. Sie klemmte sich zwischen die wenigen Zentimeter, die sie die Platte von der Wand geschoben hatte, und stemmte sich mit ganzer Kraft dagegen.

Da entdeckte sie ihn.

Er war nicht aufwendig versteckt, eigentlich klebte der Umschlag sogar ziemlich offensichtlich an der Rückwand des Schreibtischs. DIN-A4-groß, die Lasche verklebt mit zwei Tesa-Streifen, die längs über das Kuvert liefen.

Geld, dachte sie zuerst. Und freute sich. Ankes Vertrauen in Banken war seit der Finanzkrise erschüttert gewesen. Sie hatte ihr Geld in Gold angelegt, das in einem Schließfach auf Jule wartete. Vielleicht hatte sie hier ihre Bargeldreserven aufbewahrt.

Diese Überlegung verwarf Jule jedoch in dem Moment, als sie den Umschlag anfasste. Das Papier war alt, fühlte sich spröde und rau an.

Sie drehte ihn um und las:

An die Eheleute
Anke und Georg Hoff
2500 Rostock
Narzissenweg 35

Jules Hände reagierten, bevor ihr Kopf verstand. Mit zittrigen Fingern öffnete sie den Umschlag.

Anke und Georg Hoff.

Ein Brief an ihre Eltern.

Ein seltener Beweis ihrer Existenz.

Sie bekam das dünne Papier nicht gleich zu fassen, riss das Kuvert auf, zog es hastig heraus. Ihre Augen flogen über das Blatt, begriffen aber nicht den Sinn der Worte, die sie las:

Nr. 214/1985
Kind, namenlos, weiblichen Geschlechts
ist am 23. März 1985
in Rostock
geboren.
Eltern: unbekannt
Änderungen des Geburtseintrags: Das Kind, weiblich,
wird an Kindes statt vom Ehepaar Hoff, Anke, geb.
18.05.1952, und Georg, geb. 05.08.1952, beide wohnhaft in
Rostock, angenommen.
Rostock, den 30. März 1985

Stempel und eine Unterschrift, die Jule nicht entziffern
konnte.

Jule blinzelte. Was war das?

Der 23. März 1985 war ihr Geburtstag. Und sie war in
Rostock geboren. Aber warum *Kind, namenlos*? Hatten
Anke und Georg sich nicht einigen können, wie sie sie nen-
nen wollten? Und was war das überhaupt für ein Doku-
ment? Nicht ihre Geburtsurkunde, die hatte sie bei sich zu
Hause, in einem der Ordner, zusammen mit den Zeugnissen
und Bankunterlagen. Dort hatte sie einen Namen, Juliane
Hoff, und Anke und Georg waren unter »Eltern« vermerkt.

An Kindes statt angenommen. Sie las die Wörter wieder
und wieder. Hielt das Papier lange in der Hand. Ihr Kopf
suchte noch nach Erklärungen (eine Verwechslung, ein feh-
lerhaft ausgestelltes Dokument, die Scheidung ihrer Eltern,
Georg, der kein Sorgerecht mehr haben sollte), während ihr
Herz es schon lange wusste.

Jeder einzelne Buchstabe riss alles, was sie bisher für ihr Leben gehalten hatte, aus den Fugen.

Jeder einzelne Buchstabe befreite eine immer da gewesene Wahrheit.

Alles ergab auf einmal Sinn.

Das, was nicht gut gewesen war.

Das, was gefehlt hatte.

Anke und Georg waren nicht ihre Eltern.

Wer dann?

In Flammen

»Funkspruch an alle, Funkspruch an alle! – Die Kirche in der DDR klagt den Kommunismus an! Wegen Unterdrückung der Kirchen in Schulen an Kindern und Jugendlichen.«

Diese Worte waren auf Plakaten zu lesen, die ein Kollege meines Vaters, der Pfarrer Oskar Brüsewitz, am 18. August 1976 auf das Dach seines parkenden Autos auf dem Vorplatz der Michaeliskirche in Zeitz stellte. Brüsewitz trat in seinem Talar auf den sonnigen Kirchhof, übergoss sich mit Benzin und zündete sich an. Rund dreihundert Passanten sahen ihn brennen, bis ein herbeigeeilter Polizist und ein Busfahrer eine Decke um den benzingetränkten Talar legten, um die Flammen zu löschen. Der gerufene Rettungswagen brachte Brüsewitz ins Krankenhaus, kurz darauf wurde er von Zeitz nach Halle auf die Intensivstation verlegt, wo er vier Tage später verstarb. Seiner Frau und seinen zwei Töchtern wurde ein letzter Abschied verwehrt. Die öffentliche Selbstverbrennung galt als politische Aktion, und noch auf dem Sterbebett wurde der evangelische Pfarrer von der Stasi befragt.

Brüsewitz sagte aus, er habe gegen seine schon lange vom Staat geplante Versetzung protestieren wollen, die die Kirche nun zu vollstrecken gedachte. In seinem Abschiedsbrief, der bei ihm zu Hause gefunden wurde, schrieb er, er misstraue dem »scheinbaren tiefen Frieden«, der auch in die Christenheit eingedrungen war.

Von offizieller Seite wurde der Freitod schnell als Aktion eines Irren abgetan. Der Pfarrer sei schon in der Vergangenheit auffällig gewesen, hätte mit unkonventionellen Aktionen provoziert, wäre auch innerhalb der Kirche streitbar gewesen. Persönlich hätte er einige Schicksalsschläge erlebt, von einer gescheiterten Ehe war die Rede, von psychischen Problemen und einem Kuraufenthalt. Es war nicht schwer, ihn als verwirrten, radikalen Einzeltäter darzustellen.

Man versuchte das Geschehene möglichst zu verheimlichen, trotzdem fanden sich vierhundert Menschen zu Brüsewitz' Beerdigung in Rippicha ein, darunter mein Vater. Die Christen waren schockiert. Es war nicht nur das Entsetzen über die Wahnsinnstat. Es war auch das Entsetzen darüber, dass er posthum von den eigenen Leuten im Stich gelassen wurde, denn die Kirche machte keine Anstalten, seinen Ruf zu retten.

Brüsewitz' Tod hatte meinen Vater, deinen Großvater, entzündet. Seine Predigten wurden provokanter, seine Gottesdienste und Jugendabende politischer. Immer mehr Menschen kamen nach Sälchow, die Gemeinde wuchs rasant. Mit besinnlicher Einkehr hatten diese Treffen nichts mehr zu tun.

Sein Engagement machte mich noch mehr zur Außenseiterin. Je radikaler mein Vater wurde, umso stärker wurde ich von den anderen ausgegrenzt. Hatten mich die Jugendlichen im Dorf vorher nur gemieden und hin und wieder gehänselt, war ich nun einem regelrechten Hass ausgesetzt. Ihre Beleidigungen begleiteten mich auf meinem einsamen Weg von der Schule nach Hause.

In seiner Stasi-Akte sollte mein Vater später lesen, er habe

»Gottesdienste zur feindlichen, antisozialistischen Inspiration« genutzt. Dass wir bespitzelt wurden, wussten wir. Post und Pakete erhielten wir nur noch geöffnet, vor dem Kirchhaus parkte in regelmäßigen Abständen ein grauer Lada mit unscheinbaren Männern mittleren Alters. Wenn wir telefonierten, war das Knacken und Rascheln in der Leitung häufig so laut, dass wir den Sprecher am anderen Ende nicht verstehen konnten.

Wir wussten es – und arrangierten uns. Das Telefon wurde selten benutzt, Wichtiges wurde nur noch persönlich besprochen. Außerdem hielt mein Vater mich an, wann immer ich jemanden sah, der verdächtig wirkte, ihn direkt und freundlich zu grüßen. Das führte zu komischen Situationen, denn die Reaktion der ertappten Beschatter war häufig so offensichtlich, dass mir diese kleinen Triumphe den Tag versüßten. Manchmal war ihre Observation schlicht lächerlich. Bei minus sieben Grad stand einer auf der anderen Straßenseite, las im Stehen Zeitung, in der ein so großes Guckloch war, dass wir uns durch dieses problemlos hätten grüßen können.

Was meinen Vater später bei Einsicht seiner Unterlagen dann jedoch überraschte, waren die vielen Details, die die inoffiziellen Mitarbeiter über uns zusammengetragen hatten. Seitenweise war unser Leben dokumentiert worden, darunter die banalsten Dinge: Welche Zahnpasta wir benutzten, wann mein Vater erkältet war und dass meine Mutter sich die Haare hatte schneiden lassen.

Die Akte beinhaltete aber auch Informationen, die sie nur aus dem engsten Kreis beschafft haben konnten. Zum Beispiel, dass mein Vater die SED als »diktatorischen Verbrecherverein« bezeichnet hatte. Oder dass ich Einzelkind bleiben sollte, da meine Mutter dem Arbeiter- und Bauern-staat keine weiteren Kinder schenken wollte. Auch, dass ich davon träumte, eines Tages Ärztin zu werden.

Als Kind habe ich mich nie gefragt, welche Auswirkung meine Herkunft auf mein Leben haben würde. Ich war eine feste Einheit mit meinen Eltern. Wir waren zwar anders als die anderen, aber ich fühlte mich sicher und geborgen. Unser Leben folgte vorhersehbaren Strukturen, und ich war mir der Liebe meiner Mutter und meines Vaters gewiss.

Für meine Zukunft hatte ich große Pläne. In meiner kindlichen Naivität stellte ich mir ein Leben als Kinderärz-tin vor, ich wollte nach Afrika reisen, den Hunger bekämp-fen, mich den Gefahren der Wildnis aussetzen. Inspiriert von christlichen Vorbildern wie Ida Sophia Scudder, einer amerikanischen Missionsärztin, die Frauen in Indien Zu-gang zu medizinischen Berufen ermöglichte, erträumte ich mir Großes. Mein Vater ermutigte mich, sagte, ich würde die beste Ärztin werden, die dieses Land je gesehen hätte.

Doch bereits in der dritten oder vierten Klasse dämmerte mir, dass es für mich schwieriger werden würde, mein Ziel zu erreichen. Obwohl ich zu den Besten zählte, standen die Chancen schlecht, auf die Erweiterte Oberschule zu kom-men. Abitur sollten nur solche Schüler machen dürfen, die nicht nur gute Leistungen aufwiesen, sondern auch poli-tisch-moralisch tadellos waren und in der Vergangenheit ihre Verbundenheit zum Staat durch gesellschaftliche Akti-vitäten bewiesen hatten.

Im Herbst 1976, nach Brüsewitz' Tod, als mein Vater mit dem DDR-Regime auf Konfrontationskurs ging, war ich fünfzehn und hatte verstanden, dass ich meinen Traum, Ärztin zu werden, vergessen konnte. Ich befand mich in meinem letzten Schuljahr und war nicht für die Vorbereitungsklasse zum Abitur ausgewählt worden.

Mein Vater scherte sich nicht um meinen Kummer, ich glaube, er bemerkte gar nicht, dass ich immer stiller wurde. Er hatte sich Höherem verschrieben.

Und auch meine Mutter konnte mir nicht helfen. Sie verschwand zwischen Büschen und Blättern, harkte, schnitt und pflügte mit einer Entschlossenheit, als müsste sie den widerspenstigen Garten zurechtweisen, als hatte sie seine ständige Erziehung satt, als ermüdeten sie die stets gleichen Vorgänge, als erwartete sie, dass er allmählich begreifen würde, was sie von ihm wollte.

Ich denke, meine Mutter missbilligte den radikalen Kurs, den mein Vater eingeschlagen hatte. Vielleicht sah sie auch meine Not, vielleicht war mein Kummer sogar ihrer. Doch sie widersprach meinem Vater nie.

Ich war fünfzehn, ich war wütend, ich hatte niemanden, der es mit meinem Frust aufnehmen konnte. Daher suchte ich mir einen Schuldigen für meine Situation, von dem ich bisher nicht viel Konkretes erfahren hatte: Gott.

Wenn ich heute darüber nachdenke, muss ich schmunzeln. Was waren wir eigentlich für eine Pfarrersfamilie? Mein Vater, der mehr an seinen Verstand als an Gott glaubte. Meine Mutter, die einzig an die Beständigkeit der Natur glaubte. Und ich, die ich zwar noch nicht wusste, woran ich glauben sollte, mich aber vehement gegen diesen gütigen, passiven Versagergott entschieden hatte, der mir seit meiner Geburt beständig als Ausweg präsentiert worden war.

Ob es in deinem Leben einen Gott gibt? Einen, der dir Hoffnung schenkt?

Obwohl ich nie Zugang zum Glauben gefunden habe, wünsche ich es mir für dich, und die Vorstellung hat mir in der Vergangenheit oft Kraft gegeben. Dass du dich, ganz egal wo du bist, beschützt und behütet fühlst und niemals einsam bist.

Verrückt, oder?

Als hätte mir das Leben nicht genau das Gegenteil bewiesen.

Im Winter zog meine Großmutter Johanna zu uns. Nach einem Sturz, bei dem sie sich die Hüfte gebrochen hatte, konnte sie nicht mehr allein leben. Obwohl sie schon über siebzig war, hatte sie weiterhin in ihrem kleinen Laden gesessen und Tabak, Zigarren und Zigaretten verkauft. Nun hatte sie ihn schließen müssen und war widerwillig zu uns nach Sälchow gezogen.

Häufig saß ich mit meinen Schulbüchern bei ihr am Bett. Meine Mutter hatte es neben dem Kachelofen in der Stube aufgebaut, dem wärmsten Platz im immer kalten, immer klammen Haus. Ich lernte wie besessen. Zu den Jugendabenden im Gewölbekeller der Kirche ging ich nicht mehr, meinen Eltern sagte ich, ich hätte keine Zeit. Ich stürzte mich in meine Bücher, lernte weit mehr, als ich musste. Wenn sie mir schon meine Träume nahmen, dann sollte zumindest offensichtlich sein, dass es nicht an meinen Leistungen lag, sondern allein an der Willkür des Systems.

Mein Zeugnis war hervorragend, in allen Fächern hatte ich ein »Sehr gut«. Auch mein Betragen, meine Mitarbeit, mein Fleiß und mein Ordnunghalten waren tadellos. Doch da stand dieser eine Satz: »Die Schülerin wirkt nicht aktiv auf die Entwicklung eines sozialistischen Schülerkollektivs ein.« Damit drückten sie die Note für mein Gesamtverhalten auf »Gut«. So erhielt ich nicht das Prädikat »Mit Auszeichnung bestanden«, und damit war es offiziell: Ich würde niemals Ärztin werden.

Ich hielt das Blatt Papier, das mein Schicksal besiegelte, in den Händen und konnte es nicht glauben. Obwohl ich versucht hatte, mich vor dieser Enttäuschung zu schützen, war der Schmerz schier unerträglich. Es war der Moment, in dem ich erstmals wirklich verstand, was es für mich bedeutete, Bürgerin dieses Landes zu sein. Und welche Konsequenzen ich für die Lebensentscheidungen meiner Eltern tragen musste.

Sie versuchten mich zu trösten und schlugen vor, ich könnte doch stattdessen Kirchenmusikerin werden. Oder Kinderdiakonin wie meine Mutter.

Ich weiß nicht, was in diesem Moment schlimmer für mich war: dass sie die Entscheidung der Schule so widerstandslos hinnahmen oder dass sie offensichtlich nie wirklich an meinen Traum geglaubt hatten.

Als die Berufsberaterin mir dann sagte, ich könnte Krankenschwester im Diakonissenkrankenhaus in Rostock werden, war ich trotzdem erleichtert. Es hätte weitaus schlimmer kommen können. Sie hätten mich auch als Facharbeiterin in einen chemischen Produktionsbetrieb weit weg von zu Hause stecken können. Stattdessen würde ich in einem Krankenhaus arbeiten, würde Menschen helfen, sie bei ihrer Heilung begleiten. Ich nahm wirklich an, man würde meine hervorragenden schulischen Leistungen doch noch würdigen.

Dass genau das Gegenteil der Fall war, dass es schrecklich werden würde, jeden Tag aufs Neue diese Demonstration ihrer Macht zu erfahren, wusste ich damals noch nicht. Als Krankenschwester durfte ich keine eigenen Entscheidungen treffen, nur ausführen, womit andere mich beauftragten. Tagtäglich sollte ich daran erinnert werden, was ich nicht war und niemals sein würde – Ärztin.

Im Herbst 1977 verließ ich Sälchow und freute mich auf den neuen Lebensabschnitt. Eine leise Hoffnung hatte von mir Besitz ergriffen, sie flüsterte mir, dass sich mein Blatt nun wenden könnte. Ich wollte abschütteln, was mich geprägt hatte. In Rostock, so dachte ich, könnte ein Neuanfang möglich sein, ohne das Stigma der Pfarrerstochter.

Meine Eltern brachten mich zum Schwesternwohnheim auf dem Gelände des Diakonissenkrankenhauses, einem grauen Betonklotz mit rissiger Fassade. Als ich mich von ihnen verabschiedete, mit dem Koffer in der Hand und dem Blick nach oben, lächelte meine Mutter tapfer und mein Vater nickte kräftig.

Das Zimmer, das fortan mein Zuhause sein sollte, war mit zwei Stockbetten und zwei Schränken ausgestattet. Es gab ein Waschbecken, um das man einen Vorhang ziehen konnte, um sich ein wenig Privatsphäre zu verschaffen. Die Toiletten und Duschen befanden sich auf dem Flur.

Mit mir waren noch drei andere Schwesternschülerinnen hier untergebracht. Eine war Pfarrerskind wie ich, die anderen beiden waren Atheistinnen. Und zum ersten Mal, seitdem ich denken konnte, spielten Herkunft und Konfession keine Rolle. Unsere Hausmütter, evangelische Ordensschwestern, machten keinen Unterschied. Die Ärzte nicht und auch nicht die Stationsschwestern, die uns ausbildeten. Wir würden alle hervorragende Krankenschwestern werden, daran ließen sie keine Zweifel. Dafür mussten wir hart arbeiten, viel lernen und uns dem Rhythmus des Krankenhausalltags unterordnen. Wir alle hatten uns unserem Beruf verschrieben, das einte uns.

Ich war elektrisiert, das Krankenhaus mit seinen eingespielten, perfekt aufeinander abgestimmten Mechanismen vereinnahmte mich vollkommen. Hier war ich nichts Besonderes, im Gegenteil, ich war nichts weiter als ein winziges Rädchen in einer großen Fabrik und genoss diesen eindeutigen Platz, den man mir zuwies. Die Atmosphäre damals ist nicht vergleichbar mit dem, was sich heute in Kliniken abspielt. Ärzte, Schwestern, Auszubildende – wir waren trotz der klaren Hierarchien eine große Familie und widmeten uns gemeinsam dem Wohle der Patienten.

Gerade in der Anfangszeit war ich bemüht, Anschluss zu finden. Ich nickte und lächelte viel, wollte einmal in meinem Leben nicht die Außenseiterin sein. Doch es strengte mich unheimlich an, und wenn ich freihatte, fuhr ich zu meinen Eltern nach Sälchow. Raus aus dem Beton der Stadt ins verwunschene Grün des alten Kirchgartens. Hier versteckte ich mich mit einem Buch zwischen den knorrigen Apfelbäumen und vergaß die Welt um mich herum. Meinen Eltern erzählte ich, dass die Ausbildung Spaß mache, ich erfand sogar eine Freundin, mit der ich spazieren oder ins Kino ging. Ich wollte nicht, dass sie sich sorgten, ihr eigenes Leben war hart genug.

Als ich wieder einmal übers Wochenende bei ihnen zu Besuch war, war mein Vater nach dem Gottesdienst nicht nach Hause gekommen. Meine Mutter und ich waren schon vorgegangen, für gewöhnlich blieb mein Vater noch eine Weile, diskutierte mit Gemeindemitgliedern, schüttelte Hände und tauschte Neuigkeiten aus. Doch als er nach zwei Stunden noch nicht aufgetaucht war, wurden wir unruhig und suchten nach ihm. Im Altarraum war er nicht, nicht in der Sakristei, nicht auf der Empore, nicht im Gewölbekeller.

Wir gingen zurück ins Kirchhaus und warteten, wurden immer nervöser. Vielleicht hatte er jemanden begleitet? Musste helfen? Warum aber hatte er nicht Bescheid gesagt? Das war gegen seine Art.

Schließlich hielten wir es nicht mehr aus und suchten im Dorf nach ihm. Wir klingelten bei Gemeindemitgliedern, von denen wir wussten, dass sie nach uns die Kirche verlassen hatten. Sie berichteten nichts Ungewöhnliches. Mein Vater habe an der Kirchentür gestanden und mit den Menschen geredet. Freundlich, interessiert, wie eh und je.

Schließlich war es ein unmittelbarer Nachbar, der sich aus einem Fenster im ersten Stock lehnte und uns auf der Straße zurief: »Sucht ihr den Pfaffen? Der ist abgeholt worden. Grauer Lada, Rostocker Kennzeichen. Wurde auch Zeit!«

Für vier Tage blieb mein Vater fort. Meine Mutter und ich wurden fast verrückt vor Angst. Was, wenn sie ihn verhafteten und ins Gefängnis steckten? Was, wenn er nicht wiederauftauchte? Wenn sie ihn einfach verschwinden ließen? Wir fuhren nach Rostock, fragten bei der Polizei nach. Aber wir bekamen keine Auskunft, niemand wusste, wo er war. Niemand hatte etwas von ihm gehört.

Dann, am Morgen des vierten Tages, meine Mutter war gerade aufgewacht und in die Küche gegangen, saß er am Küchentisch. Er sah müde aus, erschöpft und ungepflegt, war aber offensichtlich körperlich unverletzt.

»Guten Morgen, meine Liebe«, sagte er. »Wärst du so nett, mir eine Tasse schwarzen Tee zu machen? Sie hatten nur furchtbaren Hagebuttentee dort.«

Das war alles, was er jemals über seine Inhaftierung preisgeben sollte. Vier Tage lang war er vom Erdboden verschluckt gewesen. Vermutlich pausenlos verhört worden. Schikaniert. Gedemütigt. Sicherlich hatten sie ihm gedroht.

Doch das Einzige, was meine Mutter und ich über diese vier Tage erfuhren, war:

Der Hagebuttentee war furchtbar.

Schlafwandeln

Der Umschlag und die darin enthaltenen Informationen hatten die fragile Konstruktion ihrer Vergangenheit zusammenstürzen lassen. Anke und Georg waren nicht ihre Eltern. Nie gewesen. Jule sammelte jede Scherbe auf, alles, was diese Familie gewesen war, hielt es gegen das Licht und bewertete es neu.

Die fehlende Ähnlichkeit.

Georgs Weggang.

Den Zerfall der Familie.

Ankes Traurigkeit.

Die Tatsache, dass es keine alten Fotos gab, die Anke mit dickem Bauch und Georg mit stolzem Blick zeigten.

Die wenigen Umarmungen, die fehlende Nähe.

Das Dumpfe, Stille und Schwere zwischen ihnen.

Adoptiert.

Das klang nach dem Skript einer Telenovela, und doch erklärte dieses Wort so vieles. Das, was vorher nur ein Gefühl gewesen war, wurde zur Gewissheit, erhärtete sich und wurde zur unumstößlichen Wahrheit. So vieles machte auf einmal Sinn, wurde rückblickend klar. Plötzlich verstand sie, auf welchem Fundament ihr Leben fußte, Stück für Stück rekonstruierte sie die Vergangenheit. Und jetzt war es so einfach zu verstehen, dieses Gefühl, das sie ein Leben lang begleitet hatte. Dieses Gefühl, mit dem sie stets gehadert, für das sie sich geschämt, das sie sich verboten hatte. Es war so befreiend, so unfassbar simpel: Sie war nicht Ankes Tochter. Anke war nicht ihre Mutter. Es war genetisch erklärbar, dass sie ihren Eltern nicht genügt hatte. Dass der eine gegangen und die andere traurig geworden war.

Ein Hochgefühl aus Erleichterung und Gewissheit. Hätte sie diesem Gefühl doch nur schon viel früher vertraut, wäre sie ihm nur nachgegangen. Eine Erkenntnis wie Luftholen nach zu langer Zeit unter Wasser. Sie war nicht falsch, es war die falsche Familie, in der sie nach ihrem Platz gesucht hatte.

Doch dann folgte der Fall ins Bodenlose. Anke war gestorben und hatte alles mitgenommen: Antworten, Erklärungen, die Gegenstücke zu Jules Erinnerungen, die jetzt einseitig bleiben, niemals etwas Ganzes ergeben würden.

Jule taumelte.

Jule fiel.

Und wenn sie abends im Bett lag und sich ihre Gedanken drehten, war es immer häufiger egal, was nach dem Schlaf kommen würde.

Wirklich egal.

Morgens wachte sie zum laufenden Fernseher auf und war erstaunt darüber, dass ihr Verräterkörper noch immer seinen Dienst am Leben tat. Sie atmete, ihr Herz schlug, ihre Zellen taten, was sie tun sollten.

Also stand sie jeden Tag aufs Neue auf, wankte in die Dusche, trank Kaffee. Ging zur Arbeit. Saß vor dem Bildschirm, in Meetings. Schrieb Texte, die niemanden interessierten. Machte mit den Kollegen Mittagspause, aß irgendetwas, das nach Pappe schmeckte. Lachte, wenn alle lachten, ohne zu wissen, worüber. Gab Laurenz recht, weil er als Creative Director nun mal immer recht hatte. Wunderte sich, dass niemand bemerkte, wie gebrochen sie war und dass nur noch ein Haufen Schutt sie aufrecht hielt.

Sobald sie nach Hause kam: ins Bett taumeln, Fernseher an, Hauptsache Ton gegen den Lärm in ihrem Kopf, viel trinken, viel rauchen, wahllos Tabletten gegen die Schmerzen nehmen, gegen die Gedanken, gegen die Fragen. Irgendwann endlich einschlafen. Aufwachen, mit Kopfschmerzen, häufig noch in den Klamotten von gestern. Wieder hoch, in die Dusche wanken. Ein wichtiger Abgabetermin steht immer bevor.

Das alles funktionierte erstaunlich gut. Erstaunlich lange. Bis zu einem Mittwochmorgen. Das Handy hämmerte sein gnadenloses Alarm-Stakkato, Jule quälte sich aus dem Bett, ihr Kopf bei jeder Bewegung ein Nachhall des letzten Abends, Füße am Boden, aufstehen und – *peng!* Sie knallte auf die Altbaudielen, Auge in Auge mit den Fugen, in denen sich der Dreck von vielen WG-Generationen gesammelt hatte. Sie wollte aufstehen, würgte, erbrach sich, hatte keine Kraft, kam nicht wieder hoch.

Schlief wieder ein. Mitten in ihrer Kotze.

Wachte auf und fror.

Scheiße, Jule, du bist total besoffen.

Die letzte Nacht war besonders schlimm gewesen, sie war unzählige Male aufgewacht und hatte sich wieder und wieder in den Schlaf getrunken.

»Marie?«, rief sie und wartete. »Marie?!«

Nichts.

»Marie!«

Marie war weg, bestimmt in der Uni.

Es war schon nach zehn und Jule immer noch unfähig aufzustehen. Ging nicht. Wollte nicht. Blieb liegen, einfach liegen, weil es auch egal war. Wie es wohl wäre, jetzt zu sterben? Sie bedauerte, dass es nicht im Bett passiert war. Als es warm gewesen war und ihre Gedanken dem Schlaf entgegenglitten. Dem Tod entgegenglitten. Machte kaum einen Unterschied, oder? Ein bisschen schlafen, ein bisschen sterben.

Irgendwann nahm sie ihr Handy, das auch auf den Dielen lag, es war mit ihr gefallen. Sie ging die Namen im Adressbuch durch, konnte aber nicht gut sehen, das Display verschwamm vor ihren Augen. Viele Arbeitskollegen, ehemalige Kommilitonen, Mitbewohnerinnen, Bekannte.

Nur eine Nummer, die anders war.

Plötzlich hatte sie das dringende Bedürfnis, Isa anzurufen, wollte erklären, warum sie sich so lange nicht gemeldet hatte, sich entschuldigen für die Sache im letzten Jahr. Vielleicht würde sie ihr sogar erzählen, dass sie sich gerade auf dem Fußboden vor ihrem Bett befand und beschlossen hatte, dort liegen zu bleiben, weil alles so egal geworden war. Haha, darüber würden sie lachen.

Doch das Gespräch lief anders. Augenblicklich erfasste Isa die Lage, wollte wissen, wie viel Jule getrunken, welche Tabletten sie genommen hatte, ob jemand in der Wohnung sei, ob sie verletzt sei, Schmerzen habe. Langsam und betont deutlich, als sei Jule eines ihrer Kinder, erklärte Isa ihr dann, dass sie sich nicht bewegen dürfe, bis der Rettungsdienst da wäre, den sie, Isa, jetzt rufen würde. »Ich versuche einen Babysitter zu bekommen. Dann bin ich heute Nachmittag bei dir. Alles wird gut, Jule«, versprach sie.

Das war nun wirklich witzig, und Jule kicherte hysterisch.

Es war gut, dass Isa erst am Nachmittag kam. So musste sie nicht miterleben, wie die Sanitäter gegen die Tür hämmerten und riefen, sie hätten die Feuerwehr angefordert. Sie musste nicht zusehen, wie die Männer die Tür aufbrachen. Wie sie in die Wohnung stürmten. Jule auf dem Boden vor dem Bett fanden, in einer Lache aus Urin und Erbrochenem. Wie Jule schrie und nach den blauen Plastikhänden schlug, die sie auf die Trage drückten. Wie der eine sagte: »Verdacht auf Polyintoxikation« und der andere: »Die ist total drauf.« Wie die Männer sie warnten, wenn sie nicht Ruhe gäbe, müssten sie ihr Beruhigungsmittel geben. Wie Jule vom Tod ihrer Mutter schluchzte, einer Mutter, die keine war, von einem Leben, das nichts Lebenswertes beinhaltete, und dabei weiter um sich schlug und trat, bis die Sanitäter die erlösende Spritze setzten und Jule alles egal wurde. Wirklich egal.

Als sie wieder zu sich kam, befand sie sich in einem Bett auf einem Klinikflur.

Neben ihr Isas rundes Gesicht. »Na, du Rakete, was war das denn?« Mehr Feststellung als Frage.

Und Jules Schmerzen, Jules Trauer, Jules Verzweiflung waren in diesem Moment nichts gegen die Scham, die sie empfand. Isa sollte sie nicht so sehen.

Doch Isa war kein Mensch, der Peinlichkeiten Platz gab. Sie war groß und fest. Rote Haare, helle Haut, geboren auf der Insel Föhr, aufgewachsen mit drei Brüdern, zog Zecken mit den Zähnen. Sie war außen intakt und innen stabil, nichts konnte sie so schnell aus der Bahn werfen.

Vor über einem Jahr hatte sie Jule gefragt, ob sie die Patin ihres jüngsten Sohnes werden wolle. Jule hatte gesagt, sie würde sich melden. Was sie nicht getan hatte. Und zwar bis heute Vormittag, als sie ins Telefon gelallt hatte, wie witzig es wäre, auf dem Boden vor dem Bett zu liegen und nicht mehr aufstehen zu können.

»Die sagen, Anke ist vor einem Monat gestorben. Vor einem Monat, Jule! Warum erfahre ich das so? Hier? Von diesem Arzt? Warum hast du nicht Bescheid gesagt?« Isa war sauer. Zu Recht. Freundinnen erzählen sich solche Sachen. Tun sie es nicht, sind sie keine Freundinnen mehr.

»Ich konnte nicht«, versuchte es Jule.

»So ein Quatsch.« Isa schüttelte heftig den Kopf. »Natürlich konntest du. Du wolltest nicht. Du hast dich gehen lassen, dich eingegraben und selbst bemitleidet.«

Jule wich ihrem Blick aus. Genau wegen nerviger Sprüche wie diesem hatte sie keine Lust gehabt, Isa von Ankes Tod zu erzählen. Natürlich hatte Isa recht. Hatte sie meistens, aber das machte es nicht einfacher, sich bei ihr zu melden.

Isa, die alles im Griff hatte. Die ihr Leben strukturierte, als sei es ein Steckspiel. Studium beendet, Festanstellung, Mann gefunden, geheiratet, drei Kinder geplant, innerhalb des beabsichtigten Zyklus gezeugt und termingerecht geboren. Isa, die nicht mehr feiern ging und keinen Alkohol trank. Die stattdessen Yoga und Achtsamkeitsmeditationen machte, von Selbstliebe und einem positiven Mindset sprach.

Früher war Jule fasziniert gewesen von ihrer Geradlinigkeit. Aber wie sollte man da denn mithalten? Mit jedem Schritt, den Isa in ihrem Lebensplan gegangen war, hatte sie sich weiter von Jule entfernt. Trotzdem war Isas Nummer die gewesen, die sie gewählt hatte. Und trotzdem war Isa jetzt hier und saß an ihrem Behelfsbett auf dem zugigen Klinikflur.

»Da ist noch mehr.« Jule räusperte sich. Ihr Hals fühlte sich entsetzlich an, rau wie Schmirgelpapier. »Ich habe in Ankes Wohnung ein Dokument gefunden.«

»Ja, und?« Isa sah sie fragend an.

»Irgendetwas Offizielles. Darin steht, dass Anke und Georg mich an Kindes statt angenommen haben. Verstehst du? Ich wurde von ihnen adoptiert.«

Isa runzelte die Stirn. »Von Anke adoptiert?«

»Und Georg.«

»Aber wer sind dann deine leiblichen Eltern?«

»Keine Ahnung. Das Feld war leer.«

»Willst du es nicht wissen?«

Jule zuckte mit den Schultern.

»Wieso nicht?«

»Natürlich will ich es wissen. Irgendwie. Aber irgendwie auch nicht. Wer bin ich, wenn Anke nicht meine Mutter ist?«

Isa überlegte. Dann sagte sie: »Find's raus. Finde heraus, wer du bist. Darum geht es doch immer, herausfinden, wer man ist.« Sie hob die Schultern, als sei es das Einfachste der Welt.

Jule verstand. Und verstand doch nicht. Sie war müde, so unfassbar müde, und gab sich Mühe, nicht loszuheulen.

Isa strich ihr über die Haare.

»Pass auf«, sagte Jule. »Alles voller Kotze.«

»Macht nichts«, sagte Isa.

Und sämtliche Dämme brachen.

Lange saßen sie so da, Isas Hand an Jules Wange. Jules Gefühle, die durch ihre Augen nach draußen tropften. Betten ratterten an ihnen vorbei, in der Ferne immer irgendwo eine laute, heitere Stimme, dem Elend zum Trotz.

»Ich will hier nicht sein«, sagte Jule matt.

»Die wollen dich auch nicht hierbehalten, alle Zimmer sind belegt. Nächste Option wäre die Geschlossene. Keine gute Idee, richtig?«

Jule nickte.

»Dann hol ich jetzt einen Arzt, und du benimmst dich halbwegs normal, ja?«

Ja.

Es gelang Jule ausgezeichnet, sich halbwegs normal zu benehmen. Sie versicherte dem Arzt, dass ihr Zusammenbruch eine einmalige Sache gewesen sei. Tod der Mutter, nicht verarbeitete Gefühle. Stress im Job. Werbebranche, schwierige Branche. Nachvollziehbar. Ihre Freundin sei jetzt hier – dankbares Lächeln in Isas Richtung –, und auf gar keinen Fall, absolut nicht, hätte sie vor, sich das Leben zu nehmen.

Halbwegs normal war kein Problem.

Jedermanns Kind

Isa bewegte sich in der WG, als wäre sie nach wie vor hier zu Hause. Vor elf Jahren, als Jule die Wohnung als Hauptmieterin übernommen hatte, war Isa ihre erste Mitbewohnerin gewesen. Ihre offene, zupackende Art hatte Jule sofort gefallen.

Zwei Jahre hatten sie zusammengelebt, sich Milch und Butter geteilt, gewusst, was es zu bedeuten hatte, wenn die eine die Tür ihres Zimmers zuzog oder die andere dreimal gegen die Wand klopfte. Für Jule war Isa der eine Mensch gewesen, in dessen Nähe ihr Leben ruhig und zuversichtlich wurde.

Dann war Isa nach Flensburg gezogen. Neuer Job, neuer Mann, neues Glück. Jule und eine vorher nicht gekannte Verzweiflung waren zurückgeblieben. Und während Isa sich mit Niels in ein neues Vertrauen gewagt hatte, hatte Jule ihr Misstrauen genährt. Nie wieder wollte sie sich so verletzbar machen.

Isa hatte Marie erzählt, dass Jule einen kleinen Schwächeanfall gehabt hätte und Ruhe bräuchte. Natürlich, Marie hatte vollstes Verständnis. Lautlos verschwand sie in ihrem Zimmer, um sich für die nächsten Tage unsichtbar zu machen.

Jule hingegen stand im Flur und hatte vergessen, was es bedeutete, zu Hause zu sein. Sie trug ein Krankenhaushemd, darunter einen Einmalslip. Außerdem hatten sie ihr ein Laken mitgegeben, das wie ein Umhang über ihren Schultern lag. Ihre eigenen Klamotten waren untragbar, steckten in einer Plastiktüte zu ihren Füßen und dünsteten den Schrecken der vergangenen Stunden aus.

Jule fühlte sich fehl am Platz, gedemütigt, erbärmlich.

»Dusch du mal«, übernahm Isa gelassen. »Ich kümmere mich um den Rest.«

Sie stopfte Jules Sachen in die Waschmaschine, machte das Zimmer sauber und setzte Nudelwasser auf. Von Marie borgte sie sich ein Glas Pesto, bestand darauf, dass Jule sich die Haare föhnte, und stand nicht eher vom wackeligen Küchentisch auf, bis Jule aufgegessen hatte. Dann brachte sie Jule ins Bett, deckte sie zu und stellte ihr ein Glas Wasser auf den Nachttisch. Kurz darauf schlüpfte sie selbst unter die Decke und legte einen Arm um ihre Freundin. Dankbar und erschöpft fielen Jule die Augen zu.

Das Aufstehen am nächsten Morgen war wie aus einem Topf Honig steigen: klebrig, zäh und mühsam. Jule konnte sich nicht erinnern, wann sie zuletzt durchgeschlafen hatte. Doch statt Erholung fühlte sie Benommenheit.

Kaum saß sie auf der Bettkante, fielen ihr die ersten Erinnerungen vor die Füße: blaue Handschuhe, Erbrochenes, Isa, die extra aus Flensburg gekommen war. Beschämend.

Alkohol würde helfen, trinken, in großen Schlucken, vergessen, wieder schlafen – und da wusste sie, dass sie tiefer wohl nicht mehr sinken konnte. Sie war doch gerade erst aufgewacht.

Sie saß auf der Bettkante und fing an zu weinen. Erst

leise, dann laut. Isa, die schon aufgestanden war, kam und nahm sie in den Arm, roch nach Kaffee und warmer Milch, fragte nichts, sagte nichts, hielt Jule, bis die Verzweiflung abebbte.

»Warum wollte mich die andere Mutter nicht haben? Was mache ich denn, dass niemand bei mir bleibt?«

»Hör mir mal gut zu«, sagte Isa entschlossen und nahm Jules Gesicht zwischen ihre kräftigen Hände. »Keine Mutter gibt ihr Kind grundlos weg. Du kennst die Geschichte nicht. Weißt du, ob nicht irgendwo in diesem Moment eine Frau, die deine Mutter ist, an dich denkt und es zutiefst bereut, dich weggegeben zu haben? Jule, solange du nicht weißt, was damals passiert ist, darfst du nicht davon ausgehen, dass es an dir liegt.«

Jule versuchte es, versuchte sich an dem Gedanken festzuhalten, dass es nicht an ihr lag. Sie stand auf, aß das Croissant, das Isa ihr auf den Teller legte, trank einen Kaffee und zog sich an.

Sie gingen spazieren, nur kurz, bald war Jule erschöpft und sie kehrten um.

Als sie wieder im Bett lag und Isa in der Küche hantieren hörte, fiel ihr ein, dass sie sich nicht krankgemeldet hatte. Und dann fiel ihr auf, dass niemand angerufen hatte, um sich nach ihr zu erkundigen. Keiner schien sie zu vermissen, nicht einmal Laurenz. Eine ebenso überraschende wie bittere Erkenntnis, die das Loch in ihrem Herzen noch ein Stück weiter aushöhlte.

Mittags gab es eine Kartoffelsuppe, Isa war einkaufen gewesen und hatte gekocht. Danach setzten sie sich auf Jules Bett und sahen die Serie, die sie schon gesehen hatten, als sie noch zusammengewohnt hatten. Jule konnte sich nicht auf die Handlung konzentrieren, die Bilder und Töne rauschten an ihr vorbei. Trotz ihrer Erschöpfung war ihr Kopf viel klarer als in den letzten Tagen, was gefährlich war, den plötzlich tauchten neue, ungeheuerliche Fragen auf.

Warum hatte sie gerade *diese* Eltern bekommen? Georg war eine schlechte Besetzung für die Rolle des Vaters gewesen, nach dem ersten Akt war er verschwunden. Nach welchen Kriterien wurden Eltern ausgesucht? Wer entschied so etwas? Wer hatte diese Familie arrangiert? Wer hatte beschlossen, hier passt du hin, so sieht das gut aus?

Der Gedanke, der darauf folgte, war umso ungeheuerlicher: Wessen Kind hätte sie stattdessen sein können?

Jedermanns Kind.

Jedes Leben hätte ihres sein können.

Die Beliebigkeit war beängstigend. Wer war sie denn, wenn alles, was sie geprägt hatte, nicht natürlich gewachsen, sondern planvoll inszeniert worden war?

Alles hätte anders kommen können. Sie wäre eine andere, hätte andere Wege eingeschlagen, wäre heute fest und sicher, verwurzelt und stark.

Und was war mit ihrer Schwester Marlene?

War sie wenigstens die leibliche Tochter von Anke und Georg gewesen? Oder war sie wie Jule adoptiert?

Hatten Jule und Marlene vielleicht dieselben leiblichen Eltern? Teilten sie sich dieselbe Vergangenheit?

Alles war plötzlich denkbar. Die Ränder ihrer Identität fransten aus, bis da nichts mehr war, das ihr Halt gab. Wer wäre sie heute, hätte sie andere Eltern gehabt?

Irgendwann stand Isa auf. »Ich muss zurück zu meiner Familie.«

Jule nickte in ihren Teebecher. Sie wünschte sich, dass Isa bleiben würde, wusste aber, dass das nicht möglich war. Ihr Zuhause war nicht mehr hier, und Jule hatte schon mehr genommen, als ihr zustand.

»Was wirst du machen, wenn ich fort bin?«, fragte Isa.

Jule hob die Schultern.

»Ich kann erst fahren, wenn du einen Plan hast. Wie geht es weiter?«

»Ich werde wohl rausfinden müssen, woher ich komme«, sagte Jule in die erwartungsvolle Stille hinein.

»Gut. Wie?«

»Weiß nicht.«

Wieder wartete Isa.

»In Rostock nachfragen?«

»Wo genau?«

»Keine Ahnung. Wo fragt man so etwas nach? Jugendamt?«

Isa nahm ihr Handy, googelte und hatte die Antwort mit wenigen Klicks gefunden. »Du musst zur Adoptionsstelle beim Jugendamt in Rostock, die machen morgen um acht auf.«

Jule strich sich über das Gesicht.

»Wann fährst du?«, fragte Isa.

»Jetzt.« Es war als Scherz gedacht, doch schnell fiel ihr auf, dass sie eigentlich nichts davon abhielt.

»Gut«, wiederholte Isa. »Dann nimmst du dir ein Hotel, um gleich morgen früh dort zu sein. Du rufst mich an, sobald du etwas herausgefunden hast. Ich helfe dir packen.«

Frühling

Es war einer der ersten warmen Tage im April 1979. Das zweite Jahr meiner Ausbildung hatte begonnen, und ich schlug mich wacker. Ich war gewissenhaft und ehrgeizig und auf dem besten Weg, eine hervorragende Krankenschwester zu werden. Schon jetzt erkannte ich manche Krankheiten, bevor die Ärzte ihre Diagnose gestellt hatten. Ich las viel, ich lernte schnell und vor allem hörte ich den Patienten zu. Oft wurde ich jetzt von älteren Schwestern nach meiner Meinung gefragt.

Seit der Inhaftierung meines Vaters hatte ich meine Bemühungen, Freunde und Vertraute unter meinen Kolleginnen zu finden, eingestellt. Es hatte mich angestrengt, immer zu lächeln, zu nicken, mitzumachen, immer zu versuchen, jemand anderes zu sein. Und wer wusste schon, wen ich da anlächelte? Wem ich da zunickte? Und wem ich womöglich zu viel über mich und meine Familie preisgab? Auf wen konnte ich mich verlassen? Das ständige Abwägen und Prüfen, Wagen und Widerrufen hatte mich ermüdet, und letztlich war es befreiend gewesen, als ich mich wieder auf mich besann und meiner Wege ging. Das Alleinsein machte mir nichts aus, im Gegenteil, es war mir angenehm vertraut.

Ich machte gerade Mittagspause, saß auf einer Bank im Innenhof, lauschte dem aufgeregten Zwitschern einer einzelnen Amsel, schloss die Augen und sog die kühle, frische Frühlingsluft ein. Als ich die Augen wieder öffnete, sah ich einen jungen Mann auf der gegenüberliegenden Seite des Hofes. Er war ungefähr in meinem Alter. Schlank, groß, trug die dunkelblonden Haare den einen entscheidenden Zentimeter zu lang. Er war nachlässig gekleidet, seine Schuhe waren schmutzig. Er fiel mir auf, weil er erschrocken den Blick senkte, als ich ihn anschaute. Ich dachte mir jedoch nichts dabei, es war einer dieser belanglosen Momente, die sich genauso schnell verflüchtigten, wie sie gedauert hatten.

Als ich am nächsten Tag meine Pause wieder im Hof verbrachte, sah ich ihn erneut. Er saß auf derselben Bank wie am Tag zuvor. Ich tat so, als wäre ich in ein Lehrbuch vertieft, linste dabei aber unauffällig über den Rand in seine Richtung. Er war ordentlicher angezogen, hatte seine Haare heute akkurat gescheitelt, die Schuhe geputzt. Und ich wurde den Eindruck nicht los, dass er mich beobachtete, sobald ich den Blick von ihm abwendete.

Am dritten Tag war er wieder da. Ein Spitzel, argwöhnte ich, und ermahnte mich, ruhig zu bleiben. Ob mit meinen Eltern alles in Ordnung war? Ich hatte mich über eine Woche nicht bei ihnen gemeldet. Steckte mein Vater abermals in Schwierigkeiten?

Am Abend versuchte ich meine Eltern zu erreichen, doch sie gingen nicht ans Telefon. Ich machte mir Sorgen.

Am vierten Tag, ich wusste, dass der Mann wieder im Innenhof des Krankenhauses sein würde, passte ich ihn ab, noch bevor er seinen angestammten Platz auf der Bank einnehmen konnte.

»Was wollen Sie?«, fragte ich.

»Nichts.« Er errötete. »Etwas Luft schnappen. Ich besuche meine Tante ... sie wurde operiert, die Gallenblase. Ich wollte nicht stören, entschuldigen Sie.«

»Luft schnappen«, wiederholte ich. Nun war ich es, die ihn musterte. Sein Blick war ausweichend, verheimlichte aber nichts. Seine gestammelte Erklärung und die Art, wie er seine Finger knetete, machten ihn sympathisch und unverdächtig.

»Wollen Sie sich setzen?«, fragte ich und deutete zur Bank, auf der ich gerade noch gesessen hatte. Meine Bank.

Er nickte, und ich konnte sehen, dass er sich freute. Er versuchte ein Lächeln zu verbergen, aber seine Mundwinkel zuckten verräterisch.

So fing es an.

Wir redeten. Wir lachten. Ich überzog meine Pause um zwölf Minuten und bekam Ärger deswegen.

Jede Sekunde war es wert gewesen. Er hieß Martin Wittstock, studierte Elektrotechnik an der Universität Rostock, und die Tante, die nach einer Gallenblasen-OP auf der Inneren lag, war mehr als nur eine Tante. Martin war bei ihr aufgewachsen, seine Eltern waren früh verstorben.

Unser Gespräch hinterließ ein eigenartiges Kribbeln in meinem Bauch. Am Nachmittag war ich unkonzentriert, am nächsten Vormittag konnte ich nicht anders, als mich ständig zu fragen, ob er in der Mittagspause erneut im Hof sein würde. Verabredet hatten wir uns nicht. Käme er, konnte das kein Zufall sein. Käme er nicht, ebenso.

Aber tatsächlich, als ich um 12:16 Uhr den Hof betrat, saß er da mit einem schiefen Lächeln im Gesicht und einer gelben Tulpe in der Hand.

Ich ließ mich neben ihm nieder, und wie zufällig berührten sich unsere Knie. Wieder redeten wir. Wieder lachten wir. Er legte seinen Arm hinter mich auf die Lehne der Bank. Ich spürte seine Wärme, fragte mich, ob dieser Arm mutig genug wäre, die winzige Distanz zwischen Lehne und Schulter zu überwinden. Mit jeder Minute wuchs meine Ungeduld. Schließlich konnte ich nicht länger warten und lehnte mich ein wenig zurück, berührte ganz sacht seinen Arm. Als hätte er auf dieses Zeichen gewartet, umfasste seine Hand nun ganz selbstverständlich meine Schulter.

Für den kommenden Tag verabredeten wir uns in Warnemünde. Wir gingen am Strand spazieren, das Meer war noch kalt, die Möwen segelten lautlos über die Ostsee. Hand in Hand liefen wir über die unberührte, ebenmäßige Fläche aus Sand und erkannten, dass wir auch miteinander schweigen konnten. Es war ruhig und friedlich zwischen uns. Nur den rhythmischen Gleichklang zweier Herzen müssen sie auch im 45 Kilometer entfernten Gedser, drüben in Dänemark, gehört haben.

In den nächsten Wochen trafen wir uns fast täglich, erzählten uns unsere Leben, unsere Hoffnungen, unsere Ängste, küssten uns, formten uns zu einer Einheit, schafften ein neues Wir, eine Zukunft, gaben unseren Träumen eine Heimat. Und diese neue Einheit beruhigte mich. Mein Platz war an Martins Seite, das spürte ich mit einer solchen Sicherheit, dass meine Schritte fester wurden, meine Haltung aufrechter, dass es unwichtiger wurde, was in Sälchow passierte. Mit ihm an meiner Seite schien das Leben auf einmal leicht zu sein. Ich war nicht länger nur Pfarrerstochter. Ich war Martins Frau.

Ich selbst war ich noch lange nicht.

Als ich ihn meinen Eltern vorstellte, veränderte sich meine Beziehung zu ihnen. Sie waren freundlich, interessiert und zuvorkommend. Aber ich nahm auch wahr, dass es eine Distanz zwischen ihnen gab.

Martin war keiner von uns.

Ich glaube, mein Vater hätte sich für seine Tochter einen weniger angepassten Mann gewünscht, einen Querdenker, wie er selbst es war. Und meine Mutter? Ich bin mir nicht sicher, aber manchmal glaube ich, sie beneidete mich um meine neu errungene Normalität.

Es verletzte mich. Die Menschen, die mir am wichtigsten gewesen waren, konnten meine Begeisterung nicht teilen. Kommentarlos begaben sie sich in die zweite Reihe und machten Platz für Martin. Sie meldeten sich kaum noch. Und wenn ich sie anrief, waren sie kurz angebunden und vermieden es, über Martin zu reden, wechselten das Thema, wenn ich über ihn sprach. Irgendwann verstand ich, dass es ihre Art war, mir Raum zu geben. Doch es blieb das Gefühl, dass sie meine Entscheidung für Martin als eine Entscheidung gegen sich deuteten. Womit sie die Ausgrenzung fortführten, die ich jahrelang erfahren hatte. Egal auf welcher Seite ich mich befand, die andere Seite lehnte mich ab. Dass meine Eltern mir nun genau das antaten, worunter ich schon mein Leben lang litt, verletzte mich sehr.

Fraktale Vergangenheit

Die A 20 war ein finsterer Korridor. Keine Raststätte, nirgends leuchteten in der Ferne die Lichter einer Stadt. Es schien, als führte die Straße durchs Nichts. Jule überholte ein paar Lkw, die gleichmütig die rechte Spur entlangzogen, dann versank das Licht ihrer Scheinwerfer wieder im Schwarz.

Es hatte zu regnen begonnen, feiner Nieselregen, der den Asphalt gefährlich glänzen ließ. Zwei Grad Außentemperatur, doch sie reduzierte das Tempo nicht, hielt das Lenkrad fest umfasst.

Was tat sie hier? Isa wäre dieser Sache gewachsen gewesen. Nach Rostock fahren, herausfinden, woher man kommt, wer man ist, die eigene Biografie auf den Prüfstand stellen. Aber sie war nicht Isa. Sie war Jule, und sie hatte Angst vor dem, was sie erwartete, und noch mehr Angst vor dem, was sie zurückgelassen hatte.

Ihre WG war kein Zuhause, das war ihr schmerzlich bewusst geworden. Anke war ihr Zuhause gewesen, auch wenn Jule längst nicht mehr bei ihr gewohnt hatte. Die WG war nicht mehr als ein Platz zum Schlafen, der Ort, an dem sie ihre Sachen verstaute, ihre Wäsche wusch und wechselnde Statisten in ihr Leben ließ. Ein Ort, den Jule choreografierte.

Mit jedem Meter, den sie sich von Hamburg entfernte,

verschwand das, womit Isa das Auto beladen hatte: Zuversicht, Leichtigkeit, Selbstverständlichkeit. Jules Zunge drückte gegen den Gaumen, ihr ganzer Kiefer tat weh. Sie durfte nicht langsamer werden. Sie durfte nicht anhalten. Wenn sie jetzt umdrehte, hatte sie kein Ziel mehr, hatte sie gar nichts mehr.

Sie passierte eine Gedenktafel am Straßenrand: *Ehemalige innerdeutsche Grenze 1945–1990*. Ein Bild der Mauer mit Wachturm.

Die Grenze.

Die DDR.

Rostock.

Alles Worte ohne Erinnerungen.

Rostock war ihr Geburtsort, sie konnte ihm aber keine Bedeutung beimessen, die Stadt war nur eine von vielen Stationen ihrer fraktalen Vergangenheit. In Rostock war sie auf die Welt gekommen und vier Jahre geblieben. Kurz nach Marlenes Verschwinden waren sie zum ersten Mal umgezogen, Georg war noch bei ihnen. Von der folgenden Zeit, die sie in Bamberg verbrachten, war ein Gefühl von Erschütterung geblieben. Ein Beben, nachdem ihr Leben seine Form verloren hatte, zerfallen war in zahllose Einzelteile. Sie wusste jedoch nicht, was damals passiert war. Es gab niemanden, mit dem Jule dieses vage Gefühl, das geblieben war, hätte abgleichen können.

Die monotone Fahrt durch die Nacht strengte sie an, die Müdigkeit zog an ihr. Jule beugte sich zum Handschuhfach, durchwühlte es einhändig auf der Suche nach einem Kaugummi oder einem Pfefferminzbonbon, das sie wachhalten würde. Sie wusste, dass Anke Süßigkeiten im Auto aufbewahrt hatte. Und tatsächlich, ihre Finger ertasteten einen kleinen, vielversprechend verpackten Gegenstand. Sie zog ihn hervor und musste schmunzeln. Es war eines dieser Erdbeer-Sahne-Bonbons, die Jule seit ihrer Kindheit kannte. Schnell richtete sie den Blick wieder auf die Straße, packte den Bonbon umständlich aus und steckte ihn sich in den Mund. Dieser Geschmack – zuckrig, fruchtig, versöhnlich. Seit Jahren hatte sie keinen solchen Bonbon mehr gegessen, doch die Wirkung war noch die gleiche. Sie entspannte sich und dachte an ihre Tagesmutter in Bamberg zurück, die ihr diese Bonbons gegeben hatte, damit sie aufhörte zu weinen, wenn Anke ging. Sie hieß Birgit. Oder Brigitte.

Warum war sie mit vier eigentlich bei einer Tagesmutter gewesen und nicht im Kindergarten? Sie wusste auch nicht mehr, wie lange sie in Bamberg geblieben waren. Marlene war zu dieser Zeit schon verschwunden, aber wo war Georg? Er hatte sie noch nicht verlassen. Trotzdem tauchte er nicht in ihren Erinnerungen auf.

Ab der nächsten Station, Mannheim, waren ihre Erinnerungen geordneter. Es gab Daten, über die man sprechen durfte, die sich nicht verleugnen ließen.

Einschulung.

Schulwechsel.

Abschlüsse.

Weitere Etappen auf ihrer Reise quer durch Deutschland: Memmingen, Asseln bei Dortmund, Bovenden bei Göttingen, Buchholz in der Nordheide. Sie irrlichterten durch die Republik, gingen fort, bevor Anke aufgrund ihrer vielen Fehltage, an denen sie stumm im Bett gelegen hatte, gekündigt wurde. Immer auf der Suche nach einem besseren Job, nach ein bisschen mehr Geld, nach einer Perspektive.

Früher war Anke Grundschullehrerin gewesen. Doch im vereinten Deutschland war ihre Ausbildung nichts wert. Stattdessen hatte sie als Sekretärin gearbeitet, später als Büroassistentin. Hatte sich von Stelle zu Stelle gehangelt, aber nie den Aufstieg geschafft. Sie waren ein unglückliches Mutter-Tochter-Gespann, das nicht auffiel, das fortzog, bevor es irgendwo dazugehörte, an das man sich kaum erinnerte.

Dann der Umzug von Buchholz nach Hamburg. Mitten rein, Hammer Marktplatz. Und Jule, gerade vierzehn geworden, die sich weigerte, noch ein einziges Mal Kisten zu packen. Der schlecht wurde beim Gedanken daran, schon wieder ihr ganzes Leben zu verräumen. Die mittlerweile keine Freundschaften mehr schloss, weil sie sowieso bald wieder umziehen würde. Die immer die Neue war, die nie dazugehörte und nie mithalten konnte. Die noch kein einziges Mal auf einer Party eingeladen worden war, die nie die Zeit hatte, sich in einen der Jungs aus ihrer Klasse zu verlieben, die allein blieb.

»Ich will nicht mehr umziehen«, sagte sie beim dritten Abendbrot in der neuen Wohnung.

Anke hatte ihren ersten Arbeitstag gehabt, für Jule sollte die Schule am nächsten Tag beginnen.

Sie waren schnell darin geworden, ihr Leben in Kisten zu verpacken und es an einem anderen Ort, in einer anderen Wohnung wiederaufzubauen. Nur einen Tag nachdem sie in Hamburg angekommen waren, standen die robusten Vollholzmöbel, waren die wenigen Besitztümer an ihren angestammten Plätzen verstaut, die Lampenschirme dort angebracht, wo sie immer hingen, die geblümte Tischdecke unter den Tellern. Die Kulisse ihres Alltags war wiederhergestellt.

»Nun iss erst mal.«

»Du hörst mir nicht zu.« Als ob ein Leberwurstbrot ihrer ständigen Entwurzelung etwas entgegenzusetzen hätte.

»Ich werde. Nie. Wieder. Umziehen.«

»Juliane.« Scharfer Unterton.

»Ist doch so, warum darf ich das nicht sagen?!«

Anke starrte auf die Blümchen, hartes Gesicht.

Nur das vertraute Ticken zweier Uhren, die sich nicht einigen konnten, war zu hören.

»Glaubst du etwa, mir macht es Spaß, ständig umzuziehen?« Wörter wie Geschosse. »Ständig neue Entscheidungen zu treffen? Überlegen, in welches Viertel wir ziehen? In welche Schule du gehst? Was glaubst du, woher das Geld für die Miete kommt? Für deine Schuhe? Für die Schulsachen? Für das Essen, das hier jeden Tag auf dem Tisch steht?« Pause. »Ich gehe dafür arbeiten!« Donnernd.

Jule wollte erwidern, dass es falsch sei, ihr das vorzuwerfen. Dass schließlich sie die Tochter sei und Anke die Mutter. Geldverdienen war ihre Aufgabe. Und sie wollte ihr sagen, dass das alles nicht ihre Schuld sei. Dass sie kein Kind mehr sei. Dass sie wenigstens ab und zu mal nach ihrer Meinung gefragt werden wollte. Dass sie keine Lust mehr hätte, sich um Anke zu kümmern, wenn es ihr schlecht gehe, aber, kaum dass sie wieder auf den Beinen war, kein Mitspracherecht mehr zu haben.

Vieles brodelte in diesem Moment ganz dicht unter der Oberfläche. Nur einmal Luft holen, dann …

Doch Anke ließ ihr keine Zeit. »Meinst du, ich wollte das alles so? Doch alles, was ich von dir zu hören bekomme, ist Undankbarkeit.« Sie war vom Tisch aufgestanden, ging ins Schlafzimmer und schmiss die Tür hinter sich zu. Jule starrte auf ihr angebissenes Brot, implodierte an der unausgesprochenen Rechtfertigung und biss sich fest in die Innenseite der Wange. Fest. Fester, bis sie nur noch Schmerz war.

Der Geschmack von Blut.

Sie räumte den Tisch ab, bereitete einen Fencheltee zu, den sie vor Ankes Schlafzimmertür stellte, legte sich in ihrem Zimmer aufs Bett und träumte sich hinein in ein Leben, das ganz allein ihr gehörte. Das sie gestaltete, das sie fest umschlossen hielt, in das niemand eindringen durfte.

Ihr Leben mit einem großen Bruder, der hieß Michael, und einer Zwillingsschwester, Lara, mit der sie das Zimmer teilte. Jule schlief oben im Stockbett, Lara unten. Ihre Mutter Susanna war liebevoll und herzlich, immer mit etwas Mehl an der Schürze oder Erde unter den Fingernägeln. Ihr Vater, ein großer, fröhlicher Mann, verabschiedete sich morgens mit Küssen auf alle Wangen, im Anzug, weil er Banker war oder Kaufmann. Abends, um zwanzig nach fünf, auf die Minute genau, kam er wieder zurück, schloss die Haustür auf und rief: »Ich bin zu Hause, Familie!« Und alle liefen nach unten, um ihn zu begrüßen. Um halb sechs wurde gegessen, ihre Mutter hatte das Brot selbst gebacken, und es wurde von den Erlebnissen des Tages erzählt.

Und im Nachbarhaus wohnte Jules beste Freundin. Nathalie hieß die und hatte ein Wasserbett und lange blonde Haare, ganz glatt, Seidenhaare, die Jule ihr zu Zöpfen flocht. Heute übernachtete Jule bei Nathalie und ihrer Dalmatiner-Hündin, die Marbel hieß. Und vor dem Einschlafen brachte Nathalies Mutter ihnen einen heißen Kakao, auf den sie Sahne gesprüht hatte, und Jule sendete ein Taschenlampensignal hinüber zu Lara. Ihre Schwester beantwortete das Blinken, zweimal kurz, zweimal lang, das machten sie jedes Mal so, wenn Jule bei Nathalie übernachtete.

Jule träumte von einer Familie. Von Zusammenhalt und Wärme. Von Beständigkeit und Liebe.

Am nächsten Morgen wachte Jule von den fremden Geräuschen der neuen Wohnung auf und erinnerte sich augenblicklich daran, wo sie war. Nicht im Wasserbett neben Nathalie mit Marbel zu ihren Füßen, sondern allein in einer unbekannten Stadt.

Sie folgte mit ihrem Blick den Heizungsrohren an der Wand, bis sie in der Decke verschwanden. Dann hörte sie noch etwas sehr deutlich. Nämlich das, was fehlte. Die morgendlichen Geräusche aus dem Bad, der Küche. Die Geräusche, die jemand macht, der aufgestanden ist, um sich für einen Tag im Büro vorzubereiten.

Jule schlich zu Ankes Schlafzimmer, um nachzusehen, ob sich ihre Befürchtung bewahrheitete. Der Tee stand noch unangetastet vor der Tür, auf seiner Oberfläche hatten sich glänzende Schlieren gebildet. Vorsichtig drückte sie die Klinke und zog die Tür einen Spalt auf. Sie erkannte die Konturen ihrer Mutter, Anke lag auf der Seite, hatte ihr den Rücken zugewandt.

»Mama?«

Sie reagierte nicht. Schlief noch oder tat so.

»Mama?« Ein bisschen lauter. »Du musst aufstehen.«

Jule wartete. Trat näher ans Bett.

Dann bemerkte sie ein fast unmerkliches Schulterzucken und wusste Bescheid. Trotzdem sagte sie: »Aufstehen, Mama« und rüttelte sie sanft.

»Ich kann nicht«, antwortete Anke mit der anderen Stimme, die durchlässig war wie ein fadenscheiniges Tuch.

Jule nahm die Hand von ihrer Schulter. Ankes Weinen wurde stärker. Jule verließ das Zimmer, schloss die Tür und suchte in der Küche am Kühlschrank nach der Telefonnummer des Büros, in dem ihre Mutter heute ihren zweiten Arbeitstag haben sollte. Immer hingen sie hier. Sie rief an und sagte, dass Anke krank sei. Magen-Darm. Nein, sie könne nicht sagen, wie lange. Dann machte sie sich ein Brot, wusch sich das Gesicht und putzte ihre Zähne. Zog sich an und machte sich auf den Weg zu ihrem ersten Schultag in Hamburg. Allein.

Jule starrte auf die lakritzschwarze Straße, den Blick auf leer gestellt. Sie ließ ihre Gedanken in das tiefe Dröhnen des Motors fallen. Ein Unbehagen erfasste sie. Es fing schon jetzt an. Das Erinnern und Bewerten, dabei war sie noch gar nicht in Rostock angekommen, hatte noch nichts Neues erfahren.

Dieses Wort: *adoptiert*. Mittlerweile hatte sie sich daran gewöhnt. Es war bizarr und stellte alles in Frage. *Adoptiert* konnte aber auch der Joker unter den Biografien sein. Nathalie und Lara und ein Vater, der sich mit Küssen verabschiedete und jeden Tag um zwanzig nach fünf nach Hause kam – warum nicht? Warum sollte sie denn nicht aus so einer Familie kommen? Vielleicht war ihre Sehnsucht in ihrer Herkunft begründet. Vielleicht ...

In Rostock schien auf einmal alles möglich.

Nur vögeln wollen

Sie fuhr am Autobahnkreuz Rostock ab und fand sich bald in einer trostlosen Allee aus Plattenbauten wieder. Die Häuser waren modernisiert worden, hier und da ein bisschen Farbe, um vom Offensichtlichen abzulenken.

Heute schwer vorstellbar, dass die Platte damals eine privilegierte Wohnform war. Jule hatte irgendwann einmal eine Reportage darüber gesehen. Nur wer anständig arbeitete, nicht so viel nachfragte und sozialistisch optimistisch war, hatte Chancen, in einem solchen Neubau zu wohnen. Andere standen jahrelang auf einer Liste, wurden fortwährend vertröstet und hausten unter Nachkriegsbedingungen in maroden Altstadthäusern.

Wenigstens darüber hätte Anke mit ihr sprechen können, schließlich war sie in der DDR aufgewachsen, und selbst Jule war doch irgendwie gebürtiger Ossi. Sie beide waren in einem Land zur Welt gekommen, das es nicht mehr gab – nur ihre Impfausweise und alten Pässe erinnerten noch daran. Ihre Vergangenheit in der DDR hätte der kleinste gemeinsame Nenner zwischen ihnen sein können. Aber darüber hatte Anke nie geredet. Wie so vieles stand auch ihr Leben in der DDR auf dem Index der Themen, die nicht angesprochen werden durften. Und durch ihre häufigen Umzüge waren sie ohnehin anders gewesen, nicht speziell ostdeutsch-anders. Ihre Herkunft spielte bald keine Rolle mehr, und selbst ihre Sprache verriet sie nicht – lupenreines Hochdeutsch, darauf hatte Anke großen Wert gelegt.

Jule spürte die Müdigkeit jetzt deutlich, öffnete das Fenster einen Spalt und ließ kühle, feuchte Winterluft in den Wagen. Sie hielt sich weiter Richtung Zentrum, folgte der Beschilderung und den S-Bahn-Gleisen.

Wo hatten sie damals gewohnt? Familie Hoff? Georg, Anke, Marlene und Jule, als sie noch ein Ganzes waren, ein Name, den man, ohne zu zögern, an eine Klingel schreiben konnte, den jeder verstand. *Familie Hoff.*

Hatten sie im Zentrum von Rostock gewohnt oder außerhalb? In einer Wohnung oder in einem Haus? Mit Balkon oder sogar einem Garten? Jule hatte keine Ahnung. Sogar in einem der Plattenbauten hätte sie ihre ersten Schritte machen, an jede dieser Fensterscheiben ihre Nase drücken können.

Angestrengt versuchte sie sich zu erinnern. Irgendetwas musste doch noch da sein. Vier Jahre lang waren sie eine Familie gewesen, das konnte nicht komplett ausradiert sein. Vier Jahre, in denen sie eine Schwester gehabt hatte, die ihr vielleicht an den Haaren gezogen oder sie vor den großen Jungs beschützt hatte. Vier Jahre, in denen sie einen Vater gehabt hatte, an dessen Hand sie womöglich über ebendiese Straße gegangen war, auf der sie gerade fuhr. Vier Jahre, in denen sie zusammen gefrühstückt, Radio gehört, über das Wetter geschimpft und Pläne für das Wochenende gemacht hatten. In denen sie all die Dinge getan hatten, die Familien eben so tun. Und nichts davon war geblieben?

In einem der Plattenbauten entdeckte sie ein Hotel. Es

war eine internationale Kette, eine anonyme, farblose Absteige mit zahlreichen Stockwerken. Es sah nicht besonders einladend aus, aber Jule war zu erschöpft, um nach etwas Besserem zu suchen.

Sie steuerte den Passat auf den angrenzenden Parkplatz, stieg aus und streckte sich. Dabei prallte ihr Blick gegen Beton und Asphalt. Bis auf die Rasenstücke vor den Häusern, nicht größer als Fußabtreter, gab es hier nur urbane Steppe, so weit das Auge reichte. Es war milder als in Hamburg, nirgends lag Schnee. Und es war ruhiger, fast still, nur das ferne Rauschen der Autobahn war zu hören. Während Hamburg auch nachts schwer atmete, schlief Rostock beinahe lautlos.

Jule nahm ihren Rucksack, den sie zusammen mit Isa gepackt hatte. Nur das Nötigste, bloß kein Zugeständnis an die Möglichkeit eines längeren Aufenthalts. Also gut, dachte sie, straffte sich und knirschte über den Schotter zum Hoteleingang.

Das Foyer war groß, aber niedrig. Schwach beleuchtet und trostlos. Die Modernisierungsversuche waren kläglich gescheitert, die skandinavische Sitzgruppe und die Tulpen in konischen Vasen hatten dem angestaubten Neunzigerjahre-Ambiente nichts entgegenzusetzen.

Der Empfang war unbesetzt. Jule räusperte sich, niemand kam. Irgendwann drückte sie die Empfangsklingel, und eine junge Rezeptionistin erschien. Jule fragte nach einem Einzelzimmer, nur für eine Nacht. Wortlos schob die Frau ihr einen Anmeldebogen über den Tresen.

Jule füllte ihn aus, nahm die Schlüsselkarte entgegen, ließ sich über die Frühstückszeiten informieren und ging.

Der abgetretene Teppich dämpfte ihre Schritte, kein Mensch war zu sehen, die Bar bereits geschlossen, die Lichter gedimmt.

Auf dem Weg zum Aufzug dachte Jule an ihren letzten Hotelaufenthalt. Laut, bunt und ausgelassen war er gewesen, bis in die Morgenstunden. Ein Kurztrip nach Mallorca mit der ganzen Abteilung. Sie hatten einen neuen Kunden und damit einen großen Etat gewonnen. Drei Wochen lang hatte niemand mehr als fünf Stunden pro Nacht geschlafen, wie besessen hatten sie sich auf den Pitch vorbereitet. Und schließlich gewonnen.

Die Agentur zeigte sich gönnerhaft. Zur Belohnung gab es all-inclusive für das ganze Team, mit Flug und Wellness-Flatrate, vom Praktikanten über den Strategieberater bis zum Creative Director. Große Gesten, darin war sie gut, die Werbebranche.

Alle waren schon beim Boarding so betrunken gewesen, dass die Stewardessen damit drohten, sie nicht mitzunehmen. Auf dem Flug hatten sich drei Kollegen übergeben müssen, die anderen hatten begeistert weitergetrunken. An den Shuttle zum Hotel konnte sich Jule später nicht mehr erinnern.

Die Hälfte der Zeit auf Mallorca hatte sie an der Poolbar verbracht, Aperol getrunken, Limoncello Spritz und Espresso Martini. Die andere Hälfte der Zeit hatte sie mit Laurenz gevögelt.

Schon als sie sich in den Arbeitsnächten zusammen über die Entwürfe gebeugt hatten, war er ihr den entscheidenden Zentimeter zu nah gekommen, hatte sie die eine Sekunde zu lange angesehen. Sie war zu müde gewesen, um sich darüber ernsthaft Gedanken zu machen. Hässlich war er ja nicht und nur in Maßen arrogant. Aber eine Affäre mit dem Chef?

Dann beim Essen am ersten Abend auf Mallorca: Sie saßen auf der Terrasse, die Luft war noch immer spaghettiträgerwarm, das Meer unten in der Bucht brandete gegen die Felsen. Laurenz hatte sich neben sie gesetzt, die Stimmung war ausgelassen, eine Anekdote jagte die nächste, jeder wollte den anderen an Witzigkeit überbieten. Irgendwann spürte Jule Laurenz' Hand auf ihrem Bein. Unter dem Tisch, auf der Stelle, wo Rock und Haut aufeinandertreffen. Ganz selbstverständlich lag die Hand da, sie fragte nicht, sie zögerte nicht, sie schaffte Tatsachen. Jule mit schwummrigem Kopf von zu viel Sangria rutschte nach vorne und die Hand weiter nach oben.

Sie atmete schneller, lachte weiter über die Geschichten der anderen, tat so, als wäre nichts. Nach einigen Minuten sagte sie, sie müsse aufs Zimmer, habe das Handy vergessen oder bräuchte eine Jacke – war im Detail auch egal. Sie stand auf und ging langsam zum Aufzug, drückte auf den Knopf und wartete. Hoffte, dass keine anderen Gäste kamen. Bemerkte, dass sie in diesen High Heels nicht mehr gerade stehen konnte, schwankte wie Strandgras. Würde er nachkommen?

Tat er. Und es ging los.

Sie hatten gevögelt, richtig gevögelt. Es war keine einmalige Sache gewesen. Sie hatten gespielt, gereizt und bezwungen. Und ihre Körper hatten sich auf eine Art verstanden, die Jule neu war. Fernab von Worten, von fahrigen Fingern und dem Geruch von kaltem Rauch am nächsten Morgen, wenn der andere schon längst gegangen war.

Sie hatte es genossen.

Danach aber war es kompliziert geworden. In Hamburg wollte er weitermachen. Wollte reden und verstehen, gemeinsam aufwachen und bleiben. Wollte alles von ihr haben, und so schnell.

Und außerdem war er noch immer ihr Chef.

Jule drückte die Taste des Hotelaufzugs in Rostock. Als sich die Tür öffnete, schwappte ihr Frittiergeruch entgegen. Sie hielt die Luft an und betrat die Kabine.

Der Flur, der zu ihrem Zimmer führte, war lang und dunkel, träge Nachtlichter wiesen den Weg. Auf ihrem Zimmer machte sie als Erstes den Fernseher an. Es lief eine Talkshow, sie drehte die Lautstärke herunter, gerade so laut, dass sie sie im Hintergrund angenehm streiten hörte.

Jule ließ Rucksack und Jacke fallen, ging auf die Toilette, zog sich Jeans und Sweatshirt aus. Trank Wasser aus dem Hahn, putzte sich die Zähne und beobachtete dabei die Frau im Spiegel: Sie sah schrecklich aus. Bleich, dunkle Schatten unter den Augen. Ihr Hals sehnig. Lange, schlappe Arme. Brüste wie ein schlechter Scherz. Rippen, ein Bauch, der sich nach innen wölbte.

Der Anblick dieser verhärmten Frau machte sie traurig. Würde sie so auch aussehen, wenn sie ein anderes Leben gehabt hätte? Andere Eltern? Wenn der Zufall sie nicht in Ankes und Georgs Hände gespült hätte?

Mal angenommen, sie wäre bei einer Familie wie ihrer Traumfamilie aus Kindheitstagen aufgewachsen, mit einer Mutter, die gerne buk und sich freute, wenn es allen schmeckte. Einer Familie, in der man das Leben genoss.

Wäre Jule dann heute trotzdem so durchscheinend und dürr? Oder hätte es auch für sie eine Chance gegeben, wie Isa zu werden – fest, weich und leuchtend zugleich?

Hätte Jule sich dann mit dreizehn in einen der Nachbarjungs verliebt, statt zum x-ten Mal umzuziehen? Hätte sie ihn mit dreiundzwanzig geheiratet (warum auch nicht, er war schließlich die Liebe ihres Lebens) und mit neunundzwanzig ein Kind auf die Welt gebracht? Hätte Jule dann heute einen dreijährigen Sohn, und wären ihre Arme stark vom Tragen des Kindes und ihr Lächeln breit von Liebe im Überfluss?

Sie schlüpfte unter die Decke, dankbar für die Müdigkeit, die sie fest umarmte. Sie drehte sich auf den Rücken, schloss die Augen und spürte für einen Moment alles, von den Zehen bis zur Kopfhaut. Ihr Körper wurde schwerer, ihre Gedanken träger, die Stimmen aus dem Fernseher leiser.

Plötzlich tauchte eine Erinnerung auf: Sie liegt neben Marlene, ihre nackten, warmen Beine berühren sich. Anke sitzt auf der Bettkante und liest eine Gutenachtgeschichte vor. Marlenes Haar kitzelt Jule am Hals.

Und noch eine: Georg tanzt den Zahnputztanz, singt dazu in die Zahnpastatube wie in ein Mikrofon.

Und ein Gefühl, warm wie Sommersonne auf nacktem Bauch, wie ein Stück verschlucktes Glück.

Jule drehte sich zur Seite, verscheuchte die Erinnerungen. Waren es überhaupt welche? Hatte sie das tatsächlich erlebt? Hatte Anke ihnen vorgelesen? Hatte Georg getanzt? Oder waren diese vermeintlichen Erinnerungen nichts weiter als Fragmente ihrer Träume? Und ihr Kopf hatte den Wunsch zur Erinnerung gemacht, umetikettiert und falsch einsortiert.

Nur langsam kam Jule zur Ruhe. Wie beim Blick aus einem fahrenden Zug sah sie den Tag in Fetzen an sich vorüberfliegen: Isas sanfte Stärke. Die Autofahrt durch die schwarze Nacht. Nathalie und Lara, an die sie lange nicht gedacht hatte. Laurenz, der immer wieder versuchte, Brücken in ihre Richtung zu bauen. Marlene, die über ihre Schulter schaute, ihre Haare flatterten im Wind. »Komm mit«, rief sie. Und Jule erinnerte sich, dass sie zusammen etwas vorhatten. Ein schönes Gefühl. Marlene rannte und entfernte sich schnell. *Warte*, wollte Jule rufen. *Bleib stehen!* Doch Marlene war nur noch ein stecknadelkopfgroßer Punkt in der Ferne, und plötzlich fiel Jule wieder ein, dass sie tot war, und die Erinnerung hatte Empörung im Gepäck. Marlene sollte stehen bleiben! Sie durfte nicht rennen! Bleib hier, dachte Jule. Und gib mir verdammt noch mal diese zwanzig Pfennig. Es war eine atemraubende Ungerechtigkeit, mit welcher Selbstverständlichkeit sich ihre Schwester entfernte.

Jule fuhr hoch.

War hellwach, der Traum so real gewesen, dass die Entrüstung heftig in ihrem Hals pulsierte. Sie lehnte sich ans Kopfteil des Betts und ließ ihre Stirn in die Hände sinken.

Was für ein beschissener Traum.

Dieses verdammte Gefühl sinnloser Empörung, das ihre Nächte bestimmte.

Eine vorrangige Aufgabe

Im Herbst des nächsten Jahres war ich schwanger. Ich spürte es bereits nach wenigen Tagen. Das leise Ziehen im Bauch, die dumpfe Übelkeit, die spitze Empfindlichkeit. Mein Körper gehörte nicht mehr mir allein. Zunächst behielt ich meine Vermutung für mich. Es war eine aufwühlende Zeit, ich war voll explosiver Freude, allumfassender Zweifel und lähmender Ängste. Angestrengt versuchte ich die Zeichen meines Körpers zu deuten. War nicht vielleicht doch alles nur Einbildung?

Dann, als die Zeit aus der Vermutung eine Wahrscheinlichkeit machte, erzählte ich Martin davon. Wir hatten es nicht geplant, und ich war unsicher, wie er reagieren würde. Doch kaum hatte ich es ihm gesagt, umarmte er mich stürmisch, hob mich hoch und wirbelte mich herum. Er war begeistert, aufgekratzt, wie beschwipst vom Glück und wischte alle Zweifel beiseite. Wir würden eine Familie sein, eine echte Familie – Mutter, Vater, Kind!

Sofort begannen wir Pläne zu schmieden: Sobald Martin sein Studium abgeschlossen hatte, würden wir aufs Land ziehen, vielleicht sogar in die Nähe von Sälchow. Auf dem Dorf war es besser als in der Stadt. Wir würden das Baby nicht in eine Krippe geben, meine Mutter könnte aufpassen, wenn Martin und ich arbeiteten. Ich würde das Krankenhaus verlassen, mich in einem Landambulatorium bewerben, einer kleinen Poliklinik auf dem Lande, und so viel Zeit wie möglich mit unserem Kind verbringen. Wir würden es gut machen, trotz aller familiärer Widerstände und politischer Widrigkeiten.

Nie wieder habe ich eine solche Einigkeit mit einem anderen Menschen gespürt wie in diesen Tagen mit Martin. Wir waren eine geschlossene Einheit aus Zuversicht und Möglichkeiten.

Unsere taumelige Freude hielt jedoch nur zwei Wochen, dann war der Rausch jäh beendet. Blutungen. Nichts Ungewöhnliches in dieser frühen Phase der Schwangerschaft. Wir könnten es in ein paar Wochen wieder versuchen, versicherte uns der Arzt. Kein Grund, traurig zu sein.

»Geben Sie sich ein bisschen Zeit.«

Dem bisschen Zeit folgten Jahre der Verzweiflung. Ich beendete meine Ausbildung und fing im regulären Schichtdienst an, Martin quälte sich durch sein Studium. Unsere Liebe, die so unkompliziert gewesen war, ja, deren Wesen genau darin bestanden hatte, so wunderbar leicht zu sein, wurde zu einer angestrengten Verbindung, deren vorrangige Aufgabe darin bestand, ein weiteres Kind zu zeugen.

Das erste Kind, das sich so unbeschwert in unser Leben geschummelt hatte, hatte die Unbefangenheit unserer Beziehung unterbrochen. Wir fanden nicht zurück in den Rhythmus, der uns anfangs getragen hatte. Und alles verhärtete sich auf einen Punkt: das Kind, das nicht kommen wollte. Wir gingen kaum noch aus, meine Arbeit bereitete mir keine Freude mehr, ich meldete mich nur noch sporadisch bei meinen Eltern und fuhr kaum mehr nach Sälchow.

Die Intimitäten zwischen Martin und mir beschränkten sich auf die Zeugungsversuche. Ich rechnete meinen Eisprung aus, kalkulierte meine fruchtbarsten Tage. Da wir beide in Mehrbettzimmern untergebracht waren, konnten wir nur beieinander übernachten, wenn alle anderen Mitbewohner nicht da waren, was äußerst selten der Fall war. Also liebten wir uns in Umkleidekabinen, auf Rückbänken geliehener Autos, während Nachtschichten im Pausenraum auf der Station, hinter Büschen und Hecken. Bald schon waren es demütigende, verbissene Zusammenkünfte.

In einer gemeinsamen Wohnung hätte sich unser Verhältnis sicherlich entspannt, doch weil wir nicht verheiratet waren, bekamen wir keine gemeinsame Unterkunft.

Obwohl ich mir sicher war, dass Martin der Mann meines Lebens war, kam eine Hochzeit für mich nicht in Frage. Mit dem Ja für ihn hätte ich mich auch eindeutig für oder gegen eine kirchliche Hochzeit entscheiden müssen. Das konnte ich nicht. Weder wollte ich mich gegen die Welt meiner Eltern stellen, indem ich eine kirchliche Trauung ausschlug. Noch war ich bereit dafür, mich wieder diesem Gott anzuvertrauen, der mich gerade erneut so offensichtlich im Stich ließ.

Unsere Bemühungen blieben nicht fruchtlos, was auch der Grund war, warum wir überhaupt so lange durchhielten. Doch mit jedem Mal wurde unsere Freude vorsichtiger, denn ich ahnte, dass der Funke, den ich in mir trug, bald wieder erlöschen würde.

In drei Jahren hatte ich fünf Fehlgeburten. Mit jedem Abgang verlor ich ein Stück meiner Zuversicht und Lebensfreude. Ich verstand es nicht. Warum konnte ich die kleinen Wesen nicht bei mir halten? Was machte ich falsch? Warum vertrauten sie sich meinem Körper nicht an?

Um mich herum sah ich nur noch Schwangere. Patientinnen, die sich mit prallen Bäuchen in den Betten wälzten, Besucherinnen, die ihre stolzen Rundungen über die Krankenhausflure schoben, verliebte Paare, er seine Hand auf ihrem kugeligen Bauch. Die Neugeborenen-Station mied ich, von der Gynäkologie hielt ich mich weitestgehend fern.

Nach der vierten Fehlgeburt ließ ich zum ersten Mal die Frage zu, ob es mein Schicksal war, kinderlos zu bleiben. Zum ersten Mal bahnte sich diese Option den Weg durch meinen schon krampfhaften Aktionismus.

Auf eine Adoption hätten wir keine Chance gehabt, das wussten wir. Der Makel meiner Herkunft haftete noch immer an mir, selbst Martins Konformität konnte das nicht wettmachen. Wenn ich es nicht schaffte, ein eigenes Kind auf die Welt zu bringen, würden wir niemals eines haben.

Gerade stellte ich mich auf diesen erschreckenden Gedanken ein – vielleicht konnte ich mir stattdessen einen Hund anschaffen oder ein Pferd, irgendetwas Lebendiges, um das ich mich kümmern konnte –, da wurde ich erneut schwanger. Ich verbot mir alle Freude, alle Ängste, überhaupt alle Gefühle und machte einfach weiter. Sogar Martin erzählte ich erst davon, als ich die zwölfte Woche überstanden hatte.

Von unserer einstigen Freude war nur noch eine erschöpfte Erleichterung geblieben. Ich war nun wieder amtlich schwanger, eine neue Seite im Schwangerschaftsausweis wurde aufgeschlagen, und diesmal füllten sich die Zeilen.

Glücklich war ich nicht. Im Gegenteil, je weiter die

Schwangerschaft voranschritt, desto schlechter fühlte ich mich. Ich war ängstlich, überempfindlich, machte mir ständig Sorgen. Alles Schlechte betraf mich unmittelbar. Die Situation im Land, auf einmal war ich empfänglich für Gerüchte und das Rumoren. Stand die DDR tatsächlich wirtschaftlich am Abgrund? War es wahr, dass der Staat Schulden anhäufte und es in den Kaufhallen bald nichts mehr zu kaufen gäbe? Was, wenn Krieg ausbrach? Die UdSSR hatte aufgerüstet, der Westen zog nach. Wir mittendrin. Ich war nervös, ständig unter Strom, schlief kaum und fühlte mich zutiefst erschöpft. Das Kind wuchs und mit ihm die Angst.

Martin konnte mich nicht verstehen, er freute sich unbändig, und sein abwiegelnder Optimismus strengte mich an. Ich fühlte mich allein gelassen mit meinen Sorgen, vermisste den Gleichklang unserer Gedanken. Während mich die Schwangerschaft dünnhäutiger und fahriger machte, wurde Martin an meiner Seite standfester und entschiedener.

Dann eines Morgens ein Blutfleck im Laken, Krämpfe, der Embryo wollte raus, nicht leben, verließ mich.

Nach dieser fünften Fehlgeburt musste ich für zwei Tage ins Krankenhaus. Mit letzter Kraft setzte ich durch, ins Universitätsklinikum zu kommen, nicht ins Diakonissenkrankenhaus, wo meine Kollegen mich auf der Gynäkologie mitleidig empfangen hätten.

Eine Ausschabung war notwendig. Sie kratzten die noch vorhandenen Teile des Mutterkuchens und des Embryos aus meinem Uterus, außerdem alle Hoffnung und ein großes Stück von meinem Lebenswillen.

Als Martin mich besuchte, konnte ich nicht aufhören zu

weinen. Es war zu viel, ich ertrug es nicht mehr. Alles zerrte an mir: Die vielen kleinen Tode unserer Kinder. Die Unwägbarkeiten dieses Landes. Dass ich mir so viel Mühe gab, normal zu sein, und es mir doch nicht gelang dazuzugehören.

»Lass uns weggehen«, flüsterte ich an Martins feuchter Wange. »Es zerreißt mich hier.«

Pragmatismus schlägt Pessimismus

Als Jule am nächsten Morgen in ihrem Hotelzimmer aufwachte, brauchte sie einen Moment, um zu realisieren, wo sie war. Sie hatte schlecht geschlafen, geschwitzt und war unzählige Male wach gewesen. Sie drehte sich zum Fenster, die dünnen Vorhänge ließen wässriges Wintergrau ins Zimmer.

Bei Tageslicht betrachtet, erschien ihr die Idee, zur Adoptionsstelle zu fahren, irgendetwas zwischen lächerlich und furchterregend. Wie hatte sie sich das vorgestellt? Einfach zum Jugendamt gehen und sagen: »Für mich den Namen und die Adresse meiner leiblichen Eltern, bitte«, als würde sie ein Pfund frisches Hack beim Metzger kaufen? Und dann zu dieser Adresse fahren, ihre echte Mutter reißt die Tür auf, schließt Jule in die Arme und zieht sie rein ins Haus, rein in den Schoß der Familie. Alle hätten sie immer vermisst.

Na klar.

Und Anke? Ihr halbes Leben samt Anke wären in dem Moment ausgelöscht, in dem Jule ihre wahre Herkunft erfahren würde.

Na klar.

Sie wusste nichts über ihre leiblichen Eltern. Vielleicht waren sie tot, vielleicht am Leben. Vielleicht getrennt, vielleicht noch immer verliebt. Großartig oder grässlich. Womöglich hatten sie Jule lange gesucht – oder schnell vergessen. Würde Jules Auftauchen sie in Schwierigkeiten bringen? Gab es weitere Kinder? Kinder, die bei ihnen hatten bleiben dürfen, nicht weggegeben worden waren? Vielleicht war sie, Jule, nicht willkommen in dieser Familie. Viele Eventualitäten – zu viele.

Sie nahm ihr Handy und wählte Isas Nummer. Es klingelte lange, dann sprang die Mailbox an. Jule lauschte bis zu der Stelle, an der Isa ihren Namen sagte, dann legte sie auf. Mist. Schließlich setzte sie sich auf die Bettkante, die nackten Füße auf dem hässlichen Teppich. Blickte lange auf die gegenüberliegende Wand mit dem billigen Kunstdruck. Renoir? Nein, Monet. Seerosen auf einer Wasseroberfläche, belanglos wie alles in diesem Zimmer.

Noch eine Weile saß sie so da.

Halb im Bett, halb im Raum.

Halb im Tag, halb in der Nacht.

Halb im einen, halb im anderen Leben.

Dann bekam sie Hunger und tat das, was Isa an ihrer Stelle machen würde. Aufstehen und frühstücken. Zugegeben, ein kleiner Schritt, aber die Richtung stimmte: Pragmatismus schlägt Pessimismus.

Das Frühstück war jämmerlich, der Raum eine Halle, zweckmäßig eingerichtet wie eine Jugendherbergskantine mit langen Tischreihen, Plastikblumen und weiteren Kunstdrucken an den Wänden. Dazu ein abgetretener Teppichboden in Beige-Gelb-Braun, an einigen Stellen so durchgelaufen, dass Jule den Beton durch die Faserfetzen sehen konnte. Im Radio lief irgendein schrecklicher Schlager, eine Frau besang die Schönheit des Lebens.

In einer Ecke, Jule erkannte es kaum, ein winziges Buffet. Brötchen mit dem Nährwert und der Beschaffenheit eines Pizzakartons, blasse Margarine, rosa Streichwurst und grellgelbe Aprikosenmarmelade. Abgepackt in Kaufmannsladengröße und viel Plastik. Jule legte sich von allem etwas auf ihren Teller. Hätte sie sich nicht so verloren gefühlt, hätte es amüsant sein können.

Außer ihr gab es nur noch drei andere Frühstücksgäste. Ein junges Pärchen, das sich über einen vollgekrümelten Tisch hinweg anhimmelte. Außerdem ein Mann im Anzug, der mit finsterer Miene seinen Laptop bearbeitete. Sicherlich beruflich hier und froh, am Abend nach Hause zurückkehren zu können, zu Frau und Kindern, zu symmetrisch hängenden Holzherzen in den Sprossenfenstern eines Reihenhauses, zu Hühnerfrikassee aus dem *Thermomix* und einem alkoholfreien Bier zur *Sportschau*.

Jule steuerte mit ihrem Teller zu einem Tisch am Fenster, um näher am Draußen zu sein, wo Autos und Busse vorbeirauschten, Menschen mit gesenkten Köpfen über Gehwege eilten, Krähen an irgendetwas Überfahrenem am Straßenrand hackten.

Die Rezeptionistin von letzter Nacht wünschte Jule freudlos einen guten Morgen und stellte ein Kännchen Kaffee auf den Tisch. Jule schenkte sich dankbar ein, kaute mechanisch auf dem Pappbrötchen herum und beschloss, in der Agentur anzurufen. Sie fehlte den dritten Tag in Folge unentschuldigt, und niemand schien sich dafür zu interessieren.

Wie war sie nur in dieser undankbaren Branche gelandet? Sie hatte Germanistik und Kunstgeschichte studiert.

Nicht weil es sie sonderlich interessiert hatte, sondern weil ihr nichts Besseres eingefallen war. In Deutsch und Kunst war sie gut gewesen, und auf jeden Fall hatte sie in Hamburg bleiben wollen, in Ankes Nähe.

Ihren Bachelor hatte sie mit Bestnoten abgeschlossen. Sie hatte sich nicht einmal anstrengen müssen, aber der akademische Trott hatte sie gelangweilt. Anke hatte ihr oft geraten (sie geradezu bedrängt), auf Lehramt zu wechseln, doch stattdessen hatte Jule den Bewerbungsbogen einer renommierten Hamburger Werbeagentur ausgefüllt. Sie hatte die E-Mail mit ihren Vorschlägen zu den Kreativaufgaben ohne große Erwartungen abgeschickt und war überrascht gewesen, als sich ein paar Tage später tatsächlich jemand bei ihr gemeldet hatte. Es war eine Einladung zum Vorstellungsgespräch gefolgt, sie war zu ihren Ideen befragt worden, hatte sie plausibel erklärt und viel gelächelt.

Dann war es sehr schnell gegangen. Schon zwei Wochen später hatte sie angefangen. Unverschämt geringes Gehalt, aber Festanstellung. Ihr Hauptkunde: eine Kaffeerösterei, die neben Arabica-Bohnen auch Skiunterwäsche und Knoblauchpressen verkaufte.

Am Anfang waren all die Fremdwörter aufregend und spannend gewesen: die Brands, die Ads, die Pitches, die Target Groups, die Testimonials, die Seedings, die Slogans, die Spots. Sie waren ein junges Team, die kreative Elite. Es war ein wilder Rausch, und während ihre Kommilitonen noch versuchten, irgendwo Fuß zu fassen, und ihre Ansprüche mit jeder Absage nach unten korrigierten, hatte Jule eine Sechzig-Stunden-Woche. Sie war dabei, sie war mittendrin. Ab vier Uhr nachmittags gab's Bier, abends wurde Essen auf Agenturkosten bestellt, und irgendwo lief immer Musik. Wollte man den Kopf freibekommen, konnte man eine Runde Kicker oder Tischtennis spielen, ins agentureigene Fitnessstudio gehen oder sich in die Lounge setzen, einen Soja-Latte trinken auf Augenhöhe mit den vorbeiziehenden Barkassen, aus denen die Touristen fröhlich winkten.

Nur nach Hause gehen, das durfte man nicht. Es stand stets eine ganz wichtige Abgabe kurz bevor. Nach anderthalb Jahren hatte Jule sieben Kilo abgenommen, war ständig erkältet, und außerhalb der Agentur traf sie kaum noch Bekannte.

Es gab Angebote von anderen Agenturen. Aber Jule hatte die Branche durchschaut und wusste, was sie erwarten würde. Den Gedanken an einen Neuanfang schob sie weit weg, weil sie Veränderungen noch mehr hasste als diesen Job.

Sie blieb. Wurde älter, aber nicht zufriedener, routinierter, aber nicht glücklicher.

Draußen vor dem Hotel zündete sie sich eine Zigarette an, inhalierte genüsslich und lauschte dem versöhnlichen Knistern. Sie holte das Handy aus der Jeanstasche und tippte auf Laurenz' Nummer.

»Witt?«, meldete er sich.

»Hier ist Jule.« Sie bemühte sich, souverän zu klingen.

»Hey, Jule! Was gibt's?«

Sie schnaubte. »Ich bin seit drei Tagen nicht im Büro erschienen, und niemand hat sich nach mir erkundigt. Ich hätte in der Zwischenzeit verreckt sein können.« Hätte sie wirklich, viel hatte nicht gefehlt.

»Ich dachte, du brauchst vielleicht eine Auszeit.«

»Wieso sollte ich eine Auszeit brauchen?«

»Was weiß ich, vielleicht ist wieder was mit deiner Mutter. Du erzählst mir ja nichts.«

Er klang gekränkt, und Jule bekam Lust, noch gemeiner zu werden. Sie wusste, was sie sagen musste, um ihn zu treffen. Wie eine überreife Frucht hingen die verletzenden Worte bereits in ihren Gedanken und verströmten einen süßlich-fauligen Geruch. Jule wollte sie fallen und platzen sehen.

»Meine Mutter ist schon vor Wochen gestorben. Und warum sollte ich das gerade dir erzählen?«

Ein Geräusch am anderen Ende der Leitung wie Luft, die aus einem Schwimmring strömt. »Das muss ich mir nicht geben, Jule. Echt nicht. Du hast ein Problem. Und ich wünsche dir, dass du es in den Griff bekommst. Mein aufrichtiges Beileid zum Tod deiner Mutter.« Kurze Pause. »Willst du dich jetzt krankmelden?«, fragte er ganz chefmäßig.

»Nein, will ich nicht! Weiß du was, du kannst mich mal, Laurenz, das war's.«

»Was soll das heißen?«

»Ich kündige.«

Ein deutliches Schnauben. Dann nichts bis auf die vertrauten Bürogeräusche im Hintergrund, sogar das Klackern des Tischtennisballs war zu hören.

»Sind noch irgendwelche Aufgaben offen?«, fragte er.

»Keine Ahnung.« Sie zog ein letztes Mal an der Zigarette.

»Echt? Das soll's gewesen sein? Ohne ein vernünftiges Gespräch?«

»Ich wüsste nicht, was wir beide noch zu besprechen haben.«

Pause.

»Du tust mir leid. Was auch immer dein Problem ist, ich bin es nicht.« Damit legte Laurenz auf.

Idiot, dachte sie.

Sie drückte den Rest ihrer Zigarette in einen Aschenbecher. Im Sommer wären es zehn Jahre in der Agentur gewesen. Mit Laurenz im April drei.

Sie ging zurück ins Hotel. Das verliebte Pärchen stand Hand in Hand an der Rezeption und ließ sich den Weg in die Innenstadt erklären. Jule ging an ihnen vorbei in Richtung Aufzug, ohne zu wissen, was sie als Nächstes tun sollte. Plötzlich fühlte es sich an, als würde sie auf Sand laufen – wackelige Schritte, schwere Beine, der Boden gab nach. Ihr wurde schwindlig.

Was hatte sie getan?

Kündigungsfrist! Unentschuldigtes Fernbleiben! Arbeitszeugnis! Was hatte sie sich nur gedacht?

»Beruhig dich«, sagte sie sich. Mit dem Geld, das Anke ihr hinterlassen hatte, würde sie erst einmal über die Runden kommen. Und eine Auszeit, das war drin. Ein Sabbatical, das machte jetzt doch jeder. Und vielleicht war es wirklich mal an der Zeit, sich einen neuen Job zu suchen. Sie konnte auch zurück in die Werbung, sie konnte bei jeder x-beliebigen Agentur anfangen, wenn sie es denn wollte.

Sie war beim Aufzug angelangt, ihr Herz trat wild um sich.

Reiß dich zusammen.

Weshalb bist du hier? Was ist der nächste Schritt?

Jugendamt, sie musste beim Jugendamt anrufen. Deshalb war sie hergekommen.

Sie kehrte um und trat wieder vor die Tür. Tief ein- und ausatmen, so wie Isa es immer tat. Einmal, zweimal. Langsam beruhigte sie sich, die Ausschläge ihrer Gedanken wurden kleiner.

Ihre Finger zitterten vor Kälte und Konzentration, als sie auf die Telefonnummer des Jugendamts tippte.

Nach wenigen Freitönen meldete sich eine Frau.

Jule sagte, wer sie war und was sie wollte. Sperrig und ungelenk klangen ihre Sätze: *Adoptiert. Geboren 1985. Leibliche Mutter. Rostock. Adoptivmutter. Verstorben.*

Wie sich das anhörte. Und war diese Frau, vor der sie gerade ihre Vita sezierte, überhaupt die richtige Ansprechpartnerin?

Durchaus.

Routiniert und professionell unbeteiligt erklärte sie, dass sie Jules Anfrage weiterleiten würde. Für »H wie Hoff« wäre ein Herr Nowak zuständig. »Wir melden uns bei Ihnen.«

»Wann?«

»Schwierig zu sagen, rechnen Sie mit zwei, drei Wochen. Wir bemühen uns, diese Anfragen schnell zu bearbeiten. Aber wir können vorher nie sagen, ob es eine Akte gibt und ob wir sie finden. Und falls wir sie finden, in welchem Zustand sie ist.«

»Was heißt, *ob* Sie sie finden?«

»Viele Akten sind nicht auffindbar. Manchmal gibt es Vermerke über Akten, aber die eigentlichen Dokumente sind verschwunden.«

Jule fühlte sich, als wäre sie mit Vollgas auf einen Prellbock gefahren. Keine Akte? Hatte die Frau gerade gesagt, dass ihre Akte womöglich nicht auffindbar sei? Und sie vielleicht niemals erfahren würde, wer ihre leiblichen Eltern waren?

»Ich sehe, was ich für Sie tun kann, Frau Hoff. Aber versprechen kann ich Ihnen wie gesagt nichts. Rufen Sie heute Mittag noch mal an, dann weiß ich vielleicht schon mehr.«

Jule bedankte sich und ließ sich abermals den Namen des zuständigen Sachbearbeiters geben. Nachdem sie aufgelegt hatte, starrte sie auf das beschlagene Display.

Was ist schlimmer, überlegte sie, etwas nicht zu wissen oder zu wissen, dass man etwas nicht weiß?

Leere statt Weite

An der Rezeption verlängerte sie ihr Zimmer um eine Nacht. Dann holte sie ihre Jacke und verließ das Hotel, schob die Hände tief in die Taschen, wusste nicht wohin, einfach los, Hauptsache, bewegen.

Ihre Gedanken rotierten.

Keinen Job mehr.

Keine Ahnung, was stattdessen.

Keine Akte.

Die Vorstellung war undenkbar. Informationen über Adoptionen konnten doch nicht einfach *verloren gehen!*

Und diese Beiläufigkeit der Frau am Telefon: leider keine Akte. Leider keine Auskunft. Leider keine Eltern.

Schade, war ja auch nur um alles gegangen.

Jule lief schneller, wich einer Gruppe lärmender Schulkinder aus, die ihr schubsend und grölend entgegenkam. Plötzlich formte sich ein neuer Gedanke aus ihren tosenden Gefühlen: Anke hatte alles gewusst. Woher sie kam, warum ihre Eltern sie abgegeben hatten und warum sie gerade von Anke und Georg adoptiert worden war. Was mit Marlene passiert war. Einfach alles. Anke hatte die Antworten gekannt, hatte sie in kleine Pakete gebündelt, irgendwo schön verstaut und für sich behalten. Während sie von Jule absolute Loyalität verlangt hatte, hatte sie selbst ein ganzes Leben vor ihr verborgen. Und nun war sie tot, hatte alle Antworten mitgenommen. Unwiederbringlich.

Aber Jule und die Fragen waren zurückgeblieben. Mussten sich annähern und arrangieren. Jule musste Klinken putzen, Anliegen durchsetzen, darauf beharren, Antworten zu erfahren.

Sie konnte sich nicht daran erinnern, schon einmal so wütend auf Anke gewesen zu sein. Sie stapfte durch Rostock, viel zu schnell für jemanden, der nicht wusste wohin, schlängelte sich durch den Strom entgegenkommender Passanten, sah nur auf, wenn sich ein abgesenkter Bordstein näherte, und bog ab, wenn eine Ampel auf Rot sprang.

Hatte Anke gewollt, dass sie den Umschlag in ihrer Wohnung fand? Wie er da hinter die Kommode geklebt war, gab keine Auskunft über Ankes Absichten. Es war zu offensichtlich, um die Informationen geheim zu halten. Und zu versteckt, um sicherzustellen, dass sie den Umschlag auch wirklich fand.

Anke hatte es dem Zufall überlassen. Das nahm Jule ihr übel. Ihr Tod war nicht plötzlich gekommen. Im Gegenteil. Monate des Siechtums, in denen Jule Stunde um Stunde an Ankes Bett gesessen hatte. Und nie hatte sich ein Moment gefunden, um reinen Tisch zu machen? Um zu sagen: »Jule, es gibt etwas, worüber wir reden müssen.« Um ihr zu erklären, was sich immer falsch angefühlt hatte. Um sie zu erlösen von der Annahme, verkehrt zu sein.

Jules Wut züngelte, alles in ihr glühte. Sie öffnete ihre Jacke und sah sich um. Wo war sie? Der Platz löste ein vages Erinnern aus. Er war riesig, eingefasst von hübschen, schmalen Giebelhäusern in fröhlichen Farben. Eine Seite wurde von einem schlossähnlichen Gebäude dominiert. Am anderen Ende drängte der steinerne Bug eines gewaltigen Kirchenschiffes auf den Platz.

Ernst-Thälmann-Platz, schoss es ihr plötzlich durch den Kopf. Irgendwo war diese Information gespeichert. War sie schon einmal hier gewesen?

Mitten auf dem Platz stand ein Marktwagen, von dem aus ein Mann frische Waffeln verkaufte. Winzig sah der Wagen aus und deplatziert in der herrschaftlichen Architektur, machte Leere aus der Weite des Platzes.

Jule holte sich eine Waffel. Nicht weil sie Hunger hatte, sondern weil sie etwas brauchte, an dem sie sich festhalten konnte. Eine Waffel bestellen, Münzen aus dem Portemonnaie suchen, die Wärme des Gebäcks auf der Handfläche spüren, sich bedanken. Ein Stück Normalität in all dem Irrsinn.

Sie stellte sich an den einzigen wackeligen Stehtisch, aß die Waffel und sah dem Puderzucker dabei zu, wie er in ihren Jackenärmel rieselte.

Langsam wurde es besser. Die Wut verebbte. Wurde zu Entschlossenheit.

Leider keine Akte.

Was konnte sie tun?

Es musste doch hier in Rostock Menschen geben, die mehr über sie wussten als sie selbst. Nachbarn, Erzieherinnen im Kindergarten, vielleicht sogar Freunde, die sich an Familie Hoff erinnerten. Und Verwandte?

Nicht von Georgs Seite. So wie Georg kein Ende hatte, einfach irgendwo verloren gegangen war, hatte er keinen Anfang. Jule wusste nichts über seine Eltern oder mögliche

Geschwister. Nicht, woher er kam, nicht, wohin er gegangen war. Georg war mehr Phase als Vater gewesen.

Aber von Ankes Seite. Jule erinnerte sich verschwommen an Großeltern und eine Tante, durchlässige Gestalten, nicht mehr als die Figuren eines unruhigen Traums, aber dennoch vorhanden.

Die Großeltern waren gestorben, als Jule und Anke in Buchholz gelebt hatten. Es hatte einen Anruf gegeben, der Anke aus der Bahn geworfen hatte. Anschließend hatte sie über zwei Wochen ihr Schlafzimmer kaum verlassen. Das Einzige, was sie zu Jule gesagt hatte, war: »Jetzt sind wir ganz allein.« Das war ihr damals schon seltsam vorgekommen. Sie waren doch schon lange allein …

Jule versuchte sich zu entsinnen. Wer hatte damals angerufen? War es Ankes Schwester gewesen? Der Name war Jule entfallen. Ein ähnlicher Klang wie Anke. Wiebke vielleicht? Elke? Mit Nachnamen Schwesinger, wenn sie ihren Mädchennamen behalten hatte.

Zwei-, dreimal hatte Anke über sie geredet. Worüber, daran konnte Jule sich nicht erinnern, nur an die Aura des Verrats, die diese Tante umgab.

Lebte sie noch? Wohnte sie in Rostock? War es möglich, sie zu finden und sie über den Tod ihrer Schwester zu informieren, zu der sie jahrelang keinen Kontakt hatte? Und nebenbei zu erfahren, warum sie, Jule, adoptiert worden war? Und gerne auch: Wer ihre leiblichen Eltern waren?

Dass sie nie etwas über Ankes und Georgs Familien erfahren hatte, passte plötzlich. Schließlich waren Anke und Georg nicht ihre Eltern gewesen, und die Menschen, nach denen sie sich gesehnt hatte, waren nicht mit ihr verwandt.

Trotzdem hatten diese Großeltern, Tanten und Onkel in ihrem Leben gefehlt. Früher, wenn sie doch einmal zu einem Kindergeburtstag eingeladen worden war, betrachtete sie die gerahmten Familienfotos in den Wohnungen ihrer Freundinnen. Sie fand sie in Wohnzimmervitrinen, im Flur vor dem Schlafzimmer oder auf dem Nachttisch der Eltern. Wie magnetisch angezogen schlich Jule sich unter irgendeinem Vorwand zu den Bildern und malte sich Geschichten zu den Porträtierten aus, fragte sich, wie es sich anfühlen musste, mit dieser Armee von Ahnen im Rücken.

Bei ihr zu Hause gab es kein einziges gerahmtes Foto. Keine Tanten, Onkel, Großeltern und Urgroßeltern, die sie, Jule, fest verwurzelt hätten. Während andere Stammbäume über viele Generationen reichten, erstreckte sich Jules Geschichte bis zu ihrer Geburt und nicht weiter. Doch selbst die lag im Ungewissen, wie sie jetzt wusste. Ihre Identität formte sich lediglich an Ankes Seite. Ihr Leben war eindimensional, hatte keine Tiefe, sie war wie ein Flachwurzler, der auf sandigem Boden keinen Halt fand.

Jule wischte sich die von der Waffel zuckrigen Finger an der Jeans ab. Der Platz war unverändert leer, die Häuschen rundherum fröhlich. Es war kurz nach elf, noch lange nicht Mittag, der Tag so grau und teilnahmslos wie die letzten.

Noch einmal versuchte sie Isa anzurufen. Wieder nur die Mailbox.

Verdammt. Sie musste mit jemandem reden, um sich zu erleichtern.

Hoffte, dass es diese Akte gab.

Fürchtete sich vor dem, was darinstand.

Brannte darauf, endlich Antworten zu bekommen.

Ahnte, dass sie noch mehr von Anke, noch mehr von sich selbst verlieren würde.

Sie konnte nicht länger warten.

Klientin

Das Jugendamt befand sich in einer der Querstraßen zum Hafen, in einem dunklen Backsteingebäude mit mächtigen Pfeilern, sakralen Fenstern und verzierten Spitzbögen. Jule drückte die schwere Holztür auf und fand sich in einer riesigen Eingangshalle wieder. Die Höhe war einschüchternd, es war wie in einer Kirche, in der Jule sich winzig fühlte, demütig, einer Macht ausgesetzt, von der sie nicht wusste, ob sie ihr vertrauen oder sich vor ihr fürchten sollte.

An der Wand neben dem Eingang befand sich eine Tafel mit einem Verzeichnis der Räume. Schnell fand sie, wonach sie gesucht hatte:

Amt für Jugend, Soziales und Asyl
Sachgebiet Adoptionsvermittlungsstelle/Pflegekinderwesen
Nowak – Zimmer 106, 1. OG.

Auf dem Weg zur Steintreppe hallten ihre Schritte durch das Foyer, keine Menschenseele war zu sehen.

Was war das für ein Ort?

Jule musste an die Dinge denken, die vermutlich niemals durch diese dicken Wände nach außen gedrungen waren: an die Geheimnisse, mit denen sich die Mauern über die Jahrhunderte vollgesogen hatten. An die geflüsterten Geständnisse, die hier in jedem Winkel gespeichert waren. An die zarten Hoffnungen, die durch die Flure geflattert waren und nie ihren Weg nach draußen gefunden hatten, bis sie irgendwann in einer staubigen Ecke verendet waren.

Sie war im ersten Obergeschoss angekommen und folgte der Ausschilderung in den rechten Flur. Hier durchbrach eine gelangweilte Zweckmäßigkeit das düstere Hogwarts-Ambiente: Linoleum, Raufasertapete, Neonlicht. Tür an Tür reihten sich die Büros. Sie hatte Zimmer 106 erreicht, straffte die Schultern und klopfte.

Wartete.

Nichts passierte.

Klopfte wieder.

Immer noch nichts. Sie überprüfte das Türschild. *Nowak*, alles richtig. Als sich beim nächsten Klopfen abermals nichts tat, öffnete Jule die Tür einen Spalt breit. Sie blickte in ein helles, freundliches Büro, viel Holz, ein blau gepolsterter Besucherstuhl vor dem Schreibtisch, das Bild einer idyllischen Berglandschaft an der Wand. Alles ordentlich, nicht pedantisch.

Plötzlich hörte sie Schritte auf dem Flur. »Sie wollen zu mir?«, rief ihr ein Mann entgegen.

Er trug ein weites weißes Hemd, eine braune Cordhose, Birkenstockschuhe. Typ: Religionspädagoge.

»Ja. Entschuldigung, ich dachte, Sie wären in Ihrem Büro. Ich war nicht sicher, ob Sie mich vielleicht nicht gehört haben, deshalb habe ich nachgeschaut, also deshalb habe ich die Tür geöffnet.« Ihr Stammeln ärgerte sie.

»Um was geht es denn?«

»Ich bin auf der Suche nach meiner Akte, Adoptionsakte. Jule Hoff ist mein Name. Also, wenn es überhaupt eine Akte gibt.«

»Sie sind das.« Nowak musterte sie. »Wollten Sie nicht anrufen?«

»Ich war zufällig in der Gegend und dachte, ich lasse es auf einen Versuch ankommen.« Sie bemühte sich, unkompliziert zu klingen.

Nowak zögerte einen Moment. »Na gut, dann kommen Sie erst mal rein, das müssen wir ja nicht auf dem Flur besprechen.«

Jule setzte sich Nowaks Anweisungen folgend auf den Besucherstuhl. Nervös knetete sie ihre Finger und überlegte, wie sie das Gespräch in eine gute Richtung lenken konnte. Das war kein optimaler Start gewesen.

»Also«, sagte Nowak. Er hatte ebenfalls Platz genommen, beugte sich über die Schreibtischplatte und verschränkte die Hände ineinander. »Sie wollen Ihre Akte einsehen? Was wissen Sie denn schon? Erzählen Sie mal.«

»Eigentlich nichts.« Jule räusperte sich, fühlte sich ausgefragt und schlecht vorbereitet. »Meine Mutter ist vor Kurzem verstorben. In ihrem Nachlass habe ich ein Dokument gefunden, in dem steht, dass ich an Kindes statt angenommen wurde. Meine leiblichen Eltern sind nicht vermerkt.«

Nowak nickte. »Wie ist der Name Ihrer Mutter?«

»Anke Hoff.«

»Mädchenname?«

»Schwesinger.«

Herr Nowak notierte sich das.

»Geburtsdatum?«

»18. Mai 1952.«

»Beruf?«

»Sekretärin. In Rostock hat sie aber noch als Lehrerin gearbeitet«, schob Jule hinterher.

»Lehrerin?« Nowak sah von seinen Notizen auf. »Sonst noch was? Informationen zum Vater? Geschwister?«

»Georg Hoff. Sie waren verheiratet. Ich habe keinen Kontakt mehr zu ihm. Es gab noch eine Schwester, Marlene, über ihren Verbleib weiß ich nichts. Sie ist verschwunden, 1989. Vermutlich gestorben. Meine Eltern haben nie darüber gesprochen.«

Nowak nickte und machte sich eine weitere Notiz. »Haben Sie Ihren Personalausweis dabei?«

Jule zog den Ausweis aus ihrem Portemonnaie und schob ihn über den Tisch. Nowak überprüfte ihn und gab ihn Jule zurück.

»Gut«, sagte er, ganz Chef im Ring. »Es ist folgendermaßen: Es wurde eine Akte über Sie angelegt. Ich habe bereits im Archiv angefragt, und die Kollegen haben sie vorhin hergebracht.« Er deutete auf ein dünnes Papierbündel, das auf seinem Schreibtisch lag. »Aber«, fuhr er gedehnt fort, »freuen Sie sich nicht zu früh. Es wird dauern, bis Sie die Akte sehen können. Ich muss die Unterlagen erst durchsehen und die Passagen schwärzen, die die Persönlichkeitsrechte anderer gefährden.«

Jule sah ihn verständnislos an.

»Es könnte sein, dass sich Informationen in Ihrer Akte befinden, die andere belasten. Sie dürfen nicht vergessen, 1985, da war die Stasi noch sehr aktiv. Namen, Daten, Zusammenhänge, alles, was nicht unmittelbar mit Ihrer Anfrage zu tun hat, muss geschwärzt werden. Das ist gängige Praxis. Sie kommen am besten ...«, er blätterte in seinem

Tischkalender, »am Mittwoch wieder. Nein, halt, Mittwoch haben wir eine Computerschulung. Am Donnerstag würde es gehen.«

»Erst in einer Woche?«

»Tut mir leid, Frau Hoff, Sie sind ja nicht meine einzige Klientin. Und ich kann den Aufwand Ihrer Akte nicht abschätzen. Sie werden sich gedulden müssen.«

Jule biss in ihre Wangeninnenseite. *Klientin*, das klang nach toller Dienstleistung. Eine Dienstleistung, für die es sich lohnen würde zu warten.

»Ich kenne viele Fälle wie Ihren, das ist immer schwierig.« Nowak hob die Schultern. »Ich tue mein Bestes. Vielleicht klappt es auch früher. Ich melde mich bei Ihnen, sobald Sie die Akte einsehen können. Einverstanden?«

Einverstanden? Sie fühlte sich, als hätte er ihr in den Bauch geboxt. Nein, sie war nicht einverstanden. Sie wollte nicht warten. Und noch weniger wollte sie, dass dieser Nowak, der sich gerade zum Chronisten ihres Lebens erklärt hatte, willkürlich Informationen strich, von denen *er* befand, sie würden Jule nichts angehen.

Doch ihr blieb keine Zeit für Gegenargumente. Nowak stand auf und ging zur Tür. »Es tut mir leid, ich habe jetzt einen Termin.« Er ließ sie vorgehen und eskortierte sie zur Treppe. Verabschiedete sich knapp, ging den Flur weiter, öffnete eine der vielen Türen und war weg.

Fassungslos starrte Jule ihm hinterher. Schließlich setzten sich ihre Füße in Bewegung und stiegen Stufe für Stufe ins Foyer hinab, trugen sie bis auf den Gehweg vor das dunkle Backsteingebäude. Dann wussten auch ihre Füße nicht weiter.

Das sollte es gewesen sein? Erst hatte er sie ausgefragt, dann vor die Tür gesetzt. Und jetzt sollte sie sich gedulden? Da oben in diesem Büro gab es eine Akte mit Informationen, die alles für sie bedeuteten. Wer ihre Eltern waren. Warum sie zu Anke und Georg gekommen war. Vielleicht sogar, was mit Marlene passiert war. Einfach alles, was sie wissen musste, um weiter existieren zu können. Und dieser Mann, dieser Fremde, würde die Informationen sichten, sie bearbeiten und darüber entscheiden, was sie erfahren durfte?

Es war doch ihr Leben! Sie sollte bestimmen dürfen, was wichtig war und was nicht. Ihre Wut mischte sich mit Fassungslosigkeit und dem erbitterten Gefühl, ungerecht behandelt zu werden.

Nicht eine Minute wollte sie warten. Sie hatte es so satt, nichts zu wissen, immer nur zu vermuten, widerspruchslos zu akzeptieren und hinzunehmen.

Die Entscheidung näherte sich ihr langsam. Kam die Straße entlanggehopst, an der Seite einer Frau, vermutlich ihrer Mutter. Das Mädchen war fünf oder sechs Jahre alt, trug Gummistiefel über den dicken, geringelten Strumpfhosen, eine gepunktete Jacke und einen kleinen Rucksack, der aussah wie ein Frosch. Ihre Haare waren zerzaust, sie hatte Tomatensoße im Gesicht und war von einer solchen Fröhlichkeit, wie sie allein Kindern dieses Alters vorbehalten war. Die Kleine plapperte vor sich hin und bemühte sich, nicht auf die Fugen zwischen den Gehwegplatten zu treten. Sie trippelte und sprang, ihre Mutter wartete geduldig, bis sie wieder aufgeschlossen hatte. Eine überwältigende Unbeschwertheit umgab das Mädchen. Eine Leichtigkeit, wie Jule sie nie erlebt hatte.

Das war ihr genommen worden. Sie würde nie wieder fünf Jahre alt sein, diese Fröhlichkeit würde sie nie mehr erleben. Aber für die Klarheit, die sie als Erwachsene brauchte, dafür konnte sie sorgen.

Mutter und Tochter gingen an ihr vorbei. Die Entscheidung blieb.

Jule atmete tief ein, dann öffnete sie erneut die Tür zum Jugendamt. Mit schnellen Schritten durchquerte sie die Eingangshalle und eilte die Stufen ins erste Geschoss hinauf. Es konnten nur wenige Minuten vergangen sein, seit Nowaks Termin begonnen hatte. Sie sah sich um – niemand zu sehen.

Als sie in Nowaks Büro schlüpfte, ließ sie die Tür hinter sich einen Spalt offen, so konnte sie hören, falls sich jemand näherte.

Nichts hatte sich in der Zwischenzeit verändert, die Akte lag genau dort auf dem Schreibtisch, wo sie sie zuletzt gesehen hatte. Aber was jetzt, Sherlock? Die ganze Akte mitnehmen? Zu auffällig. Außerdem: Was nützte ihr das Papier, sie brauchte nur die Informationen.

Also holte sie tief Luft, schlug die graue Pappe auf und ließ den Blick über die erste Seite gleiten. Sie hatte Schwierigkeiten, sich zu konzentrieren, das Blut rauschte in ihren Ohren. Was war das für ein Dokument? Irgendeine offizielle Urkunde, unten rechts prangte ein Stempelabdruck. Deutsche Demokratische Republik.

Sie überflog den Inhalt: *Standesamt Rostock. Jule Hoff, weiblichen Geschlechts, ist am 23.03.1985 in Rostock geboren.*

Eltern: Anke Hoff, geborene Schwesinger, und Georg Hoff. Vermerke: keine.

Das musste ihre Geburtsurkunde sein. Doch wie bei der

Ausführung, die sie selbst besaß, war hier kein Wort von der Adoption vermerkt, geschweige denn von ihren leiblichen Eltern.

Mit feuchten Fingern nahm sie sich das zweite Dokument vor. Ein Bericht in Maschinenschrift.

Plötzlich Geräusche auf dem Flur. Das ferne *Klickklack-klickklack* sich nähernder Absätze. Ihr Blick raste über die Zeilen, verschluckte sich an den Buchstaben, nur wenige Wörter erreichten ihren Verstand: *Eva Galinsky – verurteilt für drei Jahre – Kind, weiblich, 52 Zentimeter – im sozialistischen Sinne – nach gewissenhafter Überprüfung – Vermittlung an geeignetere Eltern wird stattgegeben.*

Die Schritte waren inzwischen deutlich zu hören. Sie klappte die Akte zu und sah sich panisch in dem Zimmer um. Kein Versteck. Raus auf den Flur? Zu verdächtig. Sie stellte sich hinter die Tür, mit dem Rücken dicht an die Wand. Die Schritte waren jetzt ganz nah, blieben direkt vor der Tür stehen. Es waren Absätze von Frauenschuhen. Nowak war es also nicht. Wer dann? Eine Kollegin? Oder eine andere »Klientin«?

Die Tür wurde geöffnet, drückte Jule gegen die Wand. Sie hielt die Luft an. Was würde die Frau tun, wenn sie jetzt ins Büro kam, hinter die Tür blickte und Jule fand, so an die Wand gepresst?

Einen Moment lang war es still. Jule spürte, wie die Frau nach Erklärungen für die geöffnete Tür suchte. Nur eine Armeslänge trennte sie davon, entdeckt zu werden. Sie konnte die Frau atmen hören.

Geh weiter, geh einfach weiter, flehte Jule sie in Gedanken an.

Dann schloss sich die Tür, Jule verharrte regungslos, fühlte sich noch schutzloser ohne die Deckung des Türblatts, doch die Schritte entfernten sich.

Jule hielt sich die Hände vor den Mund, um keinen Laut von sich zu geben. Als sie sicher war, nichts mehr auf dem Flur zu hören, verließ sie Nowaks Zimmer. Sie musste sich beherrschen, langsam zu gehen, ihre Schritte achtsam zu setzen. Nur nicht auffallen.

Als sie wieder draußen stand, nach Luft japsend, fing sie an zu begreifen, was sie gerade getan hatte. Was sie gelesen hatte. Was sie erfahren hatte.

Eva Galinsky.

Ein Name. Und dazu ein Gefühl, das sich kalt und dicht wie flüssiger Zement in ihr ausbreitete.

Pressgussteile

Im Hotelzimmer angekommen, zitterte Jule am ganzen Körper. Alles in ihr vibrierte. Sie bewegte die Schultern, kreiste den Kopf, ihr ganzer Körper angespannt gegen den enormen Druck der Fragen. Sie öffnete die Minibar, warf einen Blick hinein.

Ein Bier würde helfen. Ein Bier wäre okay. Ein Bier wäre absolut verständlich nach einem Tag wie diesem.

Sie öffnete die Dose, es zischte verheißungsvoll. Der erste Schluck galt ihrem schlechten Gewissen – das mit dem Trinken musste aufhören. Ein Bier war aber noch nicht Trinken, sagte sie sich, ein Bier war ein Bier.

Das zweite war besser, es schaffte Platz in ihrem Kopf, verräumte das schlechte Gewissen. Jule machte den Fernseher an, fand jedoch nichts, das ihre Aufmerksamkeit hielt. Die schnellen Schnitte, das Grelle und Kreischende strengten sie an. Den Fernseher auszuschalten, wagte sie aber auch nicht. Sie hatte Angst vor der dumpfen Stille, die sich dann augenblicklich im Zimmer ausbreiten, größer und stärker werden, sie gegen die Wand drücken und letztlich zerquetschen würde. Tod durch gewaltsame Stilleeinwirkung.

Schließlich stellte sie den Ton aber ein wenig leiser, um ihre eigenen Gedanken besser hören zu können.

Was war das für ein Bericht gewesen? Jule hatte mit einem übersichtlichen Formular gerechnet, keiner seitenlangen Prosa. Sie versuchte sich an den Kontext zu erinnern, was hatte vor dem Namen gestanden, was dahinter?

Sie nahm noch einen Schluck Bier, genoss die Kühle, das Prickelnde, das Herbe. Dann griff sie nach ihrem Handy und googelte.

Der erste Treffer:

Eva Galinsky – Ihre Spezialistin für Gartenplanung & Gartenberatung aus Pittau. Individuelle Lösungen. Im Einklang mit der Natur.

Ein Klick.

Ein Foto.

Und Jule vergaß zu atmen.

Sie sah in eisblaue Augen, sah Haare, die sich nichts gefallen ließen, sah faltige Haut, die Sonne und herzhaftes Lachen gewohnt war.

Jule wagte nicht weiterzudenken, was sie längst verstanden hatte. Eine Unruhe packte sie, trieb sie im Zimmer auf und ab, drei Schritte bis zum Fenster, fünf Schritte bis zur Tür. Ihr Herz raste. Sie drückte die Stirn gegen die Wand. Fest. Und fester. Bis der Schmerz alles war.

Sie musste hier raus. Sofort. Keine Sekunde konnte sie länger in diesem trostlosen Hotelzimmer bleiben, eingesperrt mit den lauernden Fragen.

Sie machte Musik an, das Handy, so laut es ging. Dann trank sie die Minibar leer, systematisch und hoch konzentriert, ein Fläschchen nach dem anderen, man muss dranbleiben, damit sich der Körper nicht wehrt.

Im Badezimmer umrandete sie eisblaue Augen mit einer

Menge Kajal, band Haare, die sich nichts gefallen ließen, zu einem hohen Pferdeschwanz, putzte sich die Zähne. Sah Eva Galinsky vor sich, schüttete schnell ein Fläschchen nach.

Dann fiel ihr ein, dass sie sich ja nur im Spiegel anlächeln musste, um glücklich zu sein. Das hatte sie gelesen oder im Fernsehen gesehen, es gab Studien, die belegten das. Man konnte sich auch einfach einen Bleistift zwischen die Zähne stecken, quer, und schon lächelte man, eine Minute durchhalten, Kinn und Hals schön entspannt, und schon wurde der Lachmuskel aktiviert und der Körper, dieser dumme, dumme Körper, dachte, man freute sich und schloss sich an beim Glücklichsein. Ganz egal wie man sich wirklich fühlte. Mit ein bisschen lächeln konnte man so tun, als wäre man ein hoch zufriedener und vollkommen erfüllter Mensch.

Plötzlich stoppte die Musik, stattdessen war der Klingelton ihres Handys zu hören.

Isa.

Jule drückte sie weg. Sie war doch gerade so glücklich, sie konnte nicht rangehen, sonst müsste sie von ihrem Tag erzählen, und alles Glück wäre dahin. Nein, es passte gerade wirklich nicht.

Glücksjule ging zum Aufzug. Bei jedem ihrer Schritte gab der Boden nach, federte alles Harte ab. So war es aushaltbar.

Sie fuhr mit dem Aufzug nach unten, hörte Stimmen, folgte ihnen ins Hotelrestaurant. In der postsozialistischen Kantine war ja richtig was los! An einem langen Tisch, ziemlich in der Mitte des Raumes, saß eine Gruppe Männer: alle in den Vierzigern, ähnlich karierte Hemden und nahezu identische Frisuren.

An einem Fenstertisch entdeckte Jule das Pärchen vom Frühstück. Es fiel ihr schwer, den Blick von ihnen abzuwenden, so eklig verliebt himmelten sie sich an.

Dann war da noch er. Saß am gleichen Platz wie heute Morgen, bearbeitete diesmal sein Smartphone statt den Laptop. Was war da los, doch noch nicht zurück zu Hühnerfrikassee und Sprossenfenstern?

Hinter der Bar stand ein junger Kerl, picklig, dünn und weiß, versank fast in seinem Hemd.

Jule bestellte eine Portion Pommes mit Mayo und: »Ein Bier ungefähr so groß wie Sie.«

Fand er nicht komisch, zuckte nicht mal, notierte die beiden Wünsche gewissenhaft auf seinem Block.

»Ich sitze da«, sagte Jule sicherheitshalber und zeigte durch den fast leeren Raum zu einem Tisch in der Nähe des konzentriert arbeitenden Geschäftsmanns. Danach tingelte sie los, musste sich dabei an den Stuhllehnen festhalten, an denen sie vorbeikam. Es war dann doch besser, sich hinzusetzen.

Sie trank nun langsamer, angemessener. Beobachtete die Männergruppe und den Geschäftsmann. Es war ein Donnerstagabend in einem billigen Hotel. Sie alle fühlten sich einsam. Warteten auf irgendetwas, hofften, dass irgendetwas vorübergehen würde. Eine erwartungsvolle Einsamkeit, die sie gleich machte. Viel besser, hier unten in Gesellschaft zu trinken, als oben allein.

Sie nahm den Geschäftsmann ins Visier, der war nicht übel. Eine nette Ablenkung vielleicht, sollte sie im Blick behalten.

Die Pommes kamen erstaunlich schnell – oder sie hatte bereits ihr Zeitgefühl verloren. Als sie aufgegessen hatte, bestellte sie sich ein weiteres Bier und sagte dem Kellner, er solle alles auf die Zimmerrechnung schreiben.

Mit dem Bier in der Hand ging sie nach draußen. Es war eisig kalt. Zum Zigarette Anzünden musste sie das Glas abstellen. Zweimal bücken, zweimal wieder hochkommen. *Hui.* Im Stehen war es besser. Geradeaus gucken, rauchen, Bier festhalten.

Marlene.

Hätte sicherlich nicht getrunken. Weiß man's? War ja so korrekt gewesen. Andererseits: Erinnerungen einer Vierjährigen an eine Siebenjährige. Die vielleicht nicht einmal Schwestern waren. Oder etwa doch?

Die Tür öffnete sich. Zuerst kam viel warme Luft, dann er. Wurde auch langsam Zeit, war wirklich kalt hier draußen.

Der schöne Geschäftsmann näherte sich siegessicher im Cowboygang. Lächerlich. Sie grinste in ihr Glas. Das verstand er falsch und grinste zurück.

»Darf ich?« Er stellte sich zu ihr, zündete sich ebenfalls eine Zigarette an. Kurz erschien sein Gesicht im flackernden Feuerschein. Nicht hässlich. Auch aus der Nähe nicht.

»Was machst du hier?«, fragte er.

»Recherchereise«, sagte Jule.

»Bist du Journalistin?«

»Quasi.«

Einen Moment rauchten sie in Stille. Eigentlich war auch schon alles gesagt.

Dennoch fragte sie anstandshalber: »Und du?«

Er erzählte über den Vertrieb von druckgussgefertigten Aluminiumteilen für die Maschinenbauindustrie. Aludruckguss sei alternativlos, erklärte er. Besonders für mechanisch stark beanspruchte Teile, wegen der sehr hohen Materialverdichtung.

Jule nickte beeindruckt.

Irgendwann fragte er, ob er sie auf einen Drink einladen dürfte. Na endlich.

Später, als sie auf allen vieren auf seinem Bett war, er sie von hinten nahm und dabei stöhnte, als gälte es etwas zu beweisen, sie gegen ihre Übelkeit ankämpfte und das gleiche Seerosenbild wie an der Wand ihres Hotelzimmers registrierte, da fragte sie sich, ob es noch ein Grab von Marlene in Rostock gab. Musste es doch, oder?

Enttarnt

Am nächsten Morgen fühlte sich das Klingeln ihres Handys in ihrem Kopf wie ein Presslufthammer an. Sie tastete auf dem Nachttisch nach dem Telefon, tippte irgendetwas, nur damit das grässliche Geräusch endlich aufhörte. Doch statt Stille war auf einmal das Sirenengeheul eines Babys zu hören, was ungleich schlimmer war.

»Hallo? Halloooo?«, rief jemand über das Brüllen hinweg. »Warte kurz, ich verstehe kein Wort.« Endlich wurde das Schreien leiser. Jule vernahm noch ein paar empörte Schluchzer, dann Schmatzlaute – ihr wurde übel.

Es war Isa, beziehungsweise Isas Baby, das nun vermutlich genüsslich an ihrer Brust nuckelte.

Jule atmete durch den Mund, bemüht, den Brechreiz in den Griff zu bekommen.

»Wie geht's dir?«, fragte Isa.

»Gut«, log Jule, während sich alles vor ihren Augen drehte.

»Was ist mir dir? Du klingst komisch.«

»Nur schlecht geschlafen.«

Entschlossen rappelte sie sich hoch. Hätte Isa erst einmal Witterung aufgenommen, was den letzten Abend betraf, würde sich Jule sicherlich eine ihrer Moralpredigten anhören müssen. Bitte nicht!

»Und, hast du schon was rausgefunden?«, fragte Isa.

Jule erzählte von der Akte, vom Sachbearbeiter, der Gott spielen wollte. Davon, wie sie sich selbst Akteneinsicht verschafft hatte, nun aber nicht wusste, was sie mit den Informationen anfangen sollte.

»Und den Namen der Frau hast du gegoogelt?«, fragte Isa.

»Ja. Eva Galinsky hat eine Gärtnerei in Pittau, einem Kaff hier in der Nähe.« Jule machte eine Pause. Kleinlaut schob sie hinterher: »Ich glaube, sie sieht mir ähnlich.«

»Warte kurz, ich hol mein Tablet.« Einen Augenblick lang war es ruhig. Dann: »Krass, Jule! Das bist du, nur älter und mit ein bisschen mehr auf den Knochen.«

Jule schaltete auf Lautsprecher, um sich das Bild ebenfalls noch einmal auf ihrem Handy anzuschauen.

Eva Galinsky lächelte noch genauso freundlich wie am Abend zuvor.

»Und jetzt?«, fragte Isa.

»Weiß nicht.«

»Wie, du weißt nicht? Jule! Fahr da hin!«

»Und dann? Soll ich klopfen und sagen: ›Hallo, Eva, ich bin deine Tochter, vielleicht aber auch nicht, alles irgendwie kompliziert, sag du doch mal was dazu‹?«

»Genau. Genauso machst du es.«

Jule kaute auf ihren Fingernägeln und überlegte, dass das tatsächlich eine Möglichkeit war. Sie wusste aber auch, dass sich sehr komplizierte Dinge bei Isa immer ganz einfach anhörten.

»Isa, da ist noch etwas.«

»Na?«

»Ich habe gestern gekündigt. Total impulsiv und unüberlegt. Ich weiß nicht, wie ich das wieder hinbiegen soll.«

Isa lachte. »Das sind doch wunderbare Neuigkeiten. Gut gemacht, Jule! Endlich! Mach das auf keinen Fall rückgängig.«

»Was?«

»Wie lange arbeitest du schon für diesen Laden? Für null Anerkennung und ein Gehalt knapp überm Mindestlohn? Diese Kündigung war längst überfällig. Du kannst stolz auf dich sein, endlich bewegt sich was bei dir.«

Nachdem sie sich verabschiedet hatten und Isa ihr das Versprechen abgenommen hatte, sie ja auf dem Laufenden zu halten, fühlte Jule sich gestärkt. Sie stand auf und streckte sich. Vielleicht hatte Isa ja recht? Vielleicht war es wirklich Zeit, das Zepter in die Hand zu nehmen und die Dinge nicht länger passieren zu lassen.

Gut, würde sie also nach Pittau fahren.

Doch vorher musste sie etwas essen, ihren flauen Magen beruhigen. Ein Besuch des Frühstücksbuffets war definitiv ausgeschlossen, auf gar keinen Fall wollte sie den Pressguss-Cowboy wiedersehen. Stattdessen fand sie unweit des Hotels eine Selbstbedienungsbäckerei. Dort setzte sie sich ans Fenster, sah ein paar verirrten Schneeflocken dabei zu, wie sie gen Erde tanzten, trank zwei Tassen Kaffee, aß ein Käsebrötchen, schluckte eine Schmerztablette, hoffte, dass sie bald nüchtern genug war, um Auto zu fahren. Sicherheitshalber kippte sie noch einen Liter Wasser nach. Anschließend kehrte sie ins Hotel zurück und verlängerte ihren Aufenthalt erneut.

Sie steuerte den Passat in Richtung des Stadthafens, der an

der Unterwarnow lag, einem langen, dünnen Arm der Ostsee, mehr Fluss als Meer. Weiter ging es am Ufer in südlicher Richtung, bis sie auf der Bundesstraße war. Sie hatte Eva Galinskys Adresse ins Navi ihres Handys eingegeben. Pittau war nicht weit, knapp dreißig Kilometer von Rostock.

Und war doch Welten entfernt.

Mit jedem Kilometer, den Jule fuhr, wurden die Ortschaften kleiner. Die Fassaden grauer. Die Vorgärten kahler. Während in die Rostocker Innenstadt investiert worden war, waren diese Dörfer irgendwo zwischen den Jahrzehnten hängen geblieben. Alles bröckelte und zerfiel. Vergessen und verlassen lagen sie zwischen Wiesen und Feldern, klammerten sich an Landstraßen und duckten sich unter dem zäh grauen Winterhimmel.

Der Ort, in dem Eva Galinsky leben sollte, empfing Jule mit den Worten: *Pittau – hier fängt Zukunft an.* Was ironisch gemeint sein musste, denn nicht einmal die Gegenwart war dort glaubhaft angekommen. Jule fuhr an einer geschlossenen Gaststätte vorbei, an einer verlassenen Schule und einer alten Werkstatt, deren Tore schief in den Angeln hingen. Die wenigen bewohnten Häuser blickten schläfrig durch halb heruntergelassene Rollos auf die Straße.

Das Navi lotste sie in eine Sackgasse, bis vor ein kleines, efeuberanktes Backsteinhaus. Hier lebte Eva Galinsky.

Nur eine Seite der Straße war bebaut, an die andere grenzte ein riesiger Acker, stumpfe, dunkelgraue Erde, so weit das Auge reichte. In der Ferne ein kleines Wäldchen. Sonst nichts, nur Himmel.

Jule hielt auf der Ackerseite. Evas Haus war das letzte in

der Straße. Die Nachbarschaft war gemischt. Zwei niedrige Fünfzigerjahre-Bauten. Ein kompaktes Doppelhaus jüngeren Datums, mit Trampolin und Sandkiste in zweifacher Ausführung in den getrennten Vorgärten. Ein weiteres Backsteinhaus, jedoch in schlechterer Verfassung als Evas. Ihr Haus wirkte im Gegensatz zur unmittelbaren Nachbarschaft einladend und gepflegt. Auf den Stufen zur Eingangstür standen große Windlichter, an der Tür hing ein Kranz aus roten Winterbeeren. Hinter den Fenstern war ein Lichtschimmer zu erkennen.

Jule zog den Schlüssel ab. Es war ganz einfach, sie musste sich nur einen Ruck geben. Sie hatte ihr Ziel erreicht, war angekommen, hatte sich ein bisschen umgesehen. Jetzt musste sie nur die Tür aufmachen, aussteigen, die wenigen Schritte bis zu Eva Galinskys Haus gehen, die Klingel drücken und schauen, was passieren würde. Ganz einfache Sache.

Ging aber nicht. Allein die Vorstellung lähmte ihre Gedanken. Sie rutschte tiefer in den Sitz und ihre Jacke, atmete von innen gegen den Reißverschluss, bis alles ganz klamm war.

War Eva Galinsky tatsächlich ihre Mutter?

Der Teil, der immer gefehlt hatte?

Das Gegenstück ihrer Unvollständigkeit?

Oder hatte sie sich geirrt?

Möglich wäre auch: Eva ist eine Tante, eine Verwandte. Vielleicht aber selbst das nicht. Ähnlichkeit taugt als Beweis nur mäßig. Und eigentlich hatte Jule diesen Bericht im Jugendamt doch kaum gelesen. Sicherlich machte sie sich lächerlich.

Jule saß und atmete kleine weiße Wolken. Es wurde dunkler. Es wurde kälter. Und ihr Vorhaben immer unmöglicher.

Was ging hinter den Wänden des Hauses wohl gerade vor? Was tat Eva Galinsky? Machte sie die Buchhaltung für ihre Gärtnerei? Blätterte sie in einer Zeitschrift? Bügelte Wäsche? Spielte Onlinepoker?

Und was würde sie selbst tun, wenn sie in diesem Haus groß geworden wäre, als Jule Galinsky, die gerade zu Besuch bei ihrer Mutter war? Vielleicht würden sie zusammen eine Tasse Kaffee trinken, bevor sie wieder aufbrechen würde in ihr ganz normales, erfülltes Leben. Sie würden Neuigkeiten aus der Verwandtschaft austauschen. Hast du schon gehört? Nicht dein Ernst! Evas warme Hand auf ihrer. Komm, Kind, nimm den Kuchen mit, dann hast du morgen noch etwas. Eine Umarmung zum Abschied, ein Kuss auf die Stirn.

Als sie vor Kälte ihre Zehen nicht mehr spürte, beschloss Jule, zurück ins Hotel zu fahren. Sie war dem hier nicht gewachsen. Was hatte sie schon für Beweise? Eva Galinsky war nicht mehr als ein aufgeschnappter Name und ein Lächeln aus dem Internet.

Gerade als sie den Motor starten wollte, bemerkte sie aus dem Augenwinkel eine Bewegung. Die Haustür wurde von innen geöffnet, und Jule erstarrte. Eine Frau trat heraus. Eva Galinsky. Groß und aufrecht. Sie trug einen knöchellangen Rock und eine lange Strickjacke, hatte ihre Haare lose zusammengebunden. Zielstrebig kam sie auf den Passat zu.

Hastig beugte Jule sich in den Fußraum.

Eva klopfte gegen die Scheibe.

Jule war enttarnt. Hing kopfüber im Fußraum, wusste nicht weiter, und die Begegnung war unvermeidlich geworden.

Sie richtete sich auf, strich sich die Haare glatt und ließ die Scheibe hinunter.

»Sie stehen seit fast vier Stunden vor meinem Haus«, sagte Eva. »Was wollen Sie?«

Jule rang nach Worten. Wie sollte sie das erklären? Dass sie vielleicht die Tochter dieser unbekannten Frau war? Dass sie ja selbst nicht wusste, was sie hier tat?

Doch dann veränderte sich Evas Miene. Ihre forsche Souveränität verrutschte.

»Hanna«, keuchte sie. Ein Erschrecken, das sich vom Mund ausbreitete, ein stummes »O«, bis zu den Augen, groß und rund. Mit einer schnellen Bewegung öffnete sie die Autotür, fasste Jule am Arm und zog sie heraus. Jule war überrumpelt, folgte unbeholfen. Dann standen sie sich auf der Straße gegenüber.

Gleich groß. Auf Augenhöhe.

Eva umarmte sie fest.

Eine Fremde, dachte Jule.

Ein Nachhausekommen, fühlte sie.

Jule ließ sich in die Wärme des Hauses ziehen, streifte sich die Sneakers von den Füßen. Eva führte sie ins Wohnzimmer und setzte sie aufs Sofa. Sich daneben. Dann sah sie Jule an, ihre Blicke tasteten ihr Gesicht ab, ihre Haare, ihren Hals, ihre Hände.

»Warum bist du denn da draußen im Auto?«, fragte sie. Und als Jule nicht antwortete, sagte sie nur: »Dass du lebst.« Eva wischte sich eine Träne von der Wange, strich sich eine Strähne aus dem Gesicht. Ihre Hände zitterten.

Jule fand keine Worte. Sie war überwältigt. Von dieser Frau, ihrer Vertrautheit.

»Wo warst du?«, fragte Eva. »All die Jahre?«

»Ich wusste es nicht.«

»Wieso jetzt? Wieso gerade heute?«

Jule schluckte.

»Bei wem bist du aufgewachsen? Was haben sie dir gesagt?«

Eine Lawine von Fragen, die alles mit sich riss. Fragen, die unbeantwortet blieben, weil es keine Rangordnung gab. Alles war gleich wichtig.

Eine weitere Träne rann über Evas Gesicht. »Du bist stark«, sagte sie leise. »Das habe ich immer gespürt.«

Das war das eine Wort zu viel. *Stark*. Sie, Jule-Hanna Hoff-Galinsky, war am Ende. Sie begann zu beben. Tränenbäche vor dieser Unbekannten. Ganz selbstverständlich nahm Eva sie in den Arm, hielt sie, bis Jule sich beruhigt hatte.

»Ich muss es verstehen«, sagte Jule und löste sich von Evas Schulter. »Ich muss wissen, warum. Warum bin ich nicht bei dir aufgewachsen? Warum hast du mich weggegeben und nicht zurückgeholt?«

Graublau

Nachdem wir den Entschluss gefasst hatten, die DDR zu verlassen, gab es keinen Zweifel mehr. Ich wollte raus aus dem Spannungsfeld. Raus aus diesem Land, in dem ich niemals als gleichwertig angesehen werden würde. Musste endlich dem entkommen, was mich noch immer an Sälchow fesselte.

Warum Martin, ohne zu zögern, mit mir ging, darüber habe ich erst viel später nachgedacht. Er hätte eine Chance in diesem Staat gehabt. Sein Studium war fast beendet, nur seine Diplomarbeit musste er noch fertigstellen. Danach wäre sein Leben zwar auf lange Zeit vorbestimmt gewesen, doch er hätte sich einrichten und ein komfortables Leben führen können.

Stattdessen entschied er sich für eine lebensgefährliche Flucht mit einer Außenseiterin, einer offensichtlich unfruchtbaren Frau, um sich mit ihr irgendwo ein neues Leben aufzubauen.

Heute weiß ich, dass es in allen Beziehungen einen gibt, der mehr liebt als der andere. Der bereit ist, mehr zu geben. Bei uns war es Martin, von Anfang an. Während ich mich so sehr nach einer eigenen Familie sehnte, hatte er sie in mir bereits gefunden. Ich glaube, auch wenn wir kinderlos geblieben wären, seine Entscheidung für mich war unumstößlich. Martins Liebe zu mir war stärker als alle Widerstände.

Ein Ausreiseantrag kam für uns nicht in Frage. Die Bearbeitung würde sich ewig hinziehen, und ich war mir sicher, dass unsere Chancen äußerst schlecht standen. Zwar war es völlig undurchsichtig, welcher Antrag genehmigt wurde und welcher nicht, aber durch die Rolle meines Vaters konnte ich mir ausrechnen, dass es für uns schwierig werden würde. Hinzu kam, dass die Absage an den DDR-Staat mit Schikanen und Repressalien verbunden waren. Auch gegenüber Familienmitgliedern. Meine Eltern sollten nicht noch mehr leiden.

Eine Flucht über Drittstaaten war ebenfalls ausgeschlossen. Als Kind eines »auffälligen Subjekts« war Urlaub in Ostblockländern für mich nicht möglich.

Uns blieb also nur die direkte Flucht.

Martin hatte Kommilitonen darüber reden hören, wie jemand schwimmend über die Ostsee in die BRD geflohen war. Dort lebte er nun in einer Wohnung mit Aufzug, arbeitete als Immobilienmakler und schickte Ansichtskarten aus Paris, London und Rom.

Uns gefiel die Vorstellung – in die Freiheit schwimmen. Ohne Verbündete, Tricks oder Hilfsmittel. Nur unsere Körper, ein eiserner Wille und die Gewissheit, dass am anderen Ufer ein besseres Leben auf uns wartete. Vielleicht gefiel mir die Idee auch, weil ich meinem Körper endlich wieder vertrauen wollte, weil er mich in den letzten Jahren so bitter enttäuscht hatte und mich nur eine Extremleistung mit ihm versöhnen konnte.

Wir besorgten uns nautische Karten von der Ostsee und stellten fest, dass die kürzeste Strecke in die Freiheit von Boltenhagen nach Travemünde führte. Bei dieser Route hätten wir jedoch an der Küste entlangschwimmen müssen, was sehr riskant war. Wachtürme reihten sich wie Dominosteine entlang der Wasserkante auf, und ihre Scheinwerfer tasteten mehrere Kilometer weit die Ostsee ab. Zwei Schwimmer, die in westlicher Richtung unterwegs waren, wären nicht weit gekommen.

Von Kühlungsborn aus gab es eine Route nach Fehmarn, die weniger stark bewacht, dafür aber fast doppelt so weit war. Da wir beide keine erfahrenen Schwimmer waren, kam das für uns ebenfalls nicht in Frage.

Wir entschieden uns für einen Kompromiss: Von Boltenhagen aus waren es nach Grömitz rund fünfundzwanzig Kilometer, wir könnten quer über die Bucht schwimmen und so den Grenzern an Land entwischen. Fünfundzwanzig Kilometer, das war natürlich viel, aber nicht unmöglich – an klaren Tagen konnte man mit dem bloßen Auge sogar den Leuchtturm von Dahme sehen.

Bei unserem ersten Besuch in Boltenhagen im Mai 1984 wurde uns schnell klar, dass die Wassertemperatur ein Problem werden würde. Wir waren die einzigen Strandbesucher, die sich in die neun Grad kalten Wellen wagten, und schon nach wenigen Minuten zitterten wir am ganzen Körper. Wir bemühten uns um Neoprenanzüge, die uns während der Flucht warm halten sollten. Doch die waren absolute Mangelware. Wochenlang versuchten wir, welche aufzutreiben. Martin fuhr sogar nach Berlin, kehrte jedoch nur mit kurzärmeligen Nassanzügen zurück.

Dann eben kurzärmelig, beschlossen wir. Würden wir im Spätsommer schwimmen, wären die Wassertemperaturen noch erträglich und Stürme sowie hoher Wellengang auf der Ostsee selten. Außerdem würde es früher dunkel werden, und ein Angler, den wir einmal am Meer trafen und ganz unverfänglich nach den Wetterbedingungen im September fragten, sagte uns, dass die Sicht dann häufig diesig und neblig sei.

Es klang perfekt: dunkel, neblig, kaum Wellengang bei annehmbaren Temperaturen. Wie gemacht für unseren Plan. Wir wollten bei Nacht los; Martin würde uns anhand der Sterne und eines wasserdichten Kompasses navigieren.

Den ganzen Sommer trainierten wir. Von nun an gab es in unserem Leben nichts anderes mehr als das Schwimmen – vor Dienstbeginn, nach Feierabend, am Wochenende, einzeln und zusammen. Wir schwammen im Schwimmbad, in Badeseen und, als es wärmer wurde, auch wieder in der Ostsee. Zogen Bahn um Bahn, erzählten niemandem etwas von unserem neuen Hobby, geschweige denn vom Grund unserer plötzlichen Schwimmbegeisterung.

Unsere zweite neue Leidenschaft galt dem schönen Küstenort Boltenhagen. Weil die Busfahrt zu lange dauerte und wir kein eigenes Auto besaßen, liehen wir uns den Wagen von Friedemann, einem Kommilitonen von Martin. Friedemann war ein großer, schlaksiger Kerl, der fast immer lächelte und nie etwas Böses über andere dachte. Wir erzählten ihm, dass wir in Boltenhagen Freunde hätten, die uns in ihre Datsche einluden.

Wenn ich heute an Friedemann denke, verspüre ich Wehmut. Damals konnte ich nicht ahnen, welch traurige Rolle er einmal übernehmen sollte.

Statt die Tage mit unseren angeblich neuen Freunden zu verbringen, verharrten wir tagelang in Strandkörben und auf Promenadenbänken, um die Abläufe der Grenzer zu studieren. Wir prägten uns die Gesichter der Männer ein, die zu zweit und bewaffnet am Strand und an der Promenade patrouillierten, beobachteten die Wachposten, prägten uns den Rhythmus der Strandstreifen ein, wussten, wann sie Schichtwechsel hatten, welche Bereiche sie besonders ins Visier nahmen. Konnten sogar bald bestimmen, wie gründlich die einzelnen Männer arbeiteten.

Boltenhagen war der westlichste Strand der DDR und der letzte Zugang zum Meer, danach kam nur noch Grenz- und Sperrgebiet. Für die Einheimischen und Urlauber galten besondere Regeln: Nur hundertfünfzig Meter durften sich Badende vom Ufer entfernen, Luftmatratzen oder andere Schwimmkörper waren strengstens verboten. Es verlief eine unsichtbare Wand durchs Wasser, von der alle wussten.

Uns war klar, dass es auf der Promenade nur so von »freiwilligen Grenzhelfern« wimmelte. Jede Auffälligkeit und jede Unauffälligkeit würden sofort gemeldet werden.

Aber wir waren nur ein junges, verliebtes Paar, das sich sonnte, in Zeitschriften blätterte und ab und zu zur Abkühlung ins Wasser ging.

Trotz der verhängnisvollen Entwicklungen, die diesem Sommer folgen sollten, sind meine Erinnerungen an diese Zeit versöhnlich. Martin und ich waren wieder eine Einheit, wir hatten ein gemeinsames Ziel, etwas, das wir beeinflussen konnten. Unsere Misserfolge verblassten in dem Maße, in dem wir kräftiger und ausdauernder wurden. Endlich bestand unsere Beziehung nicht mehr nur aus Bangen, Hoffen und Verlust. Endlich hatten wir unser Schicksal selbst in die Hand genommen.

Das genaue Datum unserer Flucht stand lange nicht fest. Klar war nur, dass es eine Nacht von Dienstag auf Mittwoch sein sollte, dann würde die Fähre von Travemünde nach Trelleborg starten. Unser Plan war es, wenn möglich die Route der Fähre zu kreuzen, sodass man uns an Bord nehmen konnte. Unser Training war darauf ausgerichtet, dass wir die gesamte Strecke aus eigener Kraft schafften, doch würde eine Aufnahme auf die Fähre vieles erleichtern.

Als Martin an einem Dienstag Mitte September nach dem Ende meiner Frühschicht vor dem Krankenhaus wartete, mich in den Arm nahm und mir ins Ohr flüsterte: »Lust auf einen kleinen Ausflug zum Strand?«, wusste ich Bescheid. Es war ein warmer Spätsommertag, der dritte in Folge, die Krankenhausgardinen flatterten sachte an den geöffneten Fenstern, der Himmel war wolkenlos, nur spätabends lag schon ein kühler Hauch Herbst in der Luft. Die Bedingungen waren perfekt.

Friedemann hatte uns wieder einmal sein Auto geliehen. Es machte mir Unbehagen, das Auto war der einzige Punkt unseres Plans, an dem wir nicht ohne fremde Hilfe auskamen. Sicherlich würde sich Friedemann Sorgen machen, wenn wir nicht zurückkehrten. Um uns, um seinen Wagen. Und wenn sich herausstellte, dass wir geflüchtet waren, würden sie ihn in die Mangel nehmen. Doch ich verbot mir diesen letzten Zweifel, nichts durfte unsere Entschlossenheit jetzt durchbrechen.

Wir parkten in einem Wohngebiet unweit vom Strand,

wo das Auto hoffentlich nicht so bald auffallen und Argwohn erregen würde. Unsere Schwimmsachen trugen wir bereits unter unserer Strandkleidung. Dann nahmen wir die Plastiktüte, in der sich unsere eingeschweißten Ausweise und Zeugnisse befanden, ein wenig Proviant, unsere Schwimmbrillen, der Kompass und die dunklen Armstulpen, die unsere Haut später vor den wachsamen Blicken der Grenzer schützen sollten. Hand in Hand schlenderten wir schließlich zum Strand, als sei es das Normalste der Welt.

Den Nachmittag und frühen Abend verbrachten wir im Standkorb. Wir aßen etwas, tranken ausreichend, dösten ein wenig, um unsere Kräfte zu schonen. Ich befürchtete, man könnte uns unser Vorhaben an der Nasenspitze ansehen, unsere klopfenden Herzen über den ganzen Strand hören, unsere Gedanken an das neue Leben, das schon bald beginnen würde, wie Sprechblasen über unseren Köpfen schweben sehen.

Aber nichts. Es war ein ganz normaler Dienstagnachmittag am Meer. Die Menschen gingen baden, Kinder spielten, erquengelten sich ein Eis.

Gegen achtzehn Uhr leerte sich der Strand allmählich. Die Menschen schlenderten zu ihren Autos zurück, müde von einem Tag in der Sonne, dem vielleicht letzten Badetag in diesem Jahr, das Haar noch feucht. Wir schlossen uns dem Strom der Normalität an, setzten uns auf eine Bank an der Promenade, ein ganz gewöhnliches junges Paar, das einen entspannten Altweibersommertag ausklingen ließ.

Ich sah aufs Meer, diese weite spiegelnde Fläche, und dachte an meine Eltern. Sie würden es verstehen, vielleicht wären sie sogar stolz auf mich. Am Anfang müssten sie sicherlich Unannehmlichkeiten hinnehmen, ganz bestimmt würden sie verhört werden. Da sie aber wirklich nichts wussten – unser Kontakt war zuletzt ganz abgebrochen –, würden sich alle Verdachtsmomente gegen sie als unwahr beweisen. Und wenn ein bisschen Zeit vergangen war, würde ich Kontakt zu ihnen aufnehmen. Ich würde ihnen schreiben, ihnen erklären, was mich zu diesem Entschluss geführt hatte. Ganz bestimmt würden sie es verstehen, und vielleicht war aus der Ferne auch wieder Nähe möglich.

Als sich der Strand leerte, warteten wir darauf, unser Versteck aufsuchen zu können, das wir bei den vorherigen Besuchen ausgekundschaftet hatten. Es befand sich in einem Heckengewächs, das an einer Stelle sowohl von der Promenaden- als auch von der Strandseite kniehoch mit einer Betonmauer eingefasst war und uns damit perfekten Sichtschutz gab. Als die Grenzer um 21:00 Uhr mit ihrem Schichtwechsel beschäftigt waren – in der Regel standen sie für ein paar Minuten zusammen, bevor sie sich wieder ihren Aufgaben zuwendeten –, war es so weit, wir schlüpften in das üppige Grün. Ins Wasser würden wir erst gehen, wenn es ganz dunkel war.

Wir kauerten gehockt, warteten. Fünf Minuten, zehn Minuten, eine Stunde. Der Strand war inzwischen menschenleer, bis auf die träge Brandung war nichts zu hören. Die Zeit verging schleppend, viel zu langsam. Wir redeten nicht, ich konzentrierte mich auf meine Atmung, versuchte, nichts zu denken, nichts zu fühlen.

»Jetzt«, flüsterte Martin irgendwann. Noch ungelenk vom langen Hocken zogen wir unsere Sachen aus. Ich trug nur eine leichte Stoffhose und ein T-Shirt, darunter den Nassanzug. Wir steckten unsere Ausweise und Zeugnisse in unsere Badekleidung, setzten die Taucherbrillen auf und zogen die Stulpen über unsere Arme. Martin band sich den Kompass um das Handgelenk. Unsere Klamotten, Schuhe und das restliche Geld, das wir bei uns hatten, steckten wir in die Tüte und schoben alles tief in die Hecke. Sollte später nach uns gesucht werden, würden sie eine Weile brauchen, um Spuren von uns zu finden.

Es war ein irrwitziges Gefühl, unsere Habseligkeiten im Wissen zurückzulassen, sie nie wiederzusehen, Schuhe zu verstecken, die wir nie wieder an unseren Füßen tragen würden. Aber wir wollten es so, ich wollte es so, und die ausgeklügelten Details unseres Plans gaben mir Sicherheit. Was wir hier taten, war das Resultat akribischer Vorbereitungen.

Gerade wollten wir aus dem Schutz des Busches an den Strand treten, da hörten wir sie. Stimmen, angeregt plaudernd. Zwei oder drei Männer. Das Hecheln eines Hundes. Ich war wie erstarrt. Die Grenzpatrouille war jetzt direkt vor dem Busch, den Schäferhund hielten sie an der Leine.

Wieso waren sie hier? Wir hatten den Strandabschnitt und die Zeit sorgsam gewählt, noch nie waren uns hier Grenzer begegnet.

»Hast du Feuer?«, fragte einer der Männer.

Sie standen jetzt unmittelbar vor uns, ich konnte das Knistern der entzündeten Zigarette hören.

Dann schlug der Hund an. Ein tiefes Knurren erst, dann ein einzelnes Bellen. Selbst ich verstand, was der Hund den Grenzern mitteilen wollte. Jetzt ist es vorbei, dachte ich.

Jetzt stößt der Schäferhund seine feuchte, kalte Schnauze in den Busch, wird die Zähne fletschen, zubeißen.

»Aus«, befahl der Mann und zerrte den Hund zurück an seine Seite. Dann gingen sie weiter, vertieften sich wieder in ihr Gespräch. Ihre Stimmen entfernten sich.

Ich stieß die Luft aus und hielt mir die Hand vor den Mund, um nicht laut aufzuschluchzen.

Nicht, sagte Martins Blick. Auch in seinem Gesicht stand die Angst.

»Ich kann das nicht«, flüsterte ich. »Ich schaff das nicht.«

Martin schüttelte den Kopf, nahm meine Hand, und ich folgte ihm. Er ging voraus zum Wasser, ruhig und sicher, mit festem Griff, so selbstverständlich wie damals, als er zum ersten Mal seinen Arm um meine Schulter legte.

Lautlos glitten unsere Körper ins Meer. Die ersten Züge waren holprig, ich fand meinen Takt nicht, verschluckte mich. Auf keinen Fall durfte ich husten. Im Wasser waren wir wie abgeschnitten von dem, was am Strand vor sich ging. Selbst wenn sie uns entdeckt hätten, wir hätten ihre Rufe nicht gehört. Das Wasser toste in meinen Ohren, jetzt gab es nur noch Schwärze, die Geräusche meines Atmens und ab und zu einen Blick zum dunklen Horizont.

Wir schwammen und schwammen. Unsere Körper taten, was wir ihnen über Wochen beigebracht hatten. Ein Armzug nach dem anderen, ein Beinschlag, ein Armzug. Nicht denken, nur schwimmen. Martin vorneweg, ab und zu stoppte er und warf einen Blick auf den Kompass oder zum Himmel.

Einmal stieg Panik in mir auf. Wir waren schon Stunden geschwommen, und mir wurde bewusst, dass wir uns nun mitten auf dem Meer befanden. Um uns herum Wasser, unter uns Wasser, und über uns nur schwarze Nacht. Hier gab es nichts, was uns Halt geben, niemanden, der uns helfen konnte, nicht einmal einander hätten wir helfen können. Mir war eiskalt, ich spürte meine Füße nicht mehr und ich hatte Angst. Doch es gab nur eine Chance: weiterschwimmen, um zu überleben.

Irgendwann wurde es heller, ein fahles Blau, das den Himmel vom Meer ablöste. Ich schöpfte Hoffnung. Nun konnte es nicht mehr weit sein.

Plötzlich stoppte Martin und paddelte auf der Stelle. »Da!« Er deutete auf einen winzigen Punkt in der Ferne. »Die Fähre!« Es war das Erste, was er seit Stunden gesagt hatte.

Wir mobilisierten unsere letzten Kräfte und schwammen dem Schiff entgegen. Sobald wir nah genug dran waren, würden wir winken, um auf uns aufmerksam zu machen. Sie würden uns an Bord holen. Wir würden etwas Warmes trinken, etwas essen, hätten endlich festen Boden unter den Füßen, wären in Sicherheit, in Freiheit.

Wir kämpften uns durch die Gegenströmung. Nun, da das Ziel so nah war, spürte ich meine erschöpften Muskeln, die Kälte meiner Glieder, wie sehr mein Körper nach einer Pause verlangte. Aber wir machten weiter. Martin war jetzt ein paar Meter vor mir, ich musste mich anstrengen, um nicht zurückzufallen.

Ich sah auf, um ihm zu folgen, hob den Blick noch einmal zur Fähre. Da bemerkte ich ihn. Unseren Fehler. Das war keine Fähre, das Boot war viel zu klein dafür, viel zu grau. Dieses Schiff dort, auf das wir geradewegs zuschwammen, gehörte der Grenzbrigade.

»Martin!«, rief ich. »Martin!«

Er drehte sich zu mir, und ich sah, dass auch er die Verwechslung bemerkt hatte. Wir waren ihnen direkt in die Arme geschwommen. Sofort war mir klar, was das bedeutete.

In diesem Moment überlegte ich, ob ich mich einfach fallen lassen sollte. Ob ich einfach für einen Moment stillhalten, hinabgleiten sollte in die Kälte der Ostsee, das salzige Wasser atmen, einmal tief, und dann wäre es vorbei. Aber mein Körper ließ sich nach all den Strapazen nicht so einfach zur Kapitulation bewegen. Obwohl es völlig ausweglos war, schwammen wir um unser Leben. Weg von den Grenzern.

Das Grollen des Schiffsmotors werde ich nie vergessen, die Vibration umfasste meinen ganzen Körper, trieb mich an, das Unmenschliche zu vollbringen. Die Durchsagen der Grenzer verschwanden im aufgewühlten Wasser. Natürlich befahlen sie uns, anzuhalten, an Bord zu kommen und uns zu stellen. Aber wir schwammen weiter, kopflos, hoffnungslos, unerbittlich. Ich schwamm für die toten Babys, ich schwamm für meine Eltern, ich schwamm für ein Leben, das mir nicht gegönnt gewesen war.

Dann fiel der Schuss. Und noch einer. Ich hörte Schreie und Rufe, schwamm weiter, schwamm, bis sich alles auflöste in Wasser, Salz, dem Graublau des Himmels und des Meeres, und ich bewusstlos wurde.

Glasbausteine

Als ich wieder zu mir kam, lag ich in einem Krankenhausbett. Mir gegenüber an der Wand saß ein NVA-Soldat, steingraue Uniform, den Kopf zurückgelehnt, die Augen geschlossen.

Draußen dämmerte es bereits.

Mein erster Gedanke galt meinem Körper: Konnte ich mich noch bewegen?

Ja. Alles funktionierte, alles schmerzte.

Mein zweiter Gedanke: Wir waren gescheitert.

Wie lange war ich bewusstlos gewesen? War das da draußen vor dem Fenster eine Morgen- oder eine Abenddämmerung? Und wo war Martin? Die Schüsse. Was war passiert?

Ich versuchte mich aufzurichten, jede Faser meines Körpers schrie. Stöhnend ließ ich mich zurück ins Kissen sinken.

Der Soldat öffnete die Augen, musterte mich kühl. Dann erhob er sich, streckte sich, als hätte er lange gesessen. Ohne Eile öffnete er die Tür zum Flur und rief: »Die Dissidentin ist wach.«

Dieses eine Wort, *Dissidentin*, und ich verstand. Ich hatte genügend Gespräche meines Vaters mit Oppositionellen im Gewölbekeller mitverfolgt, um zu wissen, was mich erwartete. Sie hatten uns gefasst, sie hatten mich hierhergebracht.

Sie würden mich verhören, mich demütigen, mich einsperren. Es war vorbei. Alles.

Ich schloss die Augen, dankbar darüber, dass mich die Erschöpfung abschirmte von dem, was in den folgenden beiden Tagen passierte. Ich sank in einen Dämmerzustand, mehr schlafend als wach. Jeder Muskel schmerzte, meine Lunge brannte. Die Haut juckte entsetzlich, an den Fingerkuppen löste sie sich ab. Mein Körper triumphierte über sein Überleben und schmetterte Schmerzfanfaren, die alle Ängste, alle Traurigkeit und Verzweiflung übertönten.

So nahm ich zwar die missbilligenden Blicke der Ärzte wahr. Spürte die bekannten Handgriffe der Krankenschwestern grob und ruppig an meinem Körper. Hörte, wie die Männer, die an meinem Bett abwechselnd Wache hielten, über mich sprachen. Bemerkte, wie sie meine Fragen nach Martin ignorierten, wie sie überhaupt ignorierten, dass ich ein Mensch war. Doch mir fehlte die Kraft, deswegen zu verzweifeln. Mein Körper hatte überlebt, und er beanspruchte alle Energie für seine Regeneration.

Nach zwei Tagen wurde mir mitgeteilt, ich solle mich reisefertig machen. Sie legten mir eine Hose, ein Hemd und Gummisandalen hin. Als ich mich umzog, sah mir der Soldat, der mich bewachte, dabei zu. Er legte mir Ketten an die Füße, meine Handgelenke musste ich überkreuzen, sie wurden mit Handschellen fixiert. Wie eine Schwerverbrecherin führte er mich vor den Augen der Ärzte, Schwestern und Patienten zu einem Gefängnisbus.

»Wohin fahren wir?«, fragte ich, als sich der Transportwagen in Bewegung setzte.

Keine Antwort.

Ich versuchte aus den vergitterten Fenstern zu spähen und mich zu orientieren. Ich erkannte Rostock, die Parkstraße, dann passierten wir den Alten Friedhof. Weiter geradeaus, entlang der Wallanlangen. Plötzlich bremste der Bus, bog ab und fuhr durch einen schmalen Durchgang auf einen Hinterhof. Der Fahrer wechselte ein paar Worte mit dem Mann an der Schranke, im Schritttempo fuhren wir weiter.

Wir näherten uns einem Ziel, das ich nicht kannte, von dem ich aber annahm, dass es bedeutungsvoll für mich sein würde. Alles, was sie ab jetzt mit mir taten, war bedeutungsvoll. Sie verfügten über mich. Meine Hände schwitzten, ich atmete flach. Der Bus wurde noch langsamer und kam schließlich in einer Halle zum Stehen, in der weitere Gefängnisbusse parkten.

Ich hörte Schritte, die Tür wurde entriegelt. »Aussteigen«, befahl ein Mann in Uniform. Er hatte ein gerötetes, aufgedunsenes Gesicht, das auf gewohnheitsmäßiges Trinken hinwies. Ich wollte gerade aufstehen, da packte er mich schon an den Handgelenken und zerrte mich in die Halle, schubste mich voran zu einer kleinen Tür.

Das Treppenhaus dahinter ließ mich kurz Hoffnung schöpfen. Es war hell und sauber, der polierte Linoleumboden glänzte. Doch dann ging es weiter über einen Flur in einen fensterlosen, komplett gefliesten Raum.

Der Wärter löste meine Handschellen und Fußfesseln. »Ausziehen«, wies er mich an und machte, wie schon der Soldat im Krankenhaus, keine Anstalten, den Raum zu verlassen oder sich umzudrehen. Zitternd zog ich Hose,

Hemd und Gummisandalen aus, meine Unterwäsche behielt ich an.

»Alles«, sagte er und zog geräuschvoll die Nase hoch.

So stand ich schließlich vor ihm, vollkommen nackt, frierend. Sein Blick glitt über meine Brüste, meinen Bauch, meine Schambehaarung, meine Beine.

Als er das Interesse an meinem Körper verloren hatte, setzte er sich auf einen Hocker und lehnte sich an die Wand. Er pulte Dreck unter seinen Fingernägeln hervor und schnipste ihn auf den Boden.

Ich stand noch immer nackt im Raum. »Wie geht es jetzt weiter?«, fragte ich.

»Warte hier.«

»Worauf?«

»Halt's Maul. Und gerade stehen!«

Zornestränen stiegen mir in die Augen. Ich ballte meine Hände zu Fäusten. Erniedrigung, Schikane, Ohnmacht, um nichts anderes ging es hier. Ich kannte die Regeln des Spiels schon lange, bevor sie mich auf das Feld geholt hatten. Wusste, was das alles hier bewirken sollte. Aber nicht mit mir. Aufrecht stand ich da, ignorierte das Zittern meiner erschöpften Muskeln, kleidete mich in Fassung und Würde. Die Minuten verstrichen, ich zählte Kacheln, ließ meinen Blick die Fugen entlang Treppen steigen, sah auf den Brustkorb des Wärters, der sich hob und senkte, seine Atmung, die ihn menschlich machte.

Ich muss über eine Stunde in diesem Raum gewartet haben, da wurde das Zittern meiner Beine so stark, dass ich mich nicht mehr halten konnte. Der Wärter döste mit zurückgelehntem Kopf, ich nutzte die Chance und ließ mich lautlos in die Hocke sinken, stützte mich mit den Händen auf dem kalten Boden ab.

Als verfügte er über ein Sonar, öffnete der Wärter die Augen und fuhr mich an: »Haltung annehmen! Gerade hinstellen, Rücken zur Wand.«

Argwöhnisch behielt er mich einige Minuten im Auge, dann lehnte er sich wieder zurück, streckte die Beine von sich und zog wieder Rotz die Nase hoch.

Sollte er. Ich ließ mich nicht beeindrucken. Er war eine armselige Kreatur, ein schwacher Mann, den sie in eine Uniform gesteckt hatten, die ihn zusammenhielt.

Ich würde diesen Ort früher oder später verlassen, er nicht.

Endlose Minuten später stand er auf und verließ schwerfälligen Schrittes den Raum. Ich war froh, dass nun irgendetwas passieren würde. Alles war besser, als hier nackt auszuharren. Nach kurzer Zeit kam er zurück und warf mir einen Schwung Kleidung zu. Eilig griff ich danach und zog mich an. Unterwäsche fand ich nicht, dafür einen alten, schon mehrfach geflickten Trainingsanzug der NVA, der mir zu weit und zu kurz war, und Socken, deren Bündchen so ausgeleiert waren, dass sie mir schon bei den ersten Schritten von den Füßen rutschten. Eine herabwürdigende Verkleidung.

Wieder musste ich warten, wieder musste ich stehen. Unauffällig versuchte ich jetzt, mein Gewicht von einem Fuß auf den anderen zu verlagern, doch das Zittern meiner geschwächten Beine hielt an. Irgendwann stand der Wärter ohne ersichtlichen Grund auf. »Mitkommen«, befahl er und führte mich über einen langen Flur. Vor einer Tür blieb er stehen, klopfte und wartete, bis von drinnen »Herein« gerufen wurde.

Der Raum war wohnlicher, Tapete mit Blümchenmuster, ein Büroschrank mit Schiebetür, in der Mitte ein Schreibtisch mit Telefon, an dem ein Mann in Zivil saß. Schräg hinter ihm befand sich ein weiterer Schreibtisch mit einer Schreibmaschine darauf. Von einer Protokollantin aber fehlte jede Spur.

»Zum Verhör: Eva Galinsky«, bellte der Wärter dem Mann entgegen.

»Danke, Gumbert. Sie können abtreten. Frau Galinsky, guten Tag. Bitte nehmen Sie Platz.« Er wies auf den Stuhl ihm gegenüber und rückte einen Umschlag auf der Tischplatte zwischen uns zurecht. Sobald ich saß, öffnete er ihn und begann einen mit Schreibmaschine geschriebenen Bericht zu lesen. Ab und zu sah er vom Papier auf, ein leichtes Lächeln auf den Lippen.

Was sollte das? Warum musste ich ihm dabei zusehen, wie er las? Sein Verhalten irritierte mich mehr als das Gehabe des Schergen, der mich hergebracht hatte. Der Mann, der sich als mein Vernehmer herausstellen sollte, wirkte amüsiert, als könne er das, was er las, nicht glauben.

Ich bemühte mich, wach zu bleiben, das letzte bisschen Konzentration zu mobilisieren.

Er legte den Bericht zurück in den Umschlag und sah mich an. Freundlich, zugewandt, erwartungsvoll. Minuten verstrichen. Nichts passierte.

»Wo bin ich hier?« Schließlich ergriff ich als Erste das Wort.

»In der Untersuchungshaftanstalt der Staatssicherheit in Rostock.«

»Was wird mir vorgeworfen?«

Sein Lächeln wurde breiter. »Ich stelle hier die Fragen.«

»Bekomme ich einen Anwalt?«

Er warf den Kopf zurück und lachte schallend. »Einen Anwalt? Das ist vielleicht im Fernsehen so, Frau Galinsky. Bei uns läuft das alles ein bisschen anders. Und noch einmal, *ich* stelle hier die Fragen.«

Ich hatte nie vorgehabt, irgendetwas zu leugnen. Bereitwillig und wahrheitsgemäß beantwortete ich all seine Fragen. Dass wir zu zweit gewesen waren. Wie unsere Fluchtroute ausgesehen hatte. Ob es Mitwisser gab. Wessen Idee die Flucht gewesen war. Warum wir überhaupt hatten fliehen wollen aus diesem schönen Land.

Ich war entsetzlich müde. Wenn ich ihm einfach alles erzählte, wäre das Verhör schnell zu Ende und ich könnte mich ausruhen, dachte ich.

Doch es hörte und hörte nicht auf. Über Stunden quetschte der Vernehmer jedes noch so kleine Detail aus mir heraus. Irgendwann hatte ich jedes Zeitgefühl verloren, meine Sätze machten keinen Sinn mehr, ein paarmal hatte ich mich dabei ertappt, wie ich ihm zugestimmt hatte, nur damit er endlich aufhörte zu fragen und mich gehen ließ. Zum Glück fiel es mir auf, als er meine Zustimmung paraphrasierte: »Sie geben also zu, dass Herr Friedemann Borchart Kenntnis über die Planung Ihres ungesetzlichen Grenzübertritts hatte?«

»Nein! Er wusste nichts. Überhaupt nichts. Wir haben ihm erzählt, wir würden Freunde in Boltenhagen besuchen. Wir wollten nur das Auto.«

Meine Kräfte schwanden mit jedem Satz. Sagte ich nichts,

sah er mich an und wartete. Er hatte Zeit. Unendlich viel Zeit. Einige Male sank mein Kopf auf die Tischplatte, dann wies er mich an aufzustehen, »um wieder ein bisschen frisch zu werden«.

Ich weiß nicht, wie lange das so ging. Irgendwann brach ich vor Erschöpfung zusammen, scherte mich nicht um seine Aufforderungen. Nicht darum, dass er lauter wurde. Ich konnte nicht mehr, sollte er sich doch aufregen, ich hatte nichts mehr zu verlieren.

Dann spürte ich, wie ich von groben Händen gepackt und auf die Füße gezogen wurde. Sie schleppten mich in einen kleinen Raum und legten mich auf der harten Pritsche ab. Endlich. Endlich ließen sie mich in Ruhe. Endlich konnte ich schlafen. In dieser ersten Nacht war es mir egal, dass das Licht die ganze Zeit brannte, augenblicklich war ich weggedämmert.

Wie lange ich mich ausruhen durfte, kann ich nicht sagen. Es kam mir eher wie Minuten statt Stunden vor, da hämmerte es von draußen an die Tür: »Aufstehen! Zelle aufräumen.«

Ich fuhr hoch, saß benommen auf der Kante meiner Pritsche und blinzelte in das Licht der Glühbirne. Was sollte ich aufräumen? Ich hatte doch nichts mitgebracht, und hier gab es nichts bis auf eine raue Decke und das dünne Kopfkissen. Ich faltete die Decke zusammen und legte sie ordentlich aufs Fußende der Pritsche. Dann sah ich mich in der winzigen Zelle genauer um. An der gegenüberliegenden Wand stand eine zweite Pritsche. In der Ecke befand sich eine unansehnliche Toilette, gut einsehbar durch das

Guckloch in der Tür. Daneben ein kleines Waschbecken mit eingemauerter Ablage, keinen Spiegel. Außerdem gab es einen Klapptisch und zwei Hocker. Am Fußende meines Betts war ein Heizkörper angebracht, ohne die Möglichkeit, die Temperatur zu regulieren. Unterhalb der Zellendecke waren zwei Reihen Glasbausteine. Kein Fenster, um Luft hineinzulassen oder hinauszusehen.

Ein deprimierender Anblick, der mich gleich noch müder machte. Mein Körper fühlte sich schwer und träge an, ich schloss die Augen und ließ den Kopf sinken. Ich hatte nicht mehr als ein paar Stunden geschlafen. Und wofür sollte ich überhaupt aufstehen, wo doch offensichtlich nichts passierte?

Ich legte mich wieder hin, sank bleiern auf die dünne Matratze.

Keine zehn Sekunden später wurde wieder gegen die Tür gehämmert, und der Wärter brüllte: »Das Liegen auf dem Bett ist während der Tageszeit nicht gestattet. Sie können auf dem Hocker sitzen. Sie können stehen. Das Frühstück ist entgegenzunehmen.« Damit reichte er mir ein Tablett durch die Luke in der Tür.

Ich rappelte mich hoch, nahm das Tablett und inspizierte die karge Kost. Ein Becher mit lauwarmem Früchtetee und zwei Scheiben Graubrot mit Käse belegt. Ich aß und trank alles auf, fühlte mich danach aber kraftlos wie zuvor.

Nach zehn Minuten wurde wieder an meine Tür gedonnert, ich sollte das Tablett zurück durch die Luke schieben. Der Wärter schob mir eine Zahnbürste zu, die ich nach der Benutzung ebenfalls zurückgeben sollte.

Nach einer spärlichen Morgentoilette – ich wusch mir das

Gesicht und fuhr mir mit den Fingern durch die Haare – passierte wieder lange Zeit nichts. Die Stille summte in meinen Ohren, vom Flur drang kein Laut herein. Ich fühlte mich wie in einem Vakuum.

Irgendwann musste ich auf die Toilette. Ich beeilte mich und hoffte, dass der Wärter mich nicht beobachten würde. Als ich spülen wollte, kam kein Wasser. Beschämt rief ich nach dem Wärter, der unangenehme Geruch breitete sich bereits in der Zelle aus.

Der Wärter ließ sich Zeit, endlich hörte ich ihn an meiner Zellenwand hantieren. »Jetzt«, ließ er mich wissen. Ich hörte die Leitung rauschen, dann versiegte die Spülung wieder. Die Wasserzuleitung wurde von außen, von den Wärtern gesteuert. Es war eine der vielen kleinen Schikanen, die mir das Leben in den nächsten Jahren zur Hölle machen sollten.

Das Mittagessen bestand aus einer Suppe von undefinierbarer Farbe und war das Einzige, was sich in den nächsten Stunden ereignete. Ich saß auf dem Hocker und wartete, ohne zu wissen worauf. Fragte mich, was sie noch von mir wollten. Sie hatten mein Geständnis, warum behielten sie mich weiter in Untersuchungshaft? Warum durfte ich mich nicht hinlegen? Und warum sagte mir niemand, wie es weitergehen würde?

Gefühlte Stunden später klopfte es erneut an der Tür. »Aufschluss. Fünfzehn-zwei, zum Fenster treten, Gesicht der Verwahrraumtür zugewandt, Hände auf den Rücken. Zum Verhör.« Ich tat wie befohlen, der Wärter trat in die Zelle, legte mir Handschellen an und führte mich zum Verhörraum.

Fünfzehn-zwei, das war ab jetzt mein Name. Ich war nicht mehr Eva Galinsky, ich war nur noch eine Nummer im System.

Statt des Vernehmers von letzter Nacht saß diesmal ein ernst dreinblickender Mann mit scharfen Gesichtszügen vor mir. Während dem ersten Vernehmer seine perfide Arbeit offensichtlich Spaß gemacht hatte, verzog dieser keine Miene. Es waren die gleichen Fragen, die mir schon zuvor gestellt worden waren, doch diesmal hatten die Pausen zwischen meiner Antwort und seiner nächsten Frage nichts abwartend Interessiertes, sondern etwas Endgültiges.

Wieder zog sich die Vernehmung endlos hin, ich war diese vielen Fragen so leid.

»Gut«, sagte der neue Vernehmer schließlich, als meine Antworten knapper und meine Reaktionen karger wurden. »Wie Sie wollen. Lesen Sie bitte das Protokoll. Ihre Unterschrift hier.« Er zeigte auf die letzte Seite eines achtseitigen Berichts. Ich überflog, was er geschrieben hatte, unterschrieb und dachte, damit wäre es erledigt.

Ich hatte ja keine Ahnung.

In den folgenden Wochen wurde ich jeden Tag vier bis sechs Stunden bis zur völligen Erschöpfung verhört. Sie wollten alles wissen: über meine Kolleginnen im Schwesternwohnheim, über die Ärzte im Diakonissenkrankenhaus, über meine Eltern, über Gemeindemitglieder, über Martins Kommilitonen.

Schon längst ging es nicht mehr um unsere Flucht. Jede noch so kleine Einzelheit quetschten sie aus mir heraus, ließen nicht locker, bis ich auf all ihre Fragen antwortete.

Es war eine Gratwanderung, irgendetwas musste ich erzählen, durfte aber auch niemanden belasten. Täglich wurden Protokolle angefertigt, ich musste sie gegenlesen, unterzeichnen. Die beiden Vernehmer wechselten sich ab. In den Befragungen und ihrem Verhalten. Mal zeigten sie sich gelangweilt und abweisend, schrien und drohten. Dann wieder wollten sie wissen, wie ich geschlafen hätte, wie ich mich fühlen würde, taten vertraulich.

Diese Befragungen waren Folter. Folter, die keine sichtbaren Spuren hinterließ.

Bis auf die Zeiten der Verhöre war ich völlig isoliert. Ich blieb in meiner Zelle, sah die Wärter nur durch die Luke. Nie bekam ich einen anderen Gefangenen zu Gesicht, Gespräche über den Flur waren strengstens verboten.

Lange ließ mich die zweite Pritsche in meiner Zelle hoffen, dass sie einen anderen Häftling bei mir unterbringen würden. Jemanden, mit dem ich reden konnte. Dem ich etwas von mir erzählen konnte. Den ich etwas fragen konnte. Mit dem ich schweigen konnte. Mit dem ich vielleicht sogar mal wieder lachen konnte. Ein anderer Mensch, ganz egal wer, mit dem die Verwahrung hier ein klein wenig menschlicher werden würde.

Doch ich blieb allein.

Und die Isolation schaffte Raum für die immer gleichen Fragen und Ängste. Es machte mich fast verrückt, nicht zu wissen, wie lange sie mich hier festhalten würden. Wann ich rauskommen würde. Wie es für mich weitergehen sollte. Warum sie mich wieder und wieder verhörten. Was wollten sie denn noch von mir, ich hatte ihnen doch schon alles gesagt?

Am schlimmsten war es, nichts über Martin zu erfahren. Wo hatten sie ihn hingebracht? Machte er gerade das Gleiche durch wie ich? War er vielleicht sogar ganz nah und ebenfalls in der Untersuchungshaftanstalt untergebracht?

Und meine Eltern? Ob sie wussten, dass ich hier im Gefängnis saß? Waren sie unseretwegen verhört worden? Machten sie sich Sorgen um mich? Versuchten sie, Kontakt zu mir aufzunehmen?

Oder hatte man sie in Unwissenheit gelassen? Nahmen sie an, dass es Martin und mir gelungen war, in den Westen zu gehen, so plötzlich, wie wir verschwunden waren?

Dieser Gedanke war fast unerträglich: dass sie uns in Freiheit wähnten, während ich gefangen war. Dass sie glaubten, ich hätte mir die Freiheit erkämpft, nach der sie sich immer gesehnt hatten, während ich in Wirklichkeit den Häschern ins Netz gegangen war.

Gedanken an Boltenhagen verbot ich mir. Unsere Träume waren verpufft, nur der misslungene Versuch war geblieben.

Seit meiner Zeit im Krankenhaus waren die Erinnerungen an die Fluchtnacht verschwommen. Ich machte mir Vorwürfe. Unser Vorhaben kam mir auf einmal wahnwitzig vor. Was hatten wir uns nur dabei gedacht? Die Idee war von Anfang an zum Scheitern verurteilt gewesen. Was für ein Plan, schwimmend über die Ostsee zu fliehen. Es hätte niemals funktioniert. Wenn sie uns nicht aufgegriffen hätten, wären wir ertrunken. Vielleicht sollte ich ihnen sogar dankbar sein, so waren wir immerhin noch am Leben.

Ich wollte nicht mehr daran denken, dass wir gescheitert waren. Und wie wir gescheitert waren. Ich würde das hier überstehen, egal wie lange sie mich hierbehalten würden. Irgendwann würde ich frei sein, und dann würde mich mein erster Weg zu Martin führen, und wir würden zusammen sein.

Das war alles, was zählte.

Bald hatte ich die Orientierung darüber verloren, wie lange ich bereits in Untersuchungshaft war. Ich erinnerte mich nicht mehr, wie oft sie mich schon verhört hatten. Ich vergaß meine Antworten, kaum hatte ich sie ausgesprochen. Ich schlief schlecht, lag stundenlang wach und fühlte mich ständig müde. Ich hatte kaum Appetit, mir war schlecht, ein paarmal musste ich mich übergeben. Eine Schwermut erfasste mich, die mich lähmte.

Dieses Gefühl der Ohnmacht kann ich bis heute nicht ganz abschütteln. Noch immer gibt es Nächte, in denen ich voller Schrecken aufwache und meine, das schleifende Geräusch zu hören, das die Abdeckung des Türspions machte, wenn sie von den Wärtern beiseitegeschoben wurde. Nächte, in denen ich mich beobachtet fühle und mich die Angst vergessen lässt, dass ich längst in Sicherheit bin.

Doch nicht nur nachts holen mich die Erinnerungen ein. Ich schrecke zusammen, wenn im Supermarkt jemandem der Schlüsselbund zu Boden fällt. Ich bekomme Atemnot, wenn sich Fremde auf der Straße anschreien. Einmal habe ich eine Verhörszene im Fernsehen gesehen und eine Panikattacke bekommen, die erst aufhörte, als ich mich minutenlang unter die eiskalte Dusche stellte.

Es gibt Schrecken, die vergisst dein Körper nie.

Irgendwann hörten die Vernehmungen auf, und Wochen des Wartens folgten. Nichts passierte.

Gähnende Langeweile.

Ödnis.

Leere.

Starre.

Als wäre ich aus der Zeit gefallen.

Ab und zu durfte ich ein Buch ausleihen oder einen kurzen Freigang im überwachten, sonst aber genauso trostlosen Hof unternehmen. Doch auch daran verlor ich die Freude. Mein innerer Widerstand, den ich über Wochen aufrechterhalten hatte, bröckelte. Warum war ich immer noch hier? Warum wurde ich nicht mehr verhört? Was passierte gerade hinter den Mauern des Gefängnisses, und wie würde es mein Schicksal beeinflussen?

Ich vergaß, ob ich schon gegessen hatte oder nicht. Wusste nicht mehr, welcher Wärter Dienst hatte, obwohl ich ihn bereits gesehen hatte. Las eine Seite meines Buchs, ohne den Inhalt zu erfassen.

Sie hatten mich gebrochen.

Das Urteil

In regelmäßigen Abständen wurde ich vom Gefängnisarzt gynäkologisch untersucht. Es war eine demütigende, nicht notwendige Prozedur, eine Demonstration ihrer Macht über meinen Körper.

Ich sah an die Decke und dachte mich fort, zurück in den Garten nach Sälchow. Ich wollte mich erinnern, wie es sich anfühlte, wenn Schneeflocken auf dem Gesicht schmolzen. Wie es war, im Februar die Triebe der Frühblüher zwischen den winterstarren Büschen zu entdecken. Mich an die Hitze erinnern, die im Sommer unter dem dichten Blätterdach flirrte. An den Geruch von reifen Äpfeln im Herbst.

»Verlauf nach Lehrbuch«, sagte der Arzt und machte sich eine Notiz. Er war ein großer, feister Mann mit hellen, fast unsichtbaren Wimpern und Augenbrauen.

»Bitte?«, fragte ich und nahm meine Beine von den Stützen.

»Bleiben Sie noch einen Moment liegen«, wies er mich an und tastete meinen Unterbauch ab. »Ihre Schwangerschaft. Verlauf wie aus dem Lehrbuch, die Gebärmutter liegt jetzt zwei Querfinger über dem Schambein, sechzehnte Woche schätze ich.«

»Was?«

»Sie wussten nicht, dass Sie schwanger sind?« Er ging zum Schreibtisch, blätterte in einer Akte. »Als Sie verhaftet wurden, waren Sie vermutlich in der sechsten Woche. Jetzt sind Sie in der sechzehnten Woche, das passt zeitlich.«

Ich beeilte mich, den Untersuchungsstuhl zu verlassen und mich anzuziehen. Was sagte er da? Ich sollte schwanger sein? Ja, ich hatte meine Periode nicht mehr bekommen, es aber auf die Belastung geschoben, das schlechte Essen, den unruhigen Schlaf. Und vorher? Das Schwimmtraining hatte mich in Beschlag genommen, ich wusste nicht mehr, wann ich zuletzt meine Tage gehabt hatte.

Zurück in meiner Zelle lief ich hin und her und versuchte einen klaren Gedanken zu fassen. Es kam mir vor wie ein schlechter Scherz. Vielleicht war es das auch. Vielleicht hatten sie erfahren, wie verzweifelt ich versucht hatte, schwanger zu werden, und straften mich jetzt mit meiner größten Hoffnung und gleichzeitig meiner größten Angst. Vielleicht stimmte es überhaupt nicht, und sie wollten mich nur weich machen, müde, mürbe. Aber war ich das nicht längst? Verrückt machen, das wollten sie mich. Mir mehr und mehr mein Selbstvertrauen nehmen. Dabei hatte ich ihnen doch schon alles gesagt.

Oder stimmte es, und ich war tatsächlich schwanger? Angestrengt versuchte ich in meinen Körper hineinzuhorchen. Der Gedanke war ungeheuerlich, und ich konnte diesem Kind nur wünschen, dass es sich seinen ungeborenen Geschwistern anschloss und mich bald verließ.

Doch was würde passieren, wenn es tatsächlich blieb? Was würden sie mit dem Baby machen?

Der Gedanke war unvorstellbar. Wie hatte ich so unverantwortlich sein können? Ich hatte aufgehört, meinen Eisprung zu berechnen, zu vertieft waren wir in unser

Schwimmtraining und die Fluchtvorbereitungen gewesen. Es konnte nicht sein. Es durfte nicht sein.

Beruhig dich, sagte ich mir. Bislang hast du noch keines deiner Kinder behalten, wieso also gerade dieses? Gerade jetzt, gerade hier, nach all dem, was mein Körper in den letzten Wochen durchgemacht hatte. Unwahrscheinlich, äußerst unwahrscheinlich.

Am Morgen des 20. Dezember hämmerte ein Wärter an meine Tür und befahl mir, mich reisefertig zu machen, heute würde meine Verhandlung stattfinden. Niemand hatte mir vorher etwas gesagt, und an das Datum erinnere ich mich nur, weil der Richter es später verlesen sollte.

Man legte mir wieder Ketten an die Knöchel und Handschellen um die Handgelenke. Dann wurde ich in einen Gefängnisbus gesetzt, vielleicht sogar in denselben, der mich vor Wochen hier abgeliefert hatte.

Ich starrte durch das beschlagene Fenster. Heute war also der Tag meiner Verhandlung. Was hatte sich verändert im Vergleich zur letzten Woche, zur vorletzten? Was würde verhandelt werden? Wo? Und wer wäre anwesend?

Ich bemühte mich, die Bedeutung dieser Verhandlung zu begreifen, und überlegte, was ich dem entgegenzusetzen hätte. Doch die wochenlange Isolation und das Nichtstun hatten meinen Kopf träge werden lassen. So gab ich auf, bevor ich überhaupt richtig begriffen hatte, was vor sich ging.

Mein Blick ging hinauf zum Himmel, der sich wie ein aufgeplustertes Federbett über die Stadt gelegt hatte, zu den Bäumen, die blattlos in den Winterhimmel stakten, zu Vögeln, die auf Ästen saßen. Staunend betrachtete ich vorbeifahrende Autos, Menschen in dicken Mänteln, die mit ihren Einkäufen durch die Straßen schlenderten. Die Vorfreude auf Weihnachten lag wie ein feiner Schimmer auf der Stadt. Es war das ganz normale Leben, ein Tag, der sich unauffällig einreihen würde in eine Kette kalter Wintertage.

Für mich hingegen hatte man entschieden, dass der 20. Dezember mein Schicksal besiegeln sollte. Ich hatte niemanden verletzt, niemanden betrogen, keinen Schaden angerichtet, nichts gestohlen. Meine Schuld bestand allein darin, dass ich nicht länger in der DDR hatte leben wollen.

Meine Gedanken wanderten zu Martin. Vielleicht hatte er es ja geschafft. Daran hatte ich bislang nicht gedacht. Aber auch das war möglich: Sie hatten mich festgenommen, und er war entwischt. Er war der bessere Schwimmer gewesen, vielleicht hatte er es tatsächlich bis nach Grömitz geschafft. Und lebte in Freiheit. Ohne mich.

Nie habe ich mich einsamer gefühlt als in diesem Moment.

Die Verhandlung, wenn man sie überhaupt so nennen kann, fand im Bezirksgericht Rostock statt. Heute weiß ich, dass ich nie eine Chance gehabt hatte, selbst wenn ich noch Herrin meiner Sinne gewesen wäre. Die Strafverfahren, die die Staatssicherheit angingen, wurden gesondert verhandelt. Die Abteilung hatte eigene Staatsanwälte und Richter, die ausschließlich für die Fälle zuständig waren, die vom Ministerium für Staatssicherheit kamen. Der Staatsanwalt sagte, er habe den Schlussbericht des MfS eingehend geprüft, dann verlas er die Anklagepunkte. Mir wurde ungesetzlicher Grenzübertritt nach Paragraf 213 vorgeworfen, außerdem die »Beihilfe zur vorbereiteten rechtswidrigen Nichtrückkehr in die DDR«. Er forderte ein Strafmaß von drei Jahren und sechs Monaten, abzüglich der Zeit, die ich schon in Untersuchungshaft verbracht hatte.

Das Urteil folgte prompt und war identisch mit dem Antrag des Staatsanwalts. Der Antrag des Staatsanwalts war identisch mit dem Schlussbericht des Ministeriums für Staatssicherheit. Kein einziges Mal wurde ich befragt, und der Pflichtverteidiger, den man mir zur Seite gestellt hatte, sagte während der gesamten Verhandlung kein Wort.

»In Anbetracht Ihrer Umstände bleiben Sie in der Untersuchungshaftanstalt der Staatssicherheit in Rostock und werden einem Haftarbeitskommando zugeteilt«, verkündete der Richter. »Ihre Entbindung kann im Bezirkskrankenhaus Rostock vollzogen werden.«

Bevor ich überhaupt Luft holen konnte, saß ich wieder im Bus in Richtung Gefängnis und konnte es nicht glauben. Das war's gewesen? Das sollte mein Schicksal sein? Drei weitere Jahre in diesem Loch?

Noch am selben Nachmittag begann mein »neues Leben«. Mit sieben weiteren Frauen teilte ich mir einen Wohntrakt. Mehrere Zellen waren zu einem Gemeinschaftsraum verbunden worden und ausgestattet mit Sesseln und einem Couchtisch. Vor den Glasbausteinen hingen Gardinen. Es gab Bücher, Gesellschaftsspiele, Schreibutensilien, und wir hatten sogar einen Fernseher. Jeweils zu viert schliefen wir in zwei angrenzenden Zellen. Statt der harten Pritsche gab es ein Stockbett mit Federrostmatratzen. Die Unterbringung war eine enorme Verbesserung, doch was mich am meisten freute, war das Ende der Isolation. Ich war wieder von Menschen umgeben, mit denen ich mich austauschen konnte.

Doch meine Freude währte nur kurz. Die anderen Frauen waren keine »Politischen« wie ich, sondern Kriminelle. Sie waren hierher verlegt worden, um im Haftarbeitskommando ihre Strafe zu verbüßen. Sie hatten Gewaltdelikte begangen, Diebstahl, Betrug, eine hatte ihre Mutter erstochen. Ich hielt mich von ihnen fern.

Mein Tag begann um vier Uhr in der Früh, nur am Wochenende durfte ich eine Stunde länger schlafen. Ich musste die Wäsche der Gefangenen waschen, die Mahlzeiten vorbereiten und die Gänge, Treppen und Duschräume putzen. Eintönige und oft auch erniedrigende Aufgaben, bei denen ich von einem Wärter überwacht wurde, der gelangweilt in der Nähe stand und mir dabei zuguckte, wie ich den Boden feudelte oder Karotten schnitt.

Trotzdem war es eine Verbesserung zu dem eintönigen Haftalltag zuvor, weil ich endlich wieder etwas zu tun hatte. Und ich nahm mir die Freiheit, meine Arbeit so zu erledigen, wie ich es für gut befand. Ich überlegte mir eigene Regeln und setzte mir kleine Ziele, deren Erreichen mir Zufriedenheit verschaffte. So schrubbte ich zum Beispiel an manchen Tagen nur jede zweite Fliese oder nahm mir vor, das Gemüse für die Suppe in gleich große Würfel zu schneiden. Es waren unsinnige Spielereien, aber alles, was meine Hände in Bewegung und meine Gedanken beschäftigt hielt, tat mir gut. Alles, was mich davon ablenkte, dass ich noch immer schwanger war, dass ich dieses Kind noch nicht verloren hatte, war willkommen.

Einige Wochen nachdem mein Dienst im Haftarbeitskommando begonnen hatte, teilte mir ein Wärter mit, ich hätte Besuch. Meine Eltern würden auf mich warten. Meine Gefühle überschlugen sich: Ich wollte sie sehen, unbedingt, die Sehnsucht nach einer Umarmung meiner Mutter war riesig, nach einem tröstenden Wort meines Vaters, danach, dass sie da waren und Anteil nahmen an dem, was ich durchlitt. Doch gleichzeitig schämte ich mich schrecklich. Sie sollten nicht wissen, dass ich schwanger war und in welche Situation ich das Ungeborene gebracht hatte. Es gab nichts mehr zu verstecken, meine Schwangerschaft war offensichtlich.

Ich ließ ihnen ausrichten, dass ich sie nicht sehen wolle.

Wieder und wieder und wieder.

Jedes Mal zerbrach etwas in mir.

Irgendwann kamen sie nicht mehr.

Hanna

Ich wurde runder, wurde weicher, bald schon konnte ich das erste zarte Flattern meines Kindes spüren. Ich hielt die Augen dennoch vor dem Offensichtlichen verschlossen, bis mein Bauch so groß war, dass ich mich kaum noch bewegen konnte. Bis die Schwangerschaft so weit fortgeschritten war, dass selbst ein Frühgeborenes gute Überlebenschancen hatte. Bis ich mich damit auseinandersetzen musste, dass dieses Kind, Martins und mein Kind, auf die Welt kommen würde.

Noch immer wusste ich nichts von Martin und er wahrscheinlich nichts von mir oder unserem Kind. Es war zum Verzweifeln: So lange hatten wir uns nicht anderes gewünscht als ebendieses Kind. Nun war es da, aber wir würden es nicht gemeinsam willkommen heißen können. Der Tag deiner Geburt würde der Tag sein, an dem ich dich verlieren würde. Nur solange ich dich in meinem Bauch hatte, durfte ich dich behalten. Darüber informierten sie mich einige Wochen vor dem errechneten Entbindungstermin. Wieder wurde ich ins Zimmer des ersten Untersuchungsführers gebracht, und in seiner freundlichen Art teilte er mir mit, dass mein Baby hier nicht aufwachsen könne. Es käme in ein Säuglingsheim, wo man sich während der verbleibenden Haftzeit um es kümmern würde.

Ich flehte den Mann an, meine Eltern zu informieren,

ich würde ihnen alles erklären, und sie würden mein Baby sicherlich aufnehmen.

»So einfach ist das nicht«, sagte er. Die Erziehungsfähigkeiten meiner Eltern seien zweifelhaft und nicht im Sinne des Sozialismus.

»Und was ist mit Martin?«, fragte ich.

Wieder bekam ich keine Antwort. Ich solle mir keine Sorgen machen, versicherte er, im Säuglingsheim würde gut für mein Kind gesorgt werden.

Im Nachhinein habe ich bereut, dass die Zeit so kurz war, in der ich den Gedanken an dich akzeptierte. Viel zu lange hatte ich nichts von deiner Existenz wissen wollen, und nun wollte ich die Zeit anhalten, um jede Sekunde auszukosten, die ich dich bei mir hatte. Zwar fiel es mir schwerer, morgens aufzustehen, und die Nächte waren unruhig, doch ich genoss jede deiner Bewegungen. Dein Drängen, Drücken und Schieben, du hattest mir viel zu erzählen. Wenn du Schluckauf hattest, hüpfte mein Bauch. Ich sang dir die Lieder vor, die mir bereits meine Mutter vorgesungen hatte. Wenn du besonders wild strampeltest, streichelte ich über meinen Bauch, um dich zu beruhigen. So lernten wir uns kennen, noch bevor du das Licht der Welt erblicktest.

Das war auch die Zeit, in der ich dir deinen Namen gab. Für einen Jungen wäre es Heiner gewesen, nach Martins Vater, darüber hatten wir früher schon gesprochen.

Doch wenn es ein Mädchen werden würde?

Alle Bücher, die ich lesen durfte, inspizierte ich nun nach geeigneten Namen. Ich spielte mit den Namen der Häftlinge, mit Namen, die ich in Gesprächen der Wärter aufschnappte. Dann entschied ich, dass ich keinen Namen für dich wollte, der einen Bezug zum Gefängnis hatte. Wenn ich das hier überstanden hatte, sollte mich nichts mehr an diese Zeit erinnern.

Schließlich besann ich mich auf meine Wurzeln und fand einen Namen, der mich mit Freude und Zuversicht erfüllte: Du solltest Hanna heißen, nach meiner Großmutter Johanna. Wenn es eine Frau in meinem Leben gab, die ich für ihre Stärke, ihren Gleichmut und ihre Tatkraft bewunderte, dann war es sie. Dieses Erbe wollte ich dir mit auf den Weg geben.

Als die Wehen einsetzten, lag ich auf meinem Bett und weinte. Ich ignorierte die Schmerzen, ich ignorierte das Fruchtwasser, das sich schwallartig auf meine Schenkel ergoss. Ich wollte dich nicht gebären. Ich wollte dich bei mir behalten. Als letzten Beweis, dass es mein Leben außerhalb der Gefängnismauern noch gab. Dass ich mir die Zeit mit Martin nicht eingebildet hatte, dass wir ein Paar gewesen waren und etwas hatten, das uns über diese Gefängnismauern hinaus verband.

Doch sie fanden mich, wie ich mich vor Schmerzen krümmte, zerrten mich aus der Zelle und brachten mich zur Entbindung ins Krankenhaus.

Die Wehen wüteten immer stärker in mir, irgendwann wollte ich lieber sterben als sie noch länger ertragen. Ich nahm den Soldaten nicht mehr wahr, den sie zur Bewachung an mein Bett gesetzt hatten, die Schwester war mir egal, die nur spitze Kommentare für mich übrig hatte, und auch die Zukunft, die dir unheilvoll bevorstand, vergaß ich in dem Moment, in dem der Wehenschmerz mich durchschüttelte.

Die Presswehen setzten ein, und ich war froh, endlich etwas tun zu können, nicht nur ertragen zu müssen, sondern meinen Zustand selbst zu verbessern. Nur dreimal pressen, dreimal diesen wahnsinnigen Schmerz ertragen, dann warst du da. Lagst zwischen meinen Beinen auf dem Laken. Ein Mädchen, ein fahles Würmchen, das augenblicklich zu brüllen begann. Die Schwester schnitt die Nabelschnur durch, wischte dir die Käseschmiere vom Körper, wickelte dich in ein Handtuch und gab dich mir.

Kaum hatten sie dich in meine Arme gelegt, wurdest du ruhig und sahst mich aufmerksam an. »Hallo, Hanna«, flüsterte ich.

Ich spürte das Gewicht und die Wärme deines kleinen Körpers, roch den erdigen Geruch und wollte mir alles an dir genau einprägen. Deine Haare, die kohlrabenschwarz waren und fein wie Kükenflaum. Deine kleine spitze Nase, die schon jetzt der von Martin ähnelte. Deine Lippen, in denen ich die meiner Mutter wiedererkannte. Ich hob das Handtuch ein Stück, um alles von dir in Augenschein zu nehmen. Deine winzigen Fingerchen, die dünnen Beinchen, deine Hände, die viel zu groß wirkten. Ich war überwältigt. Du warst perfekt, hattest alles unbeschadet überstanden. Den Fluchtversuch, meine Inhaftierung, die Zeit im Gefängnis.

Ich küsste dich auf die Nasenspitze und flüsterte dir ins Ohr, dass ich dich immer lieben würde.

Dann kam die Schwester und nahm dich mir aus dem Arm. Ich hielt dich nicht fest. Wie hätte ich dich festhalten können, wo ich doch wusste, welche Kräfte auf der anderen Seite zogen?

Die Schwester ging mit dir aus dem Zimmer, ohne ein Wort zu sagen. Die Tür fiel hinter ihr ins Schloss, und ich starrte dorthin, wo sie gerade noch gestanden hatte, starrte ins Leere, bis die Tränen kamen, bis mir die Luft wegblieb, bis ein unmenschlicher Schrei das Zimmer erfüllte.

Sie hatten mir mein Baby weggenommen.

Genauso gut hätten sie ein Loch in meinen Brustkorb bohren und mir das Herz herausreißen können. Es hätte nicht schmerzhafter sein können. Ich schrie, ich weinte, ich schluchzte, ich versuchte aufzustehen, zur Tür zu gehen, meinem Kind hinterher, bis der Soldat, der stummer Zeuge meines Verlusts geworden war, nach einer Schwester rief. Man gab mir ein Beruhigungsmittel, das mich dumpf machte, das dem Schmerz seine Spitzen nahm, nicht aber seine Endgültigkeit. Das einzige Kind, das mir nach meinen vielen Fehlgeburten geblieben war, hatten sie mir entrissen.

Sie legten mir Papiere für deine Unterbringung im Säuglingsheim vor, ich unterschrieb. Ich hatte gewusst, dass es so kommen würde, dass sie dich mir wegnehmen würden. Aber dieses Wissen war nutzlos, es hatte mich nicht vor diesem unerträglichen Schmerz schützen können.

Mir blieb nur noch die Erinnerung an dich. Ich lehnte weitere Beruhigungsmittel ab, weil ich befürchtete, sie würden mein Gedächtnis beeinträchtigen. Wahnhaft führte ich mir jedes noch so kleine Detail von dir vor Augen, um es auf keinen Fall zu vergessen: die kleine Falte über deinem Nasenbein, das Weiß deiner erstaunlich langen Fingernägel. Ich musste mich erinnern, ich durfte es nicht vergessen, damit ich wusste, warum ich die verbleibenden zweieinhalb Jahre in Haft aushalten musste.

Eine Woche blieb ich im Krankenhaus, dann brachten sie mich zurück ins Untersuchungshaftgefängnis. Setzten mich im Wohntrakt ab und taten so, als wäre nichts gewesen. Alles ging so weiter wie zuvor. Das Putzen, das Kochen, das Wäschewaschen. Niemand fragte mich, was mit dem Kind passiert war, das ich monatelang in mir getragen hatte. Meine Schwangerschaft, der Krankenhausaufenthalt, deine Geburt – wie ausgelöscht.

Nur mein Körper erinnerte sich. Meine prallen, entzündeten Brüste hörten nicht auf, Milch zu produzieren. Noch wochenlang strich ich sie unter der Dusche aus und sah die blassen Milchflüsse im Abfluss versiegen.

Ich stellte mir vor, wie es dir ging. Was sie mit dir gemacht hatten, nachdem sie dich mitgenommen hatten. Dich, dieses kleine Bündel, so winzig, so schutzlos, so hilflos. Zum Glück wusste ich damals noch nicht, wie es in den Säuglingsheimen zuging. Nicht, wie die Kinder verwahrt wurden. Dass man sie bis zur Erschöpfung schreien ließ. Welchem Drill sie schon in jungen Jahren ausgesetzt waren. Wie sie mit Medikamenten ruhiggestellt und in ihren Gitterbettchen fixiert wurden, damit sie stillhielten.

Hätte ich es gewusst, ich hätte nicht überlebt.

Fremdplatziert

Der Haftalltag war monoton und erschöpfend. Um dem Trott zu entfliehen, träumte ich dem Tag meiner Entlassung entgegen. Ich würde mein Kind holen, und dann würde ich Martin finden. Wenn er im Westen war, hatte er sicherlich versucht, Kontakt zu mir aufzunehmen. Bestimmt hatte er geschrieben, und sie hatten seine Briefe abgefangen. Vielleicht war es ihm aber gelungen, Kontakt zu meinen Eltern aufzunehmen, und sie wussten, wo er war.

Und falls er wie ich gefangen genommen worden war in dieser Nacht, würde er sicherlich auch bald freigelassen werden. Ich würde ihn zusammen mit unserer Tochter besuchen, das würde ihm Kraft geben durchzuhalten.

Ich malte mir aus, wie Hanna, Martin und ich das Leben führen würden, das wir uns erträumt hatten. Mit jedem Tag, der verging, wurde ich ungeduldiger. Wir würden gemeinsam meine Eltern aufsuchen. Endlich könnte ich ihnen erklären, warum ich sie nicht hatte sehen wollen. Sie würden es verstehen. Und wir wären zusammen, eine Insel der Liebe und Fürsorge. Wir alle, meine Eltern, Martin und ich, wir würden dir so viel Liebe schenken und alles aufholen, was wir in den ersten Jahren versäumt hatten. Ich tröstete mich damit, dass du noch so klein warst und keine Erinnerung an deine ersten beiden Lebensjahre haben würdest.

Äußerlich wurde ich zu dem Menschen, den sie haben wollten. Ich erledigte meine Arbeit anstandslos, beschwerte mich nie, ging Konflikten aus dem Weg. Ich wurde eine zuverlässige Kraft, fast hätte man meinen können, ich sei eine von ihnen.

Doch andere bespitzeln, das tat ich nicht. Sie hatten mir Begünstigungen in Aussicht gestellt, wenn ich als Informantin mehr über die Straftaten und Hintergründe der anderen Frauen herausfinden würde. Längst war mir klar, dass andere Häftlinge derartige Angebote angenommen hatten. Wie sonst hätte man erklären sollen, dass sie plötzlich größere Portionen beim Mittagessen erhielten, eine zweite Bettdecke, oder sogar frühzeitig entlassen wurden. Aber ich blieb standhaft. Sie hatten mir meine Freiheit genommen, meinen Mann, mein Kind. Wenn mir etwas bleiben sollte, dann meine Würde.

Heute ist die Untersuchungshaftanstalt in der August-Bebel-Straße in Rostock eine Gedenkstätte. Es hat zahlreiche Untersuchungen gegeben, die sich mit den Haftbedingungen und den Repressalien beschäftigten, die Gefangene damals erleiden mussten. Man kann Zellen und Verhörräume besichtigen, sich durch die Flure führen lassen und Interviews mit ehemaligen Häftlingen auf Video sehen.

Ich habe die Gedenkstätte selbst einmal besucht. Es war grotesk: Plötzlich fand ich mich im Zentrum meiner Albträume wieder. Der grünliche Linoleumboden, die hellbraunen Wände, die vergilbten Decken. Das Atrium, um das die Zellen angeordnet waren. Das Netz, das sich zwischen den Stockwerken spannte. Obwohl inzwischen zwanzig Jahre vergangen waren, war die Erinnerung ungetrübt. Es fühlte sich nicht wie erinnern an, sondern wie erleben. Ich war wieder da, zurückversetzt in diese Zeit, in der ich eingesperrt und ausgeliefert war.

Und dann erklärt dir ein routinierter Museumsführer das, was du erlitten hast. Das, was dich noch immer in vielen Nächten weckt, wach hält und quält, ist informativ und eingängig verpackt, in einem museumspädagogischen Konzept wirkungsvoll aufbereitet. Und du stehst da in deiner alten Zelle, an dem Ort, der dreieinhalb Jahre lang dein Leben und gewissermaßen ja auch dein Zuhause war, und siehst, wie Touristen aus aller Welt ihre Smartphones zücken und die Toilette fotografieren, auf der du gesessen hast.

Ich hatte mir das Gefängnis ansehen wollen, weil ich dachte, es würde mich mit dieser Zeit versöhnen. Ich hoffte, es würde die Albträume abschwächen und das Gefühl der Ohnmacht abschütteln, das mich noch immer wie in einem Schraubstock gepackt hielt. Doch die erhoffte Linderung trat nicht ein. Im Gegenteil, ich begriff, wie stark ich weiterhin dort verortet war.

Was für die anderen Besucher anderthalb Stunden Unterhaltung war, wird mich mein ganzes Leben begleiten. Und während sie diesen Ort wieder verlassen konnten, steckte ich hier fest.

Am Tag meiner Entlassung war mir schlecht vor Aufregung. Ich hatte mich so an das Leben im Gefängnis gewöhnt, an die Abläufe, an die Menschen und Regelmäßigkeiten, dass ich nun Furcht davor hatte, in die Normalität entlassen zu werden. Würde ich mich draußen überhaupt noch zurechtfinden, in dem Trubel, der Hektik? Würde ich je wieder in meinem Beruf arbeiten können, mit der Vergangenheit, die sich jetzt unauslöschlich in meine Vita eingebrannt hatte? Wie würden meine Eltern reagieren? Würden sie es mir übelnehmen, dass ich sie im Gefängnis nicht hatte sehen wollen?

Ich riss mich zusammen, schob alle Ängste und Zweifel beiseite. Endlich würde ich mein Kind sehen. Das war alles, was zählte. Alles andere würde sich finden.

Sie gaben mir einen Satz frischer Kleidung, ließen mich Papiere unterschreiben, in denen ich versicherte, Stillschweigen über die Haft zu bewahren. Dann war ich frei.

Ich stand auf der Straße, es war ein kalter Frühlingstag im März 1988, der Wind schnitt mir ins Gesicht. Ich war frei! Ich war draußen! Ich hatte es überstanden.

Meine ersten Schritte fühlten sich unwirklich an. Ständig fragte ich mich, ob ich alles richtig machte. War es korrekt, wie ich hier die Straße entlangging? War es in Ordnung, wie ich an der Ampel mit anderen Passanten wartete? Ich konnte mich einfach nicht an den Gedanken gewöhnen, dass mich niemand beobachtete.

Mein erster Weg führte mich zur Jugendhilfe. Mit jedem Meter wurde ich fester und klarer. Ich würde mein Mädchen holen!

Die Behörde befand sich in einem großen Backsteingebäude in der Rostocker Innenstadt. Die Holztür war massiv und mit düsteren Schnitzereien versehen. Als ich die riesige Halle durchschritt, fühlte ich mich winzig und unsicher. Doch ich würde mich nicht einschüchtern lassen, straffte die Schultern, nahm das Kinn hoch und fragte am

Empfang, wo ich etwas über den Verbleib eines Kindes erfahren könnte, das in einem Säuglingsheim untergebracht war. Die Frau fragte nach meinem Namen und nannte mir eine Zimmernummer im ersten Stock, wo ein Sachbearbeiter mir weiterhelfen würde.

Vor der betreffenden Tür strich ich meine Kleidung glatt und band meine Haare zu einem festen Zopf. Man sollte nicht auf den ersten Blick erkennen, woher ich kam. Dummer Gedanke. Natürlich wussten sie es. Bestimmt gab es einen ganzen Aktenberg, der sich mit nichts anderem befasste als sämtlichen Details der letzten dreieinhalb Jahre.

Doch das konnte mir gleichgültig sein, ich würde mein Kind zurückholen und danach alles tun, um nicht mehr aufzufallen. Ich würde am 1. Mai die Fahnen raushängen, ich würde mein Mädchen zu den Pionieren schicken, meinetwegen würde ich sogar in die Partei eintreten. Ich hatte gelernt, weiß Gott, ich hatte es verstanden.

Ich klopfte, trat ein und stellte mich dem jungen Mann vor, der hinter dem Schreibtisch saß. »Mein Name ist Eva Galinsky. Ich möchte meine Tochter Hanna Galinsky, geboren am 23. März 1985, zurück in meine Obhut nehmen. Ich bereue, dass ich die Deutsche Demokratische Republik verlassen wollte, und habe die Zeit im Arbeitsdienst genutzt, meine Grundhaltung zu ändern. Ich bin nun in der Lage, das Kind im sozialistischen Sinne großzuziehen.« Unzählige Male hatte ich diese Aussage in meiner Zelle geübt. Nun war ich zufrieden mit meiner Präsentation, fand, dass ich überzeugend geklungen hatte.

Der junge Mann lehnte sich zurück und musterte mich

von oben bis unten. Ich zuckte nicht mit der Wimper. Sollte er nur. Er war nur die Pforte, die ich passieren musste.

»Wie war der Name?«, fragte er.

Ich wiederholte meinen Namen und den von Hanna.

»Einen Moment.« Er stand auf und ging gemächlich zur Schrankwand. Lange betrachtete er die Ordner, dann zog er einen heraus, öffnete ihn und holte eine dünne graue Mappe hervor. Er kehrte zurück zu seinem Schreibtisch, setzte sich und begann zu lesen.

Minuten wie in Zeitlupe. Wie er las und blätterte, sein Finger den Zeilen folgte. Wie er blinzelte und die Stirn runzelte. Erich Honecker blickte streng von einem Foto an der Wand auf mich hinunter und mahnte zur Geduld.

Endlich legte der Mann die Mappe auf den Tisch und sagte: »Ihre Tochter Hanna wurde Ihrem Wunsch entsprechend fremdplatziert.«

Ich sah ihn verständnislos an.

»Sie wurde in eine geeignetere Familie vermittelt«, führte er aus.

»Vermittelt? Sie meinen, Hanna wurde vorübergehend zur Pflege in eine andere Familie gegeben?« Es musste sich um einen Fehler handeln, der Mann wusste nicht, wovon er sprach.

Er schüttelte den Kopf. »Sie haben einer Adoption zugestimmt.« Er zeigte auf ein Blatt Papier. Meine Unterschrift.

»Das kann nicht sein.«

»Hier, lesen Sie.« Er schob mir das Dokument zu.

Ich nahm es, ungläubig folgte mein Blick den Buchstaben.

Nach reiflicher Überlegung und Beratung mit dem unterzeichnenden Jugendfürsorger erteile ich hiermit meine Einwilligung zur Aufnahme meines Kindes

Hanna Galinsky, geb. 23.03.1985,

an Kindes statt durch dafür geeignete Bürger.
Ich weiß, dass die Fremdplatzierung dem Wohle des Kindes entspricht.
Mir ist bekannt, dass meine Einwilligungserklärung unwiderruflich ist.
Über die Rechtsfolgen des Kindesannahmeverfahrens wurde ich eingehend unterrichtet.

Rostock, 25.03.1985

Darunter meine Unterschrift und die einer Frau Straatmann von der Jugendhilfe.

Eine Ahnung stieg in mir empor.

»Nein!«, rief ich. »Nein, das ist ein Missverständnis. Ich hätte meine Tochter niemals zur Adoption freigegeben. Heimunterbringung, hieß es im Krankenhaus. Im Säuglingsheim. Das sollte ich unterschreiben, dass sie in ein Säuglingsheim gebracht wird. Wo man sich um sie kümmern würde, bis ich … wieder da bin.«

Er schüttelte den Kopf. »Das hier ist Ihre Einwilligung. Sie haben einer Adoption durch geeignetere Eltern zugestimmt.« Er tippte auf meine Unterschrift.

»Aber ich wusste nicht, was ich da unterschrieben habe. Ich hatte Beruhigungsmittel bekommen, ich habe mir die

Papiere nicht angeschaut!« Meine Stimme überschlug sich. »Wo ist sie? Wo ist Hanna?«

»Ich bin nicht befugt, Ihnen über den Verbleib Ihrer Tochter Auskunft zu geben. Zum Wohlergehen aller ist die Kontaktaufnahme durch die leiblichen Eltern untersagt. Wenn Ihre Tochter alt genug ist, kann sie Kontakt zu Ihnen aufnehmen. Wenn sie das möchte.«

Was redete er da? Was sollte das bedeuten? Ich würde Hanna holen, heute. Sie würde mir ihre kleinen Ärmchen entgegenstrecken, ich würde sie an mich drücken, und nichts und niemand würde uns je trennen können. »Es muss ein Missverständnis sein«, versuchte ich es erneut und bemühte mich, ruhig und besonnen zu klingen. »Ich hätte diese Unterlagen niemals unterschrieben, wenn ich gewusst hätte, was darinsteht.«

»Unterschrift ist Unterschrift.« Der Mann klappte die Mappe zu. »Seien Sie sich gewiss, es wurde eine gute Familie für Ihre Tochter ausgesucht. Sie ist wohlauf und wächst in einem angemessenen Umfeld auf.«

»Nein!«, rief ich und konnte die Tränen nicht länger zurückhalten. »Wo ist sie? Sagen Sie mir, wo sie ist!« Ich griff über den Tisch nach der Mappe und öffnete sie. Panisch flog mein Blick über das Papier.

»Nun reicht es aber.« Er riss mir die Mappe aus den Händen und rief nach einem Kollegen.

Schließlich schleiften sie mich durch den Flur und das Treppenhaus und setzten mich vor die Tür. »Sie können froh sein, dass wir Sie nicht dorthin zurückbringen lassen, wo Sie herkommen«, rief man mir hinterher.

Zitternd stand ich auf der Straße. Ich rang nach Luft,

ein Gefühl wie Wasser atmen. Ersticken. Ein Albtraum, es musste ein Albtraum sein. Über drei Jahre hatte ich durchgehalten, der Gedanke an mein Kind hatte mich aufrecht gehalten. Und jetzt sollte Hanna bei einer anderen Familie sein? Bei geeigneteren Eltern? Und ich würde nicht erfahren, wo sie war? Würde sie womöglich niemals wiedersehen? Nein. Es konnte nicht sein, dass sie mir einfach so mein Baby wegnahmen. Das durften sie nicht.

Ich stützte mich an der Backsteinmauer des Gebäudes ab. Die Übelkeit stieg schneller in mir empor, als ich sie bemerkte, schwallartig übergab ich mich auf die Straße, ein vorbeifahrendes Auto hupte empört. Ich wischte mir über den Mund, ging einige Schritte, hielt inne und vergrub mein Gesicht in den Händen.

Wo war mein Kind?

Segnet und fluchet nicht

Per Anhalter war ich nach Sälchow gefahren und hatte an die verwitterte Tür des Kirchhauses geklopft. Meine Mutter, um Jahrzehnte gealtert, hatte mir geöffnet. Ich war in ihre Arme gestolpert und zusammengebrochen. Sie fragte nichts, sagte nichts, hielt mich fest, wie nur Mütter es können, spendete mir Trost, wie ich meiner Tochter niemals würde Trost spenden können.

Die darauffolgenden Tage verschwimmen in meiner Erinnerung. Ich lag im Bett meines alten Kinderzimmers unter den dicken Balken des Kirchhauses, schlief, fror, weinte, aß, was meine Mutter mir brachte, hörte die gemurmelten Gebete meines Vaters durch die Ritzen der Holzbodendecke.

Ich hatte ihnen erzählt, dass ich zusammen mit Martin versucht hatte zu fliehen. Dass wir festgenommen worden waren. Dass ich nichts über seinen Verbleib wüsste. Dass ich im Gefängnis gewesen war.

Was ich ihnen verschwieg: dass ich ein Kind geboren hatte. Dass ich es ohne mein Wissen zur Adoption freigegeben hatte. Wie hätte ich es ihnen erzählen können, sie wussten ja noch nicht einmal, dass ich schwanger gewesen war.

Ich entschuldigte mich nicht dafür, dass ich ihre Besuche im Gefängnis abgelehnt hatte, sie fragten nicht nach den Gründen. Meine Mutter musste nichts wissen, außer dass ihre Tochter, die sie schmerzlich vermisst hatte, nun vor ihr stand. Sie pflegte mich aufopferungsvoll, als sei ich nicht eine sechsundzwanzigjährige Frau, sondern ein kleines Kind. Und während meine Mutter mich auffing, stand mein Vater hilflos daneben. Er sah sein einziges Kind zu einem Häuflein Elend zusammengeschrumpft und konnte nichts bieten als seine ausgeleierten Gebete. »Segnet, die euch verfolgen; segnet und fluchet nicht.« Brief an die Römer, Kapitel 12, Vers 14. Seine Worte, diese Bibel, sein Gott, das alles konnte mir gestohlen bleiben! Ein für alle Mal.

Weil mein Vater aber nicht aufhörte, mir von Gottes großer Güte zu predigen, weil er an meinem Bett saß und meine stumme Verzweiflung mit nichts anderem zu lindern wusste als mit seinen Gebeten, entfremdeten wir uns immer weiter. Ein feiger Mann, das war er in meinen Augen. Einer, der Freiheit predigte, statt sie zu wagen.

Oft dachte ich an Martin. Bei ihm wäre ich besser aufgehoben. Ich wollte nach Rostock fahren und bei der Staatssicherheit nach ihm fragen. Doch je länger ich mich im Kirchhaus verkroch, umso schwieriger wurde es. Ich würde ihm sagen müssen, dass ich schwanger gewesen war. Was mit unserem Kind passiert war. Dass da meine Unterschrift stand auf einem Dokument, das unsere Tochter zur Adoption freigegeben hatte. Die Scham lähmte mich. Wie hatte ich so gedankenlos sein können? Wieso hatte ich dieses entscheidende Dokument nicht gründlich gelesen?

In den Wochen, in denen ich verhört worden war, hatte ich unzählige Protokolle unterschrieben. Anfangs hatte ich sie noch durchgelesen, doch irgendwann hatten mich ihre banalen Ermittlungsergebnisse und die gestelzte Syntax, in der es vor Substantivierungen nur so wimmelte, ermüdet, und ich überflog die seitenlangen Berichte nur noch. Irgendwann unterschrieb ich, ohne sie gegenzulesen. Eine Bequemlichkeit, die ich mir nie verzeihen würde.

Und Martin? Würde er mir verzeihen können? Ich wagte es nicht, ihn zu suchen, und beruhigte mein Gewissen damit, dass er mich finden konnte, wenn er es denn wollte. Vielleicht war er aber auch im Westen und hatte mich längst vergessen. Vielleicht hatte er von unserem Kind erfahren, davon, dass es bei einer anderen Familie aufwuchs, und wollte nichts mehr mit mir zu tun haben.

Meine Trauer und meine Verzweiflung höhlten mich aus. Ich verließ das Haus nicht, aß kaum, zum Duschen musste meine Mutter mich auffordern. Hin und wieder las sie mir einen Brief vor, der an mich adressiert war und mich aufforderte, meine Arbeit als Krankenschwester wieder aufzunehmen. Undenkbar. Ich war unfähig, anderen Menschen zu helfen. Ich blieb im Bett liegen und lebte weiter wie in den letzten Jahren, bevorzugte Isolation und Rückzug.

Eines Morgens kam meine Mutter ins Zimmer, zog die Vorhänge auf und öffnete das Fenster. Kräftiges Licht und kühle, klare Frühlingsluft strömten herein, ich hörte das aufgeregte Zwitschern der Drosseln, die im Efeu an der Hauswand saßen und sich von fetten Würmern erzählten.

»Rutsch mal«, sagte meine Mutter und setzte sich auf mein Bett. Sie hatte die Briefe des Amts für Arbeit dabei und las sie nun der Reihe nach vor. Der ungeduldige Ton der Absender war unüberhörbar.

»Du musst zurück nach Rostock«, sagte sie resolut. »Sonst stecken sie dich wegen Arbeitsverweigerung gleich wieder ins Gefängnis.« Sie nahm meine Hand und sah mich eindringlich an. »Hör mir zu, mein Kind, was ich jetzt sage, klingt bedeutungslos, ist aber wahr: Aller Schmerz hört irgendwann auf. Auch wenn du es dir jetzt nicht vorstellen kannst, kein Schmerz währt ewig. Und nun komm.« Sie zog mich hoch, stellte mich unter die Dusche, wusch mir die Haare, seifte mir den Rücken ein, trocknete mich ab und legte mir frische Kleidung hin. Dann führte sie mich auf die Bank unter den Apfelbaum, legte mir eine Decke um die Schultern und brachte mir Tee und Gebäck.

Erst war ich empört. Wie konnte sie mich einfach aus meinem warmen Bett ziehen und hier allein im Garten absetzen? Doch bald schon war ich überwältigt von der Fülle, die mich umgab. Es wimmelte nur so von prallem, intaktem Leben, und hatte ich erst einmal damit begonnen, meinen Blick auf die kleinen Wunder zu richten, entdeckte ich mehr und mehr davon: Ameisen, die sich abmühten, einen Gebäckbrösel zu schleppen. Hellgrüne Blätter, die aus Zweigen drangen. Amseln, die emsig ihre Nester bauten. Würmer, die sich aus der feuchten, kühlen Erde wühlten. Mäuse, die durch den modrigen Blätterteppich des letzten Herbstes huschten. Dieser Frühlingstag strotzte vor Leben.

Auch in den nächsten Tagen bestand meine Mutter darauf, dass ich in den Garten ging. Sie weckte mich frühmorgens, machte mir Frühstück und führte mich zur Bank unter dem Apfelbaum. Sie ließ mich im Schoß der Natur zurück, im Wissen, dass es keine bessere Medizin für mich gab.

Es wirkte. Nach fünf Tagen war ich bereit, irgendwie weiterzumachen.

Martin

Meine Mutter brachte mich nach Rostock und begleitete mich ins Verwaltungsbüro des Diakonissenkrankenhauses. Mit belegter Stimme meldete ich mich zurück, verschwieg den Grund meiner Abwesenheit. Ich war sicher, dass sie es längst wussten. Die Sekretärin zeigte keine Regung, mit einem Nicken nahm sie meine Rückkehr zur Kenntnis. Meine Sachen seien weggegeben worden, teilte sie mir mit. Und nur ein Einzelzimmer im Wohnheim, klein und direkt neben den Toiletten gelegen, stünde noch zur Verfügung.

Es war verrückt. Da war ich wieder, gleicher Kittel, gleiche Aufgaben. Die ersten Tage stolperte ich fassungslos durch die vertrauten Gänge. Gewissenhaft erledigte ich meine Arbeit, stellte Verbandsstoffe her, putzte die Krankenzimmer, reichte Essen an, machte Betten, wusch die Patienten, versorgte Wunden, sprach mit Angehörigen, spendete Trost, bestärkte und beschwichtigte. Die Routinen im Krankenhaus waren unverändert, und ich fragte mich, wie das alles hatte bestehen können, während sich mein Leben vollständig aufgelöst hatte.

Doch mit der Zeit schöpfte ich Sicherheit aus dem Gewohnten. Ich war noch immer eine gute Krankenschwester, und viele Kollegen kannte ich von früher. Zwar dauerte es eine Weile, bis ich ihr Vertrauen zurückgewonnen hatte, doch im Rahmen unserer Arbeit akzeptierten sie mich. Ich half aus, wo ich konnte. Übernahm die Schichten am Wochenende und an Feiertagen. Nicht weil ich mich bei meinen Kollegen beliebt machen wollte, sondern weil ich die Arbeit brauchte, weil ich ständig in Bewegung bleiben musste, das Summen des emsigen Krankenhausbetriebs mich aufrecht hielt. Am besten waren die Tage, an denen ein Notfall den nächsten jagte. In Extremsituationen schaltete ich auf Autopilot, funktionierte tadellos und vergaß mein eigenes Leid. Abends fiel ich erschöpft ins Bett und schlief augenblicklich ein. Und wenn ich träumte, dann nur von dem, was ich tagsüber erlebt hatte.

Ich achtete haargenau auf die Einhaltung aller Vorschriften, machte nur noch, was von mir verlangt wurde, wich politischen Gesprächen aus und mied Menschenansammlungen, in denen meine Anwesenheit fehlinterpretiert werden konnte.

Einmal in der Woche telefonierte ich mit meiner Mutter, und gelegentlich schickte sie mir ein Päckchen mit eingemachtem Obst und Gemüse aus dem Garten. Doch ich fuhr nicht mehr nach Sälchow, und sie lud mich auch nicht ein. Beide hatten wir zu viel Furcht, dass ich im umsorgten Umfeld erneut zusammenbrechen könnte.

Was das Versprechen meiner Mutter anging, mein Schmerz würde mit der Zeit vergehen, behielt sie nur zum Teil recht. Es stimmte zwar, er wurde erträglicher, aber er verschwand nicht. Ich lernte mit ihm zu leben. Wurde härter und hohler, bot ihm weniger Angriffsfläche.

Und dann traf ich Friedemann. Es war im Frühjahr 1989. Ich war auf dem Weg ins Schwesternwohnheim, hatte eine

Zwölf-Stunden-Schicht hinter mir und war hungrig. Nie wieder hatte ich meine Pause im Innenhof des Krankenhauses gemacht, in dem immer noch die Bank stand, auf der Martin und ich damals gesessen hatten. Ich machte überhaupt keine Pausen mehr außerhalb der Krankenhausmauern. Wenn ich Hunger bekam oder müde wurde, aß ich im Stehen im Schwesternzimmer einen Bissen, trank einen Kaffee, dann machte ich mich wieder an die Arbeit.

Auf dem Heimweg überlegte ich, ob ich in der Wohnheimküche noch etwas zu essen finden würde, vielleicht Reste vom Mittagessen, die ich mir aufwärmen konnte. Ich war noch ganz in Gedanken, da sah ich ihn plötzlich. Friedemann Borchart, nur wenige Meter entfernt, er kam direkt auf mich zu, winkte.

Sofort meldete sich mein schlechtes Gewissen. Hatte er sein Auto damals wiederbekommen? Hatten sie ihn verhört? War er selbst zur Klärung des Sachverhalts in Gewahrsam genommen worden?

»Eva!« Er strahlte, und seine Umarmung war herzlich und ehrlich. »Wie geht es dir? Wie lange bist du wieder draußen?«

»Fast anderthalb Jahre«, antwortete ich zögernd. Er war der Erste, der mich so direkt auf die Zeit im Gefängnis ansprach.

»Wo warst du? Wo haben sie dich hingebracht?«

»Ich bin im Untersuchungshaftgefängnis in Rostock geblieben«, antwortete ich leise. »Im Haftarbeitskommando.«

»Du warst die ganze Zeit hier? Mensch, hätte ich das gewusst, hätte ich dich besucht.«

Ich sah auf meine Schuhe.

»Das mit Martin damals war ein Schock für uns«, erzählte er weiter. »Sie haben seine Sachen geholt und uns mitgeteilt, was passiert ist.«

Eine unangenehme Pause entstand. Er konnte ja nicht wissen, dass ich seitdem nicht mehr mit Martin gesprochen hatte. Oder wusste er es? Hatte er Kontakt zu ihm?

»Warst du schon bei ihm?«, fragte er.

Ich schüttelte den Kopf.

»Er wurde anonym in der Urnengemeinschaftsanlage beigesetzt. Wir gehen manchmal zum Friedhof, es gibt eine Steinplatte, da lege ich dann Blumen für ihn drauf.«

Entgeistert sah ich ihn an. Es dauerte, bis seine Worte in mein Bewusstsein sickerten.

Bestattung.

Blumen auf einer Steinplatte.

Der Schuss.

Die Schreie.

Martin war tot.

Meine Knie gaben nach, klappten zusammen wie gelöste Scharniere, Friedemann fing mich auf.

Ich murmelte eine Entschuldigung, es sei der Kreislauf.

»Soll ich dich nach Hause bringen? Ich wollte nicht taktlos sein, entschuldige.«

»Danke. Es geht schon wieder.«

Wir verabschiedeten uns. Gebeugt und wie unter großen Schmerzen schleppte ich mich in mein Zimmer.

Martin war tot. Auch ihn hatte ich verloren. Es traf mich mit voller Wucht: Er hatte nie von unserem Kind erfahren.

Die geraubten Kinder

Und plötzlich war die Grenze offen.

Zunächst ließ ich mich von der allgegenwärtigen Begeisterung nicht anstecken, mein Vorrat an Hoffnung für dieses Leben war aufgebraucht. Doch als nach und nach die Ostprodukte aus den Regalen verschwanden, Kollegen nicht mehr zum Dienst erschienen und mich Briefe von Versicherungen erreichten, die ich nicht verstand (was sollte das sein, eine freiwillige Pflichtversicherung? War sie freiwillig? Oder war sie Pflicht?), begriff auch ich, dass sich etwas grundlegend änderte.

Irgendwann nutzte ich die Chance, die sich mir jetzt bot. Wenn das Ministerium für Staatssicherheit tatsächlich keine Macht mehr hatte – im Fernsehen waren Bilder von Menschen zu sehen, die die Zentralen der Stasi stürmten –, war es dann möglich, etwas über den Verbleib meiner Tochter zu erfahren?

Eines Tages nahm ich meinen ganzen Mut zusammen und ging vor der Spätschicht zur Jugendhilfe. Die Behörde nannte sich inzwischen »Jugendamt«, war jedoch weiterhin in diesem düsteren Backsteingebäude in der Nähe des Rostocker Stadthafens untergebracht. Den Empfang gab es nicht mehr, dafür eine Tafel in der Eingangshalle, die Auskunft über die Zimmernummern gab. Mit weichen Knien stieg ich die Steintreppe hoch, zurrte innerlich alles fest, was mir Schutz und Sicherheit gab. Die Erinnerungen an meinen letzten Besuch in diesem Gebäude machten mir Angst.

Ich klopfte an der Tür des Amts »für Kindeswohl und Adoption«, wartete auf das »Herein«, öffnete und erstarrte. Da saß derselbe Mann. Älter als bei unserem letzten Treffen, aber zweifellos derselbe. Innerhalb einer Sekunde wog ich ab, ob ich umdrehen oder bleiben sollte. Das Bild hinter seinem Schreibtisch zeigte jetzt Helmut Kohl. Die Stasi gab es nicht mehr, die DDR gab es nicht mehr, sie konnten mich nicht mehr ins Gefängnis stecken. Ich entschied mich zu bleiben.

»Guten Tag«, sagte ich mit fester Stimme. »Ich suche meine Tochter Hanna Galinsky. Geboren am 23. März 1985 im Bezirkskrankenhaus Rostock. Ich war bei ihrer Geburt inhaftiert.«

»Und jetzt wollen Sie sie zurück?«

»Ich wollte sie gleich nach meiner Freilassung zurück, aber es hieß, ich hätte einer Adoption zugestimmt.«

»Und? Haben Sie?«

»Formal schon, aber ich wusste damals nicht, was ich unterschrieb.«

Er sah mich regungslos an, ohne einen Hauch des Erkennens. Er musste doch wissen, wer ich war? Wie konnte er vergessen haben, dass ich schon einmal hier gewesen war, dass wir das Gespräch schon früher geführt hatten?

Er ließ sich noch einmal meinen und Hannas Namen sowie unsere Geburtsdaten geben. »Einen Moment«, sagte er. »Ich muss im Archiv nachsehen.«

Als er gefühlte Ewigkeiten später zurückkam, erkannte ich sie sofort: Es war dieselbe Akte, noch immer dünn, offensichtlich waren keine weiteren Dokumente dazugekommen. War das gut oder schlecht? Hieß es, dass Hanna in stabilen Verhältnissen lebte? Oder wurden die Dokumente jetzt anderenorts aufbewahrt?

Der Jugendamtsmitarbeiter setzte sich an seinen Schreibtisch und schlug die Mappe auf. Er blätterte durch die wenigen Papiere und überflog deren Inhalt.

»Sie haben der Adoption damals zugestimmt«, sagte er schließlich.

»Ich wusste damals nicht, was ich unterschreibe.«

»Konnten Sie nicht lesen?«

»Natürlich konnte ich lesen. Aber man hatte mir gesagt, mein Kind würde bis zum Ende meiner Haft in einem Säuglingsheim untergebracht werden. Das habe ich unterschrieben. Verstehen Sie denn nicht, ich wollte mein Kind niemals hergeben!« Ich war laut geworden. Nicht panisch, nicht schockiert wie bei meinem letzten Besuch. Ich war laut und ich war wütend.

Er ließ sich davon nicht aus der Ruhe bringen. »Ich kann Ihnen nicht helfen. Unterschrift ist Unterschrift.« Dieselbe Plattitüde wie vor vier Jahren.

»Dann möchte ich jetzt mit Ihrem Vorgesetzten sprechen.«

»Der wird Ihnen nichts anderes sagen. Diese Akte unterliegt dem Adoptionsrecht und ist damit für Sie nicht zugänglich. Wenn Ihr Kind Interesse an einer Kontaktaufnahme hat, kann es sich ab seinem sechzehnten Lebensjahr Zugang zu den Informationen verschaffen. Das ist gesetzlich geregelt. Zum Wohle des Kindes.«

»Die Mauer ist weg, die DDR löst sich auf, es kann doch nicht sein, dass es einfach so weitergeht wie bisher. Ich will wissen, wo mein Kind ist!«

Er hob die Schultern, schüttelte den Kopf.

Mit einer einzigen Bewegung fegte ich seinen Schreibtisch leer. Die Blätter schwebten zu Boden, der Behälter mit den Stiften tanzte durch die Luft, der Blumentopf mit dem Kaktus zerschellte auf dem Laminat.

Ich schmiss die Tür hinter mir ins Schloss, verließ das Gebäude und ging zurück ins Wohnheim. Mit jedem Schritt wurde ich zorniger, mit jedem Schritt hasste ich die Welt ein Stückchen mehr.

Wie konnte das sein? Es war die gleiche alte Platte. Der einzige Unterschied: Sie steckte jetzt in einer anderen Hülle, diesmal stand »BRD« drauf. Mein Kind war weg und blieb verschwunden. Aufgrund einer Unterschrift, die ich unwissentlich geleistet hatte.

Kurz darauf starb meine Mutter. Sie hatte sich mit einer Tasse Tee auf die Bank in den Obstgarten gesetzt. Als mein Vater sie fand, stand zu ihren Füßen ein Korb mit Kartoffeln, ihre Hände waren erdig.

Ich hatte gedacht, wir hätten noch Zeit. Würden uns neu kennenlernen, wenn ich ihr irgendwann erzählen könnte, was damals wirklich passiert war. Meine Mutter war der eine Mensch in meinem Leben gewesen, auf den ich mich hatte verlassen können. Dass sie so plötzlich und viel zu früh aus dem Leben gegangen war, erschütterte mich.

Auf ihrer Beerdigung sprach mein Vater nur über sich. Ich nahm es ihm übel, nehme es ihm auch heute noch übel, obwohl er selbst mittlerweile gestorben ist. Das ganze Dorf war damals in seine Kirche gekommen, um Abschied zu nehmen von der stillen Frau, die mit ihrer freundlichen

Zurückhaltung eine feste Größe in der Gemeinde geworden war. Doch statt ihr die friedliche Beisetzung zu geben, die angemessen gewesen wäre, wetterte mein Vater über die überwundene Diktatur der DDR, über die Gerechtigkeit Gottes, über den friedlichen Widerstand der Kirche. Es war das Gebaren eines hilflosen, alten Mannes, der sich im Glauben festbiss, statt sich seiner Trauer zu stellen.

Als ich am Grab meiner Mutter stand, wusste ich, dass es an der Zeit war, mein Leben zu ändern.

Meine Mutter war tot.

Martin war tot.

Unser Kind verschwunden.

Das System, das mir mein Leben so schwer gemacht hatte, löste sich auf.

Und mein Vater kannte kein Leben außer den Widerstand, und jetzt, wo es nichts mehr zu kritisieren gab, wütete er orientierungslos.

Ich hatte all das so satt. Seit meiner Geburt war ich benachteiligt worden. Hatte mich gegen den Glauben und das Leben meiner Eltern entschieden, aber nie herausgefunden, was ich stattdessen wollte. Ich hatte mich hinter der Arbeit im Krankenhaus versteckt, war Expertin im Umgang mit Leid und Tod geworden, nur um nicht an mein eigenes Leid erinnert zu werden. Ich hatte mir diesen Beruf nicht ausgesucht. Man hatte ihn mir zugeteilt, ich hatte ihn pflichtbewusst übernommen und mich dorthinein geflüchtet. Ich war dreißig Jahre alt und hatte keine Ahnung, welches Leben ich führen wollte. Aber eines wusste ich sicher: Es war noch nicht zu spät für einen Neuanfang.

Mit dem wenigen Geld, das meine Mutter mir hinterlassen hatte, finanzierte ich meine Ausbildung zur Gärtnerin. Dazu ging ich in einen Betrieb nach Ahrensburg in der Nähe von Hamburg. Mein Meister, Horst Coxfeld, war alt und hatte Rheuma, sein Betrieb war klein, und die meiste Zeit war ich mir selbst überlassen. In meiner Ausbildungsklasse war ich wieder die Außenseiterin, eine erwachsene Frau zwischen lauter Sechzehnjährigen. Es störte mich aber nicht, denn ich wusste, wofür ich lernte: für meine Selbstbestimmung, für meine Freiheit, für das neue Leben, das ich mir so sehr wünschte.

Nach meiner Ausbildung blieb ich zwei Jahre bei Coxfeld, machte dann meinen Meister und übernahm seinen Betrieb. Er hatte keine Familie und überließ mir sein Lebenswerk für einen Spottpreis. Dass er seine Pflanzen in guten Händen wusste, war ihm wichtiger, als Profit aus dem Verkauf zu schlagen.

Das Geschäft lief gut. Ich spezialisierte mich auf Büropflanzen und erkannte, wie gut die Hamburger Kaufleute für die Begrünung ihrer sterilen Geschäftsräume zahlten. Sie interessierten sich weder für die Herkunft noch für das Wesen der Pflanzen. Nur grün, üppig und praktisch sollten sie sein.

Schon nach einem Jahr expandierte ich. Ich bot einen umfassenden Service an: von der Planung und Anordnung der Pflanzen bis hin zu deren Pflege und möglichem Umtausch, wenn sie nicht mehr gefielen. Ein Konzept, das gut ankam.

Die Arbeit mit den Pflanzen ließ mich heilen, ich genoss die Ruhe, die wenige Ansprache. Die Pflanzen waren ehrlich. Wer genügend Wasser, Licht und Dünger hatte, gedieh. Wem es daran mangelte, ging ein. Das, was ich tat, was ich tagtäglich mit meinen eigenen Händen erschuf, war von Bedeutung.

Und je mehr ich mich in meinem neuen Leben verwurzelte, desto mehr vergaß ich Rostock. Bei meinem Vater meldete ich mich nur noch zu Weihnachten und zu seinem Geburtstag. Er wurde alt und starr. Sollte doch die Kirche für ihn sorgen, der er sein Leben gewidmet hatte. Er war mir fremder denn je.

Mit niemandem sprach ich über meine Vergangenheit, niemand fragte danach. Ich verbot mir die Gedanken an mein Kind und wich allem aus, was mit Kindern zu tun hatte. Mein Wegzug war eine Zäsur, die mein Leben in zwei Hälften teilte. In der ersten Hälfte war ich Spielball derer gewesen, die die Regeln machten und Entscheidungen trafen. Und in der zweiten Hälfte hatte ich mich selbst in neue Erde gepflanzt, dafür gesorgt, dass ich Wasser, Licht und Nahrung bekam und genesen konnte.

Als ich nach drei Jahren zwei Angestellte und eine Auszubildende hatte, einen Umsatz, der sich sehen lassen konnte, und den Kopf voller neuer Ideen, dachte ich, ich hätte es geschafft. Es war nichts mehr übrig von dem gebrochenen Mädchen, das die DDR aus mir gemacht hatte. Ich war selbstbewusst und zielorientiert, mein Geschäft entwickelte sich gut, ich traf gut überlegte Entscheidungen, und der Markt gab mir recht. Es gab tatsächlich Tage, da wachte ich morgens auf und überlegte, ob ich mir alles nur eingebildet hatte. Dass es Martin nie gegeben, dass ich Hanna nie geboren hatte. Es waren friedliche Momente, ein Abtasten meiner vernarbten Seele. Alles irgendwie verheilt. Nur an deinen Geburtstagen, da riss die alte Wunde wieder auf. Der 23. März war der Tag, an dem ich dich geboren und verloren hatte.

Jahr für Jahr hoffte ich, dass ich den Tag unbeschadet überstehen würde, dass ich ihn einfach würde ignorieren können, dass mein neues Leben stark genug war, um mich im Jetzt zu halten. Und Jahr für Jahr brach der Schmerz mit Wucht durch meinen Schutzschild, streckte mich nieder und ließ mich tagelang am Abgrund taumeln.

Ich versuchte meinen Angestellten aus dem Weg zu gehen, verlegte Geschäftstermine, weil ich wusste, dass ich an diesem Tag nicht ich selbst sein würde. Einmal war ich im Büro eines Kunden in Tränen ausgebrochen, weil ich auf dem Schreibtisch das Foto eines kleinen Mädchens sah. Feine blonde Haare, große Augen, fragender Blick. Die Erinnerung an mein Kind war wie ein Fausthieb in den Magen gewesen. Ich schleppte mich auf die Toilette und hoffte, dass niemand mein unterdrücktes Schluchzen hören würde.

Nach diesem Tag, es war dein fünfzehnter Geburtstag, versuchte ich nicht mehr, den 23. März zu ignorieren. Meine Erinnerung war stärker als die guten Vorsätze, und bevor ich mich noch einmal in eine solch peinliche Lage bringen würde, nahm ich mir in Zukunft über diese unheilvollen Tage im März frei. Ich schloss mich zu Hause ein und gab mich meinem Schmerz hemmungslos hin. Ich zelebrierte meinen Kummer, den ich sonst so gut im Griff hatte.

An deinem zweiundzwanzigsten Geburtstag betrank ich mich so heftig, dass ich die Treppe herunterstürzte. Mein Bein lag in einem unnatürlichen Winkel, war gebrochen, um das zu sehen, musste man nicht jahrelang als Krankenschwester gearbeitet haben. Aus eigener Kraft kam ich nicht mehr hoch. Mein Nachbar rief den Rettungswagen, im Krankenhaus pumpten sie mir den Magen aus und gipsten mir das Bein.

Sechs Wochen war ich ausgeschaltet. Erst lag ich im Krankenhaus, dann konnte ich die Ärzte überreden, dass ich zu Hause schneller gesund werden würde. Natürlich war es mühsam, mich allein anzuziehen, zu waschen, mir etwas zu essen zu machen. Aber alles war besser, als noch länger im Krankenhaus eingesperrt und ausgeliefert zu sein.

Die Gesellin, die ich zu dieser Zeit beschäftigte, brachte mir einmal am Tag die Post hoch und erledigte Einkäufe für mich. Ich besprach mit ihr die Aufgaben für den Tag und erkundigte mich nach den Lieferungen und dem Stand der Bestellungen. Ansonsten langweilte ich mich schrecklich. Es gab nichts zu tun, also sah ich viel fern, was ich sonst nie tat.

Und dann, eines Abends, landete ich zufällig bei dieser Reportage, es ging um gestohlene Kinder in der DDR. Erst begriff ich nicht, was ich da sah und hörte. Es ging um Kinder, die man aus ihren Herkunftsfamilien herausgenommen und in Pflegefamilien »fremdplatziert« hatte. Zu Zwecken der Disziplinierung und politischen Umerziehung der Eltern. *Fremdplatziert.* Es war dieses Wort, das meine Aufmerksamkeit fesselte und mich aus meinem Dornröschenschlaf riss. Der Sprecher erklärte, dass das Thema DDR-Zwangsadoption erstmals 1975 Beachtung fand, als Westmedien über derartige staatliche Eingriffe in das Familienleben berichteten. Reporter hatten aufgedeckt, dass Eltern, die bei einem Fluchtversuch gefasst wurden, nicht nur für die Dauer der Haft von ihren Kindern getrennt wurden, sondern dass ihre Kinder dauerhaft zur Adoption freigegeben wurden.

Mir stockte der Atem.

Ein Historiker wurde interviewt. »Man ging der Sache nicht weiter nach. Es passte nicht in die politische Agenda. Man war um Annäherungen bemüht und hatte kein Interesse an zusätzlichen Konflikten.«

»Wie ging es dann weiter?«, fragte die gesichtslose Stimme des Sprechers.

»1991 tauchten plötzlich entsprechende Akten auf, die die damaligen Thesen untermauerten«, erklärte der Historiker. »Jetzt musste die Bundesregierung handeln, immerhin ging es um Menschenrechtsverletzungen. Es wurde eine Clearingstelle eingerichtet, die bis 1993 bestand. Obwohl schon damals, 1975, Dutzend Fälle recherchiert worden waren, in denen Eltern beteuerten, ihre Kinder nicht freiwillig zur Adoption freigegeben zu haben, kamen die offiziellen Stellen zu dem Ergebnis: fünf Fälle, in denen eine Zwangsadoption nachgewiesen war, und ein versuchter Fall.«

Bilder von Familien wurden gezeigt, Aufnahmen aus den Siebzigern. Kinder, die artig an den Händen ihrer Eltern spazierten, eine Familie, die ein Brettspiel spielte. Der Sprecher sagte: »Konkrete Zahlen über Zwangsadoptionen in der DDR gibt es nicht. Man weiß, dass über 70.000 Fremdadoptionen während der DDR-Zeit durchgeführt wurden. Nicht bekannt ist, wie viele davon als Strafmaßnahmen dienten. Schätzungen gehen von mehreren tausend Fällen aus.«

Ich war wie elektrisiert. Ich hievte mich von der Couch und humpelte zu meinem Laptop, der auf der Anrichte stand. »DDR Zwangsadoption« gab ich als Stichwort in die Suchmaschine ein. Der erste Link führte zu einem Lexikoneintrag, ich überflog den Inhalt, der sich mit der Reportage deckte. Dann las ich einen Artikel mit dem Titel »Die lange Suche nach der Wahrheit – wie die Stasi Kinder und Eltern systematisch trennte«. Ich erfuhr von einer Frau, die mit drei Jahren in ein DDR-Kinderheim gekommen war, weil man ihre Mutter inhaftiert hatte. Die Mutter wurde gezwungen, die Adoptionspapiere zu unterschreiben, die Tochter wurde daraufhin an ein kinderloses Lehrerehepaar vermittelt. Während ihrer gesamten Kindheit fühlte sich das Mädchen fehl am Platz. Über ihre leibliche Mutter erzählten die Adoptiveltern ihr, dass sie eine Trinkerin und Betrügerin sei. Erst Jahre später machte sich die Tochter auf die Suche nach ihrer leiblichen Mutter und fand heraus, dass ihre Mutter sie schrecklich vermisst hatte. Über verschiedene Wege hatte sie versucht, ihren Verbleib zu ermitteln. Bei den Behörden war sie jedoch auf Granit gestoßen, weil sie der Adoption formal zugestimmt hatte. Erst durch die intensive Suche der Tochter hatten die beiden zueinander gefunden. »Die verlorene Zeit gibt uns niemand mehr zurück«, wurde die Mutter zitiert. »Aber die Zukunft, die können sie uns nicht mehr nehmen.«

Mein Herz setzte kurz aus, als ich begriff, was ich gerade gelesen hatte. Diese Frau könnte ich sein. Ihr war genau das Gleiche passiert wie mir.

In einem anderen Artikel las ich von einer Mutter, die ihre Zwillingsmädchen vermisste. Die Ärzte hatten ihr gesagt, die Mädchen seien mit zwei Tagen im Krankenhaus verstorben, dabei waren die Kinder bei der Geburt kerngesund gewesen, und es hatte keinerlei Komplikationen gegeben. Die Mutter durfte ihre Kinder nicht mehr sehen, eine Sterbeurkunde gab es nicht. Es war, als hätte es die Zwillinge nie gegeben. Die Vermutung der Mutter: Ihre Töchter seien kinderlosen Parteifreunden übergeben worden. Beweise gab es dafür keine.

Babys als Geschenk für treue Dienste.

Übelkeit stieg in mir hoch.

Beim nächsten Suchergebnis stieß ich auf ein Forum von Opfern von DDR-Zwangsadoption, in dem Menschen nach Angehörigen suchten. Knapp 900 Suchanzeigen waren geschaltet. 900 Menschen, die nach Kindern, Eltern oder Geschwistern suchten. 900 Menschen wie ich. Mein Blick blieb an der obersten Anzeige hängen.

»Gesucht wird leiblicher Sohn Paul Pollmann, geboren am 5. Mai 1986 in Halle an der Saale. Durch: leibliche Mutter Meike Pollmann. Kommentar: Zum Zeitpunkt von Pauls Geburt war ich noch minderjährig und hatte vorher selbst einige Jahre im Kinderheim verbracht. Weil ich noch so jung war, durfte ich das Babyjahr nicht nehmen und musste sofort wieder arbeiten gehen. Deshalb gab ich Paul in eine Wochenkrippe. Als ich ihn einmal am Freitag abholen wollte, war er nicht mehr da. Die Erzieherin sagte mir, dass ich durch die Unterschrift für die Unterbringung im Heim alle Rechte an meinem Sohn verloren hätte. Ich wusste das nicht!! Ich wollte ihn nicht abgeben. Wenn Sie irgendetwas über den Verbleib

meines Sohnes wissen, bitte melden Sie sich. Ich vermisse
ihn an jedem einzelnen Tag meines Lebens.«

Ich klappte den Laptop zu und versuchte mich durch tiefe Atemzüge zu beruhigen.

Ich war nicht allein.

Es gab Frauen, die das Gleiche erlebt hatten wie ich.

Meine Situation war kein tragischer Einzelfall.

Sondern ein systematisches Verbrechen.

Das, was ich durchlitt, hatte einen Namen.

Zwangsadoption.

Wegducken

Der Zufall hatte mir diese entscheidenden Informationen zugespielt, und plötzlich besaß ich eine unvorstellbare Kraft. Die verbleibende Zeit, in der ich mein Bein ruhigstellen sollte, nutzte ich für Recherchen, telefonierte und schrieb E-Mails.

Ich nahm Kontakt zu einer Frau auf, die ein Internetforum für Opfer betrieb, die in der DDR zwangsadoptiert worden waren und nach Angehörigen suchten. Sie riet mir, es im Archiv der Klinik zu versuchen, in der Hanna zur Welt gekommen war. Vielleicht fand ich dort heraus, wohin sie entlassen worden war.

Also verfasste ich eine lange E-Mail, in der ich mein Anliegen schilderte. Außerdem schrieb ich der Behörde, die die Unterlagen des Zentralen Medizinischen Dienstes verwaltete, einer einst dem Ministerium für Staatssicherheit direkt unterstellten Diensteinheit. Vielleicht gab es Aufzeichnungen über meinen Krankenhausaufenthalt? Vielleicht über Hanna?

Dann hieß es warten. Wieder einmal. Ich explodierte fast vor Ungeduld.

Ich las alles, was ich im Internet über Zwangsadoptionen finden konnte, bestellte Bücher und quälte mich sogar durch Gesetzestexte, um zu verstehen, auf welcher Rechtsgrundlage die DDR damals gehandelt hatte. Je mehr ich mich informierte, umso mehr begriff ich, dass ich Hannas Adoptionsfreigabe nicht versehentlich unterzeichnet hatte. Sie hatten es darauf angelegt. Es war nicht meine Schuld.

Und das änderte alles.

Der Gips wurde abgenommen, und endlich durfte ich zurück in die Gärtnerei. Wieder stürzte ich mich in die Arbeit, doch meine Gedanken kreisten nur noch um meine Tochter. Jede junge Frau, die ich auf der Straße sah, beim Einkaufen oder in den Büros, die ich mit Pflanzen belieferte, musterte ich nun eingehend. Ich versuchte mir vorzustellen, wie Hanna jetzt aussah, was sie gerade tat, wie sie lebte, was für ein Mensch sie geworden war. Hatte sie studiert? Oder eine Ausbildung gemacht? War sie selbst schon Mutter und ich Großmutter? Ein befremdlicher, aber nicht unmöglicher Gedanke.

Vielleicht aber lebte mein Kind nicht mehr. War nach der Geburt gestorben. Vielleicht war es schwer krank. Oder ins Ausland gegeben, alle Spuren verwischt. Alles war auf einmal denkbar, und das Bewusstwerden dieser Möglichkeiten ließ mich taumeln.

Bislang hatte ich keine Antwort von der Klinik oder dem Medizinischen Dienst erhalten. Ich schrieb ihnen erneut. Jetzt, da ich wusste, dass ich schuldlos war und es eine Chance gab, mein Kind wiederzufinden, wuchs meine Ungeduld ins Unermessliche. Viel zu langsam mahlten die Mühlen der Behörden. Ich hatte schon viel zu viel Zeit verloren.

Ich fragte mich auch, was du von mir wusstest. Was hatte man dir über mich erzählt? Hatten sie dich belogen? Dir womöglich erzählt, dass ich kein Interesse an dir gehabt hätte? Hattest du bisher in der Annahme gelebt, deine eigene Mutter hätte dich leichtfertig weggegeben?

Weil ich etwas tun musste, um die Suche voranzutreiben, wendete ich mich auch an die Verwaltung des ehemaligen Säuglingsheims in Rostock. Es konnte ja sein, dass man dich tatsächlich erst dorthin gegeben und dann vom Heim aus in eine Familie vermittelt hatte. Vielleicht gab es noch irgendwo Unterlagen, in denen stand, wohin du gebracht worden warst.

Schon eine Woche später hatte ich einen Brief aus Rostock im Postkasten. Ich war gerade nach einem anstrengenden Arbeitstag nach Hause gekommen und sehnte mich nach einer heißen Dusche und der Couch. Doch als ich den offiziell anmutenden Brief in den Händen hielt, war alle Erschöpfung verflogen. Mit zittrigen Fingern öffnete ich den Umschlag.

Sehr geehrte Frau Galinsky,
leider sind wir nicht berechtigt, Ihnen Auskunft über den Aufenthalt oder Verbleib Ihrer Tochter Hanna …

Ich ließ den Brief sinken. Ich war diese Absagen so leid. Dieses Wegducken. Niemand wollte etwas wissen. Niemand war verantwortlich. Niemand wollte mir helfen.

Ich schloss die Wohnungstür hinter mir und schrie mir die Wut aus dem Bauch, schrie, bis mir der Hals wehtat.

Erst am nächsten Tag las ich den Rest des Briefes. Obwohl ich wusste, dass es sinnlos war, schrieb ich zurück, dass ich die leibliche Mutter sei, es sich um eine Zwangsadoption handelte und ich mein Kind niemals hatte weggeben wollen.

Diesmal ließ die Antwort länger auf sich warten. Dann teilten sie mir mit, dass sie meine Situation bedauerten, mir aber nicht helfen könnten. Ich möge mich doch bitte an das Jugendamt wenden.

Natürlich. Das Jugendamt, in dem derselbe Mitarbeiter saß, der die Adoption damals abgewickelt hatte, bei dem ich schon zweimal vorgesprochen hatte und der so tat, als würde er mich nicht kennen. Ich konnte es nicht fassen. Obwohl klar war, dass es nicht meine Schuld gewesen war, hatten sich die grundlegenden Dinge nicht geändert.

Erst nach Monaten erhielt ich eine Antwort von der Klinik. Man hätte gründlich recherchiert, doch leider keine entsprechenden Unterlagen gefunden.

Der Zentrale Medizinische Dienst meldete sich auch auf meine dritte Anfrage nicht.

Ich schaltete nun eine Anzeige in dem Internetforum für Opfer von DDR-Zwangsadoptionen. Ich schilderte die Eckdaten unserer Flucht, nannte deinen Namen, dein Geburtsdatum und bat um jedwede Hilfe.

Tatsächlich meldete sich nach ein paar Tagen eine Frau, die schon mehrere Jahre lang nach ihrem vermissten Sohn suchte. Sie riet mir, es bei einer Fernsehshow zu versuchen, die vermisste Familienmitglieder aufspürt und zusammenbringt. Der Hebel sei größer, sobald die Medien involviert seien. Denn letztlich seien es Einzelfallentscheidungen der entsprechenden Jugendamtsmitarbeiter gewesen.

Der letzte Strohhalm. Ich griff danach, was hatte ich

schon zu verlieren? Ich besuchte die Webseite der Fernsehshow und fand ein Anmeldeformular. Meine Geschichte sollte ich stichwortartig zusammenfassen, maximal 1.500 Zeichen waren erlaubt.

1.500 Zeichen, um meine Flucht, meine Inhaftierung, deine Geburt, den Verlust meiner neugeborenen Tochter und den unstillbaren Schmerz zu beschreiben, das niemals enden wollende Suchen und Hoffen. 1.500 Zeichen, was für eine Farce.

Wenige Minuten nachdem ich auf »Senden« gedrückt hatte, bekam ich eine automatische Eingangsbestätigung mit dem Hinweis, dass jeden Tag mehrere Anfragen beim Sender eingingen und man erst nach ausführlicher Prüfung entscheiden könne, welcher Fall tatsächlich übernommen würde. Bis dahin sollte ich bitte davon Abstand nehmen, den Bearbeitungsstatus meines Sachverhalts zu erfragen.

Ich habe nie wieder etwas von ihnen gehört.

Und du bliebst verschwunden.

Ich wurde dünnhäutig, war gereizt, schon der kleinste Fehler meiner Angestellten brachte mich in Rage. Alles, was nicht mit dir zu tun hatte, erschien mir unwichtig. Ich konnte kein Mitgefühl mehr für die Befindlichkeiten anderer aufbringen. Eine Erkältung? Schlechtes Wetter? Steigende Benzinpreise? Herrgott, über was sich die Leute beschwerten.

Am meisten regten mich Mütter auf, die in kleinen Grüppchen mit ihren Hightechkinderwagen in die Gärtnerei kamen und sich nach ungiftigen Zimmerpflanzen erkundigten. Ihre Gespräche drehten sich ausnahmslos um durchwachte Nächte, wunde Brustwarzen oder Verdauungsprobleme ihrer Babys. Und während sie so vor sich hin jammerten, bemerkten sie überhaupt nicht, welch gottverdammtes Glück sie hatten. Ihre Selbstgefälligkeit machte mich aggressiv. Ich hätte diese Frauen schütteln können, sie anschreien, warum sie sich beschwerten, wo sie doch alles hatten, wonach ich mich sehnte.

Eine Mutter hasste ich ganz besonders. Die Frau, die meine Tochter großzog. Der das Recht zugesprochen worden war, mein Kind zu versorgen, es zu erziehen, es zu prägen. Die im Selbstverständnis lebte, besser zu sein als ich. Die mich nicht kannte und mir doch das Wichtigste genommen hatte.

Zwei Jahre nachdem ich verstanden hatte, dass ich Opfer einer Zwangsadoption geworden war, blitzte ein neuer Gedanke in mir auf: den Schmerz beenden. Ein für alle Mal. Welchen Unterschied würde es machen, ob ich lebte oder nicht? Kein Mensch sollte so viel Schmerz ertragen müssen.

Doch dann hatte ich das Bild meiner Großmutter vor Augen, wie sie klein und zerknittert in ihrem provisorischen Bett vor dem Kachelofen in Sälchow lag, mir übers Haar strich und mich tröstete, weil ich das Abitur nicht machen durfte.

Wie viel Schmerz hatte sie ertragen müssen? Den Ehemann und zwei Kinder im Krieg verloren. Vertrieben aus der Heimat. Ihrer Existenz beraubt. Hätte Johanna nicht allen Grund gehabt, allem ein Ende zu bereiten?

Augenblicklich schämte ich mich für mein Selbstmitleid. Wie konnte ich nur?! Was, wenn mein Kind mich irgendwann suchte? Und feststellen musste, dass seine Mutter sich aufgegeben hatte? *Niemals, Eva, niemals*, versprach ich mir. Sollte meine Tochter mich irgendwann finden, wollte ich ihr alles erklären können, sie trösten und ihr übers Haar streichen.

Aber ich verstand auch, dass ich etwas ändern musste, um durchzuhalten und meinen Lebenswillen wiederzufinden. Die letzten Jahre hatten mich weit von der Frau entfernt, die ich einmal gewesen war. Ich war verbittert, ich war hart mit mir und mit anderen.

Also krempelte ich mein Leben ein weiteres Mal um. Hat man es ein Mal geschafft, sich neu zu erfinden, schafft man es auch ein zweites Mal, sagte ich mir. Wobei es diesmal eher ein Schritt zurück sein würde als einer nach vorne.

Ich verkaufte die Gärtnerei in Ahrensburg und zog nach Mecklenburg-Vorpommern. Mein Vater war inzwischen verstorben, und es zog mich zurück in meine Heimat. Ich hatte genug von polierten Büros, von Menschen, die Anzüge wie Uniformen trugen. Ich wollte wieder Erde zwischen meinen Fingern spüren, kein Pflanzgranulat. Ich wollte Würmer sehen, Regen auf meiner Haut spüren, im Sommer schwitzen, im Winter kalte Füße bekommen. Ich wollte raus ins Freie, mit der Natur arbeiten, nicht gegen sie.

Ich fand dieses kleine, baufällige Backsteinhaus in Pittau mit sechs Hektar angrenzendem Land, auf dem ich meine Ideen verwirklichen konnte. Also begann ich, das Haus zu renovieren, das Land urbar zu machen, und gründete eine kleine Gärtnerei – ohne Personalverantwortung und ohne große Umsätze.

Und während ich die alten Tapeten von den Wänden kratzte, wunderschöne Holzdielen unter PVC-Böden freilegte und das Gestrüpp im Vorgarten rodete, fand ich zurück zu mir. Fand zu einem Zustand, der mich überleben ließ.

Und ich fand so etwas wie Freundinnen. Ein Luxus, der mir in meinem bisherigen Leben unbekannt gewesen war. Es waren alles Frauen, die das Gleiche erlebt hatten wie ich. Ich hatte sie im Internetforum kennengelernt, in dem ich die Suchanzeige nach dir veröffentlichte. Mit zwei Frauen gründete ich später einen Verein, der sich zum Ziel gesetzt hatte, Opfern von DDR-Zwangsadoptionen zu helfen. Wir klärten andere Eltern über ihre Rechte auf, vermittelten zwischen den Betroffenen und den Behörden, gaben unsere Erfahrung bei der Suche nach den geraubten Kindern weiter.

Die Resonanz war enorm. Überall in Deutschland gab es Menschen, die ihre Kinder vermissten. Menschen, die in der DDR gelebt hatten und denen ihre Kinder entrissen worden waren.

Ich habe Demonstrationen organisiert, um auf unsere Situation aufmerksam zu machen. Habe Petitionen an den Bundestag geschrieben, habe zur Rehabilitation von SED-Opfern beigetragen.

Ob ich mir dieses Leben so ausgesucht hätte? Sicherlich nicht. Aber so, wie ich jetzt lebe, ist es erträglich. Das Schreckliche zu verleugnen, hat mich hart werden lassen. Das Schreckliche ständig präsent zu haben, hat mich wütend und aggressiv gemacht. Seitdem ich hier in Pittau bin, meine kleine Gärtnerei habe und den Austausch mit den

Frauen im Verein, habe ich so etwas wie Frieden gefunden. Ich versuche nicht mehr, den Schmerz zu ignorieren. Wenn er kommt, akzeptiere ich ihn, im Wissen, dass er sich verändern wird. Alles im Leben ist vergänglich, alles ist wandelbar.

ZWEITER TEIL
Danach

Zwei Leben

Jule und Eva saßen noch immer im Wohnzimmer des kleinen Backsteinhauses in Pittau. Eva hatte den Kaminofen angefeuert, Tee gekocht und einen Eintopf aufgewärmt. Über Stunden hatte sie erzählt und Jules Fragen beantwortet. Die Straßenlaternen waren ausgegangen, und die Dunkelheit hatte das Zimmer in einen festen Kokon gewickelt. Nichts war mehr offen. Mehr noch, Jule war randvoll mit Evas Worten, nichts Eigenes war mehr in ihr, nur eine bleierne Müdigkeit.

Dabei schuldete sie Eva nun ihren Teil der Geschichte, musste dort weitererzählen, wo Eva aufgehört hatte.

»Bleib doch«, sagte Eva und richtete Jule das Sofa her, zog die Vorhänge zu und stellte eine Flasche Wasser auf den Couchtisch. Bevor sie das Zimmer verließ, strich sie Jule über den Kopf. Eine kleine, zarte Geste, die Jule zu gleichen Teilen vertraut und fremd war.

Sie lauschte Eva hinterher: dem dumpfen Pochen ihrer Schritte die Treppe hinauf. Der Wasserleitung, die rauschte und gluckste. Einer Tür, die geöffnet wurde und sich schloss. Dann war es still. Kein Geräusch war mehr von Eva, vom Haus, von der Straße oder dem Dorf zu hören. Nur noch das Getöse, das in Jule war. Das Rauschen und Dröhnen ihrer Gedanken. Sie drehte sich von einer Seite zur anderen, fand keine Position, die bequem war, seufzte und atmete schwer, um der tobenden Stille etwas entgegenzusetzen. Ihr Körper schrie nach Schlaf, doch ihre Gedanken hielten ihn wach. Die Erinnerung an Evas Worte prasselte in ihrer ganzen Unmittelbarkeit auf sie ein:

Ein verliebtes junges Paar, das sich nichts sehnlicher
wünscht, als eine Familie zu sein.
Der Traum eines besseren Lebens.
Ostseegrau.
Ein gefliester Aufnahmeraum.
Ein Wärter, der den Dreck unter seinen Fingernägeln
    herauspult.
Eine Frau, die nicht weiß, dass sie schwanger ist.
Ein Baby, ein Neugeborenes, das aus den Armen seiner
    Mutter genommen wird.
Eva, die verzweifelt zurückbleibt.
Die strauchelt und fällt.
Es schafft, sich aufzurichten und zu leben.
Langsam lebt, aber in Würde.
Trotz allem.
Eine Aura der Stärke, die diese Frau umgibt.
Die Jule bewundert.
Die ihr fremd ist.
In der sie keine Gemeinsamkeiten erkennt.

Jule setzte sich auf. Schenkte sich ein Glas Wasser ein. Trank einen Schluck. Ging zur Toilette. Ihr Kopf schwer von Bildern, Worten und Erklärungen für das, was immer gefehlt hatte.

Die Straßenlaternen gingen wieder an, und Jule tastete mit ihrem Blick die Konturen der Möbel ab. Nach und nach kroch das fahlgraue Licht des Morgens durch die Ritzen der Vorhänge und schälte Dinge aus dem Dunkel. Sie stand auf, zog die Vorhänge beiseite und betrachtete die schlafende Straße.

Was tat sie hier? In diesem fremden Dorf, in diesem fremden Haus, im Leben dieser fremden Frau?

Jule fühlte sich verloren. Die weiche Melange aus Erleichterung und Trost, die sie gestern empfunden hatte, war verschwunden. Stattdessen wieder das dumpfe Gefühl der Einsamkeit. Stärker als jemals zuvor.

Sie zog sich an, fand Stift und Papier, notierte ihre Handynummer und schrieb eine kurze Notiz. Sie dankte Eva und versprach, sich bald zu melden. Leise zog sie die Tür hinter sich ins Schloss, schlich zum Auto, als hätte sie etwas zu verbergen. Das Geräusch der Türverriegelung rüttelte am schlafenden Dorf. Sie beeilte sich wegzukommen, sah nicht in den Rückspiegel, wollte nur raus, nur weg.

Auf der Landstraße beschleunigte sie, fand Ruhe in der Geschwindigkeit. Sie wusste nicht wohin. Sie war am Ziel ihrer Reise angekommen, hatte ihre leibliche Mutter gefunden, hatte alles über ihre Herkunft erfahren und konnte doch nicht bleiben.

Es war nicht fair, dass sie einfach gegangen war. Eva hatte ihr alles über ihr Leben erzählt, Jule ihr so gut wie nichts über ihres. Aber was hätte sie ihr sagen sollen? Was hatte sie denn selbst verstanden? Während Eva ihr Leben in aller Klarheit sah, war Jule umgeben von Nebel und Sumpf. Eine düstere Marschlandschaft, das war ihr Leben. Keine Erhebungen, keine Tiefen. Nur brache Flächen, nur Ablagerungen von Sedimenten.

Und Evas Geschichte war ein Fremdkörper, eine Prothese, die nicht passte. Die zwar ersetzte, was gefehlt hatte, aber drückte und rieb. Jule fühlte Bedauern, wenn sie an Evas Worte dachte. Nicht Zugehörigkeit. Nicht Betroffenheit. Evas Geschichte war kein Teil von ihr. Und schon als Eva berichtete, hatte Jule Anke verteidigen wollen. Erklären, dass sie niemals gewusst haben konnte, dass Jule nicht freiwillig hergegeben worden war. Und dass sie nicht politisch gewesen war. Dass sie nicht Teil dieses Systems gewesen war. Anke war nicht die Gewinnerin, sie war nicht frei, sie hatte ihr Glück nicht in Jule gefunden. Anke hatte Angst gehabt. Und meist war diese Angst in Jule begründet.

Diese Geschichte, ihre Geschichte, kannte keine Gewinner.

Jule setzte einen Fuß vor den anderen, der feuchte Sand klebte an ihren Schuhen. Himmel und Meer waren eine geschlossene lichtgraue Weite. Mit jedem Schritt kam Ruhe. Sie war in östliche Richtung ans Meer gefahren, dem einzigen Ort, der ihr erträglich erschien: still und weit.

Sie ging bis zur Wasserkante des Strandabschnitts, wo das träge schwappende Meer kleine Schauminseln tanzen ließ. Nur die Möwen waren schon wach, segelten lautlos über die Ostsee. Mit der Fußspitze legte Jule eine geöffnete Muschel frei, hob sie auf und rieb den Sand von den Rillen ihrer Oberfläche.

Was sie nun sicher wusste: Marlene war nicht ihre leibliche Schwester gewesen. Aber hatten Anke und Georg sie ebenfalls adoptiert? Oder war sie ihre echte Tochter gewesen und Jule selbst nur eine mangelhafte Replik? Statt Klarheit hatte Evas Bericht noch mehr Fragen, noch mehr Unsicherheiten aufgeworfen. Nun hatte sie also zwei Leben, zwei Vergangenheiten, war zwei Menschen:

Ankes Tochter Jule. Immer zu wenig, nie gut genug. Doch sicher und geliebt.

Evas Tochter Hanna. Tragisches Opfer, entwurzelt und durch kalte Hände gereicht wie beschädigte Ware.

Das Paradoxe daran war, dass sie von der Mutter, die sie noch nicht einmal vierundzwanzig Stunden kannte, mehr wusste als von der, mit der sie ihr gesamtes bisheriges Leben verbracht hatte.

Jule starrte auf das Meer, das Teil dieser Geschichte war, das Ausgang und Wendepunkt ihres Schicksals war. Alles hatte sich verändert. Wer war sie noch?

Familienmasse

Jule fuhr zurück ins Hotel, sammelte ihre Sachen zusammen, stopfte sie in den Rucksack und zahlte. Sie hatte es eilig wegzukommen. Während sie zum Auto ging, verabschiedete sie sich in Gedanken von Rostock. Irgendwann würde sie wiederkommen, mit eigenen Augen sehen wollen, was Eva beschrieben hatte. Aber nicht heute. Erst musste sie verstehen lernen, wer sie eigentlich war. Musste die Risse in ihrer Biografie kitten, lernen, sich selbst zu vertrauen.

Als sie im Wagen saß, rief sie Isa an, fragte, ob sie ein paar Tage zu ihr kommen könnte.

»Wo bist du?«, wollte Isa wissen. »Hast du Eva Galinsky gefunden?«

»Habe ich. Und fühle mich unvollständiger als zuvor.« Knapp erzählte sie Isa, was sie von Eva erfahren hatte. Sie beschränkte sich auf die wichtigsten Fakten, die so viel leichter zu erklären waren als ihre Gefühle.

Natürlich, sagte Isa, natürlich kommst du zu uns.

Fast vier Stunden war sie unterwegs. Die Autobahn war voll, und der fehlende Schlaf der letzten Nächte machte sich bemerkbar. Die Müdigkeit kroch in Arme und Beine, dehnte sich aus. Eine Müdigkeit wie ein Schmerz.

Als Jule in Flensburg ankam, in einer ruhigen Altstadt-Seitenstraße, in der Grasbüschel im Kopfsteinpflaster an den letzten Sommer erinnerten, war sie völlig erschöpft. Sie fuhr in eine Parkbucht, schief. Egal. Sie nahm ihren Rucksack und lief zu Isas Haus, das sich schmal und hoch zwischen zwei andere Giebelhäuser gequetscht hatte. Schon von Weitem grinste sie eine Sonnenblume vom Türschild an und erklärte fröhlich: *Hier wohnt Familie Wolff.*

Jule war lange nicht hier gewesen, an das Schild erinnerte sie sich aber sofort. Zu *Familie Wolff* waren Isa und Niels schon mit dem ersten Kind geworden. Es war eine für Jule unheimliche Transformation gewesen, über Nacht war aus zwei eigenständigen Individuen ein einziges, dreiköpfiges Wesen geworden. Vornamen waren verschwunden, stattdessen *Familie Wolff*, ein Organismus, der pulsierte, der lebte, der wuchs, der niemals zur Ruhe kam, der Isa vollkommen vereinnahmt, sie verschluckt hatte, bis nur noch eine einzelne rote Haarsträhne oben aus der Familienmasse herausschaute.

Auf halber Strecke zwischen Auto und Haus blieb Jule stehen. War das der richtige Ort für sie? Würde sie nicht stören? Sollte sie nicht besser umdrehen und nach Hamburg fahren?

In diesem Moment wurde die Haustür schwungvoll geöffnet. »Da bist du ja!« Auf Socken kam Isa ihr entgegen, nahm sie mitten auf der Straße in die Arme. »Es tut mir so leid, was du durchmachst«, sagte sie und drückte Jule fest an sich. »Du musst dich schrecklich fühlen.«

Sofort kamen Jule die Tränen. Kurz versuchte sie, sie wegzulächeln, doch ihr fehlte die Kraft. So klebte sie gebeugt an Isas Schulter, mitten auf der Straße, weinte ihr das Sweatshirt nass und fragte sich, ob sie nicht langsam ausgeweint haben musste, ihren lebenslangen Vorrat an Tränen nicht endlich verbraucht hatte. Ein Auto näherte sich, fuhr behutsam um sie herum, Jule weinte weiter.

Isas Jungs, Lasse und Finn, tauchten in der Tür auf und inspizierten die Szene. »Du hast keine Schuhe an«, ließen sie ihre Mutter wissen.

»Ausnahme«, erklärte Isa, nahm Jule den Rucksack ab und führte sie ins Haus.

Die Jungs waren gewachsen, bestimmt einen Kopf größer im Vergleich zum letzten Mal. Echte kleine Kerle. Strohblond, schiefe Zähne, und der Schalk blitzte in ihren Augen.

Jule wusste nicht, wie sie sie begrüßen sollte, so verheult, wie sie war.

Isa löste die Situation, indem sie die Jungs mit den Worten »Habt ihr schon Finns Zimmer aufgeräumt?« die Treppe hinaufscheuchte. Krachend fiel eine Tür ins Schloss, dann war gedämpftes Lachen zu hören.

Niels erschien im Flur, grüßte, das brüllende Baby mit hochrotem Kopf auf dem Arm.

»Willkommen«, sagte Isa und grinste. »Der ganz normale Wahnsinn. Hast du Hunger?«

Jule schüttelte den Kopf. »Ich bin eigentlich nur müde.«

»Na, dann komm, ich zeige dir dein Zimmer. Lasse schläft bei Finn, solange du hier bist, sodass du sein Zimmer haben kannst. Nur für Ruhe kann ich nicht garantieren.«

Jule zog Jacke und Schuhe aus und folgte Isa die Treppen hoch, schon jetzt ein zentnerschweres schlechtes Gewissen auf den Schultern. Was hatte sie sich nur gedacht, in ihrer Verfassung hier reinzuplatzen?

»Es tut mir leid«, sagte sie, als sie in Lasses Zimmer war, umgeben von Legosteinen und Kuscheltieren.

»Kein Problem. Die Jungs freuen sich. Matratzenlager, Gruselgeschichten, Taschenlampen unter der Bettdecke, die sind begeistert. Bleib so lange, wie es dir guttut. Brauchst du noch etwas?«

Jule bedankte sich und wusste, dass Worte nicht ausdrücken konnten, welche überwältigende Dankbarkeit sie empfand. Sie legte sich ins Bett, zog die Decke über den Kopf und versank. In den nächsten Tagen stand sie nur auf, um zur Toilette zu gehen, etwas zu trinken oder zu essen. Ihr Körper war erschöpft, nahm gierig von der Ruhe, die sie ihm gönnte.

Am Morgen des dritten Tages wachte Jule auf und fühlte sich besser. Ausgeruht und einigermaßen bei Sinnen. Doch sie verpasste den Moment, aufzustehen und weiterzumachen. Sie blieb im abgedunkelten Kinderzimmer liegen, döste oder lauschte den Geräuschen des Hauses. Wie es morgens mit Feueratem erwachte, wie es mittags surrte und sich abends nur langsam beruhigte. Ständig rief, schrie, lachte, krachte, pfiff, sang, schepperte oder rumste es in diesem Zuhause. Die beste Medizin für jemanden wie Jule, der an Stille litt.

Doch wenn abends die letzten Töne verhallt waren, befielen die lähmenden Gedanken sie wieder und wieder. Sie wusste, sie musste sich bei Eva melden. Sie hatte sich einfach davongeschlichen und fühlte sich schrecklich deshalb, brachte es aber nicht über sich, bei Eva anzurufen oder ihr zu schreiben. Es war einfach alles zu viel gewesen. Sie hatte Evas Geschichte nicht standhalten können, sich zerrissen gefühlt zwischen dem, was sie verstanden hatte, und dem, was sie fühlte. Was hätte sie ihr denn auch sagen sollen? *Liebe Eva, ich bewundere dich und deine Stärke, fühle aber keine Zugehörigkeit zu dir oder deiner Geschichte?* Eva hatte mehr verdient als das. Eva hatte ein verdammtes Happy End verdient, nur war Jule gerade nicht imstande, es ihr zu geben.

Also schluckte sie ihr schlechtes Gewissen herunter und versuchte erst gar nicht, eine Lösung zu finden. Evas Geschichte richtete sich ganz ohne Jules Zutun in ihrem Kopf ein und verfestigte sich zu Tatsachen. Tatsachen, die sich ein Plätzchen suchten zwischen dem Gerümpel, das ihr bisheriges Leben gewesen war.

Wir sind jetzt auch hier.

Wir sind auch wahr.

Wir gehören dazu.

Zwischen dem Alten und dem Neuen entstanden Wege, die gefährlich waren. Ausfahrten, die sie auf Abwege brachten. »Was wäre, wenn?« war der tückischste unter ihnen.

Was wäre, wenn Martin und Eva es bis zur Fähre geschafft hätten und ihnen die Flucht geglückt wäre?

Was wäre, wenn sie bei Eva aufgewachsen wäre?

Was wäre, wenn es in ihrem Leben eine Großmutter und Apfelbäume gegeben hätte?

Was wäre, wenn Anke ihr die Wahrheit erzählt hätte?

Was wäre, wenn sie die Unterlagen über ihre Adoption früher gefunden hätte?

Was wäre, wenn sie die Unterlagen niemals gefunden hätte?

Alle Was-wäre-wenn-Fragen führten ins Leere. Ihre Gedanken rannten und rannten, jede Fährte eine Sackgasse.

Touristin

Noch bevor ich die Augen öffnete, wusste ich, dass du weg warst. Die Leerstelle, die seit zweiunddreißig Jahren in mir klaffte und sich am Abend zuvor für einen Moment geschlossen hatte, schmerzte schlimmer als je zuvor.

Mit leisen Schritten ging ich nach unten ins Wohnzimmer. Vielleicht bildete ich mir alles ja nur ein, warum solltest du gegangen sein, welchen Grund hättest du gehabt? Doch meine Intuition hatte mich nicht getrogen. Du warst fort. Bestürzt setzte ich mich auf das Laken, auf dem du noch kurz zuvor gelegen hattest. Strich über das Kopfkissen, folgte dem Faltenwurf der Decke. Der Stoff verriet mir nichts über dich.

Wo warst du?

Ich sah in jedem Raum nach, überprüfte das Badezimmer, sogar die Vorratskammer. Keine Spur von dir.

Das konnte nicht sein. Warum warst du gegangen, ohne auch nur ein Wort zu sagen? Ich ließ mich auf das Sofa sinken, meinte noch, einen Hauch deines Geruchs im Kissenbezug wahrzunehmen.

Dann entdeckte ich den Zettel mit deiner Handynummer. Es tat dir leid, schriebst du.

Die Wut kam ohne Vorwarnung. Heute sollte der erste Tag unseres neuen Lebens sein, und du warst einfach gegangen! Hattest dich genauso zur Touristin gemacht wie die interessierten, aber unbeteiligten Zuhörer meiner Vorträge, die sich aus meiner Geschichte nahmen, was ihnen gefiel, und dann einfach verschwanden. Wütend zog ich das Bettzeug ab, ging in den Keller und stopfte alles in die Waschmaschine. Neunzig Grad. Auskochen wollte ich deinen Besuch, wünschte, du wärest nie gekommen.

Unzählige Male hatte ich mir das Wiedersehen mit dir vorgestellt. Natürlich hatte ich mich auch damit auseinandergesetzt, dass es schwer für dich sein würde, weil die Geschichte, die mir so vertraut war, für dich gänzlich unbekannt sein würde. Aber dass du dich einfach heimlich aus meinem Leben stehlen würdest, diese Möglichkeit hatte ich nie in Betracht gezogen.

Ich stand im kalten Keller, sah dem Rotieren der Wäsche zu und konnte es einfach nicht verstehen. Was hatte ich Falsches gesagt oder getan? Ich rief mir den Abend in Erinnerung, überlegte, ob es irgendeine Reaktion von dir gegeben hatte, die als Begründung für deine Flucht taugte?

Du hattest zugehört, betroffen gewirkt, Fragen gestellt. Ich hatte den Eindruck gehabt, du wolltest begreifen, vor allem war dir wichtig gewesen, dass ich dich nicht freiwillig weggegeben hatte. Aber war meine Geschichte nicht Beweis genug? Konnte irgendein Zweifel zurückgeblieben sein?

Durchgefroren und mit steifen Gliedern ging ich wieder nach oben, feuerte den Ofen an und kochte mir einen Kaffee. Dann saß ich am Tisch, den warmen Becher zwischen den Händen, sah nach draußen und lauschte dem Knistern der brennenden Scheite.

Wo warst du jetzt? Auf dem Weg zu deiner anderen Familie? In meiner Vorstellung war diese andere Familie kalt und abweisend gewesen. Was aber, wenn sie dir Liebe und Aufmerksamkeit schenkte? Wenn du gerade bei deinen Eltern am Frühstückstisch saßest, dein Vater dir ein 7-Minuten-Ei servierte und die andere Mutter tröstend eine Hand auf deinen Rücken legte? Redetet ihr gerade über mich? Über die Frau mit der herzerweichenden Geschichte, die interessant, aber doch irgendwie bedeutungslos war, schließlich betraf sie dich nicht unmittelbar? Was, wenn ich dir als Mutter nicht genügte? Was, wenn du dich mit der Flucht aus meinem Haus für die andere Familie entschieden hattest?

Ich bereute, dass ich nie in Betracht gezogen hatte, dass du nichts mit mir zu tun haben wolltest. Dass ich mich nicht besser vor dieser Option geschützt hatte. Die letzten Jahrzehnte hatte ich mein Leben auf diesen einen Moment ausgerichtet. Den Moment, in dem ich dich wiederfinden und in meine Arme schließen würde. Nun war er gekommen und verstrichen wie eine Belanglosigkeit. Nichts hatte sich geändert. Ich war weiterhin allein, ohne dich.

Was sollte ich tun?

Die Frage stellte sich mir so grundlegend, dass sie mir den Atem raubte. Was zur Hölle sollte ich tun? Es gab keinen Plan B. Sinn und Zweck meiner Existenz hatten darin bestanden, dass wir wieder zusammenfanden.

Die Verzweiflung, die ich empfand, war vergleichbar mit dem Augenblick, in dem die Krankenschwester dich mir weggenommen und aus dem Zimmer getragen hatte. Nur warst du diesmal selbst gegangen. Du hattest freiwillig beschlossen, mich zu verlassen, was noch viel schlimmer war.

Mich überkam das heftige Verlangen, mich zu betrinken. Ich wollte trinken bis zur Besinnungslosigkeit, bis ich den Schmerz nicht mehr fühlen musste, bis ich nichts mehr denken musste. Ich stand schon in der Küche und griff nach einer Flasche Wein, doch: Was würde es ändern, wenn ich mich für ein paar Stunden betäuben würde? Wenn ich wieder bei Sinnen wäre, käme auch der Schmerz zurück. Ich ließ meinen Arm sinken, erschöpft und unschlüssig stand ich da.

Es gab ja noch deine Telefonnummer. Ich könnte dich anrufen und zur Rede stellen. Doch du hattest geschrieben, *du* würdest dich melden. Welch ein Widerspruch, was sollte ich dann mit dieser Nummer? Sie war nur eine kleine Höflichkeit, kein Kontaktangebot.

Ein neues Wutfeuerwerk explodierte. Wie hattest du dir das vorgestellt? Ich sollte einfach warten und darauf hoffen, dass du dich melden würdest? Mein Leben lang hatte ich gewartet und gehofft. Und nun warst gerade *du* es, die mich wieder warten ließ. Für unbestimmte Zeit?

Mit einem Mal wusste ich, was ich tun musste, um diesen Tag zu überstehen. Ich zog meine schweren Stiefel über die Wollsocken und den gefütterten Parka über meinen Schlafanzug. Dann stapfte ich in den Schuppen, holte die Kreuzhacke, ging raus aufs Feld und begann damit, Erdschollen aufzuhacken. Brach mit meinem Werkzeug durch die gefrorene Erdoberfläche und zog die schweren Brocken nach oben, kehrte das Unterste nach oben. Mein Atem kondensierte in der Luft, dampfende weiße Wolken umgaben mich. Zentimeter für Zentimeter kämpfte ich mich vor, bis ich einen beachtlichen Streifen des Feldes umgepflügt hatte.

Stunden waren vergangen, ich drehte mich um und betrachtete mein Werk: Furchig und uneben lag das Feld vor mir. Trotz der Kälte war ich völlig durchgeschwitzt, an meinen Händen hatte ich Blasen, und meine Arme waren so schwer, dass ich kaum noch die Hacke halten konnte.

Ich ging zurück ins Haus, fühlte mich ruhiger und aufgeräumter, als ich später geduscht mit noch feuchten Haaren in der Küche stand und mir eine Suppe kochte. Im Frühjahr würde ich Saatkartoffeln in die gelockerte Erde setzen. Eine neue Sorte, mit der ich schon seit einigen Jahren experimentierte. Die Natur hatte mich schon oft gelehrt: Manchmal muss man das Alte aufbrechen, damit Neues entstehen kann.

Wegbegleiter

Am Morgen des fünften Tages stand plötzlich das Baby an ihrem Bett. Jule wusste nicht, wie es ins Zimmer gekommen war, wahrscheinlich hatte sie die Tür nicht richtig verschlossen. Der kleine Mensch hielt sich mit seinen dicken Händchen am Bettrahmen fest und sah sie erwartungsvoll an.

Sie fuhr sich durch die strähnigen Haare, setzte sich auf und lächelte vage. Sie musste schrecklich aussehen, seit Tagen nicht geduscht, nicht aufgestanden, die Klamotten nicht gewechselt.

»Brrrrr«, machte das Baby und guckte ernst.

»Hallo«, antwortete Jule.

»Brrrrr«, wiederholte das Baby und wippte mit den Knien.

Jule war gerührt. Furchtlos hatte es sich in ihre Höhle gewagt, um sie daran zu erinnern, dass dieses Haus mehr als ein Hörspiel war. Doch noch während sie das Gefühl der Rührung auskostete, fiel ihr auf, dass sie vergessen hatte, wie das Baby hieß. Der große Junge war Lasse, der kleine Finn. Der Name des Babys? Sie hatte keine Ahnung, fühlte sich plötzlich, als hätte sie Steine verschluckt. Seit fünf Tagen lag sie hier oben im Bett, nahm alles, was Isa ihr gab, strapazierte die Gastfreundschaft eines Zehnjährigen bis aufs Äußerste und kannte dann nicht einmal den Namen von Isas jüngstem Sohn? Blamabel, Jule. Und das gerade bei diesem Kind.

Isa hatte sie Monate vor seiner Geburt angerufen und gefragt, ob sie seine Patin werden wolle. Zwar ohne Kirche und Gott, aber als Wegbegleiter für sein Leben. »Wir wünschen uns, dass die Paten der Kinder erwachsene Freunde für sie sind. Jemand, der für sie da ist, wenn es schwierig wird. Verstehst du?«

Jule hatte sofort verstanden und war in Panik geraten. Sie hatte irgendetwas von viel Arbeit und großer Entfernung gefaselt. Sie konnte sich keinen schlechteren Wegbegleiter als sich selbst vorstellen, Isas Enttäuschung wäre vorprogrammiert. Lebenslang wäre Jule an dieses Kind gebunden gewesen, abgestellt als Krisenhilfe, verpflichtet zu Grüßen und Geschenken an Geburtstagen, zu Weihnachten und zur Einschulung. Sie scheiterte schon bei der Vorstellung daran.

»Du kannst es dir ja mal durch den Kopf gehen lassen«, hatte Isa gesagt.

»Ich melde mich«, hatte Jule geantwortet. Und sich nicht wieder gemeldet.

Isa auch nicht.

Über ein Jahr lang hatten sie keinen Kontakt gehabt. Dass das Baby geboren war, hatte Jule über Facebook erfahren. Nicht »Gefällt mir« geklickt, sondern schnell weitergescrollt, um nur keine Spuren zu hinterlassen.

Das nächste Mal, als Jule mit Isa gesprochen hatte, hatte sie auf dem kalten Dielenboden ihrer WG gelegen und war so betrunken gewesen, dass sie kaum ihre Finger auf die Tastatur ihres Handys hatte legen können. Nicht einmal zwei Wochen war das jetzt her.

Wenn es einen zuverlässigen Wegbegleiter in Jules Leben gab, dann war das Isa. Und nun wusste sie nicht einmal den Namen ihres bezaubernden Babys, das sich da gerade an ihrem Bett hochgezogen hatte und sie zahnlos anlächelte. Jule fühlte sich erbärmlich. Und selbst als sie Isa vom Flur her rufen hörte: »Noah? Noah, wo bist du?«, stieg keine Erinnerung in ihr hoch.

Sie räusperte sich. »Er ist hier«, rief sie.

»Er ist allein die Treppen hochgekrabbelt? Wir brauchen dringend das Treppengitter!« Isas besorgtes Gesicht erschien im Türspalt. »Kannst du kurz auf ihn aufpassen, bis ich die Jungs aus dem Haus habe?«

»Klar.« Jule wühlte sich aus dem Bett und band sich die Haare zusammen, unten hörte sie Isa mit Lasse und Finn schimpfen, die sich immer noch nicht die Schuhe angezogen hatten.

Noah streckte ihr die Ärmchen entgegen. Sie nahm ihn hoch, setzte ihn sich auf die Hüfte und war erstaunt, wie leicht er war. Vorsichtig ging sie mit ihm zum Fenster und kippte es, um frische Luft reinzulassen. Das gefiel ihm. Er griff nach dem Vorhang und hielt ihn sich vors Gesicht. *Kuckuck.*

Jule hatte noch nie ein Baby getragen. Kurz eines gehalten, das schon. Von Kolleginnen, die in die Agentur gekommen waren und ihre Säuglinge wie Pokale durch die Abteilung gereicht hatten. Willst du ihn mal halten?, hatte die frischgebackene Mutter dann gefragt, und Jule hatte den winzigen Körper wie eine heiße Kartoffel entgegengenommen. Sie war jedes Mal froh gewesen, wenn das Baby schon bei der Übergabe zu schreien begann und sie es zurückgeben konnte. Sie verstand nicht, warum es Eltern so wichtig war, dass man ihre Babys hielt.

Noah auf dem Arm zu haben, war anders. Sie spürte die Wärme, die er ausstrahlte, war überrascht, wie kräftig und wendig er war. Seine ansteckende Begeisterung – für die Vorhänge, für den Hund der Nachbarn, der draußen den Garten durchwühlte, für Jules Smartwatch, die sprach, wenn man sie antippte.

»Er ist toll«, sagte sie, als Isa zurückkam.

»Das ist er.« Isa nahm ihn auf den Arm und küsste die Falten seines Halses. Er quietschte vor Vergnügen. »Und er schläft keine Nacht mehr als drei Stunden am Stück und macht mir damit das Leben zur Hölle.« Sie lachte. »Die pure Folter. Willst du Kaffee? Es ist noch welcher in der Kanne.« Sie ging die Treppe runter, zurück in die echte Welt.

Jule blieb unschlüssig auf dem Flur stehen. Runtergehen, Kaffee trinken, weitermachen. Oder: zurück ins Bett, nachdenken über Unveränderbares, die eigene Substanz zersetzen.

Sie seufzte, straffte die Schultern. Es war höchste Zeit.

Einsamkeiten

Sie hatte geduscht, sich etwas Frisches angezogen und war nach unten gegangen. Sie fand Isa in der Küche, wo sie dabei war, den Geschirrspüler auszuräumen. Noah stapelte Tupperdosen zu ihren Füßen. Jule setzte sich an den Tresen, auf dem sich Prospekte, angefangene Bastelprojekte und ungeöffnete Briefe türmten. Dankbar nahm sie den Kaffee entgegen.

»Wie geht's dir?«, fragte Isa.

Jule wusste nicht, was sie sagen sollte. Nickte, um Zeit zu gewinnen.

»Was denkst du über die ganze Sache?«

Die Sache. Jule überlegte. Sie war jetzt jemand mit einer Sache. Mit etwas, das zu komplex war, um es auf ein Wort zu reduzieren.

»Ich weiß nicht.« Sie zuckte mit den Schultern. »Ich dachte, es würde leichter werden. Jetzt kenne ich Evas Geschichte und weiß, woher ich komme. Aber Anke verstehe ich immer noch nicht. Ich dachte, wenn ich erst meine Vergangenheit kenne, wird es einfacher.«

Noah kam um den Tresen gekrabbelt und zog sich an ihrem Stuhl hoch. Er strahlte sie an, wippte aufgeregt. Jule nahm ihn hoch, setzte ihn sich auf den Schoß. Begeistert patschte er auf die Tischplatte, schnell brachte sie ihren Kaffeebecher in Sicherheit.

»Ich hätte Anke all die Fragen stellen müssen, als es noch möglich war«, fuhr sie fort. »Jetzt ist es zu spät.«

Isa schloss die Klappe des Geschirrspülers und sah Jule forschend an. »Hätte Anke dir denn die Antworten gegeben, die du suchst?«

»Wahrscheinlich nicht.« Jule strich Noah über den seidigen Kopf. »Aber ich hätte es versuchen sollen. Ich habe mit der Zeit einfach hingenommen, dass ich über bestimmte Themen nicht mit ihr reden konnte. Ich hätte hartnäckiger sein sollen.«

Isa sagte nichts, nickte nur nachdenklich und widmete sich wieder der Küche.

Noah hatte jetzt die Prospekte entdeckt, und Jule blätterte sie zusammen mit ihm durch. Besonders die Werbung einer Tierhandlung interessierte ihn sehr.

»Er mag dich«, sagte Isa. Die Küche war aufgeräumt, sie lehnte am Waschbecken und cremte ihre Hände ein.

»Es tut mir leid, Isa. Dass ich mich damals nicht gemeldet habe, wegen der Patensache.«

»Mhm«, machte Isa. Und nach einer kurzen Pause: »Es ist ja in Ordnung, dass du dich dagegen entschieden hast. Aber du hättest es mir wenigstens sagen können. Dass du plötzlich unsere Freundschaft aufgibst, nur weil ich dich gefragt habe, ob du Patin meines Sohnes werden willst …«

»Ich war überfordert. Ich bin nicht so ein Mensch, ich kann so was nicht.«

Isa legte den Kopf schief. »Was kannst du nicht?«

»Ich kann nicht mit Babys.«

»Und was machst du gerade?«

Jule nahm ihre Wange von Noahs Kopf und rang nach Worten.

»Weißt du, Jule, ich denke, du wirst dich eines Tages selbst überraschen mit dem, was du alles kannst. Und ich finde, es ist der Moment gekommen, damit anzufangen. Wir machen das jetzt so«, sie kam um den Tresen und küsste Jule auf die Wange, »ich gehe einkaufen, und Noah bleibt bei dir.« Ein kurzes Augenzwinkern und keine dreißig Sekunden später hörte Jule die Haustür. Weg war sie.

Jule seufzte. Das war Isa, wie Jule sie kannte. Klar und resolut. Ihre Worte waren nicht immer angenehm, aber sie hatte recht. Es musste weitergehen.

»Weißt du was, Noah?«, sagte Jule. »Du hast ein verdammtes Glück mit deiner Mutter.«

»Brrrr«, machte er.

Und ich mit dieser Freundin, dachte sie.

Isas Familie war der beste Ort für Jule, um zu heilen. Sie hörte zu, was Lasse aus der Schule und Finn aus dem Kindergarten berichtete, kontrollierte Hausaufgaben, hielt Noah davon ab, Dinge zu essen, die nicht essbar waren. Half Isa beim Wäschefalten und Kartoffelschälen. Lernte diese Familie zu verstehen.

Die Jungs, die laut und fordernd waren.

Isa, die es nur in zwei Zuständen gab: rotierend oder erschöpft. Die vorhersah, die mahnte, die acht Arme brauchte, um die ständig stolpernden Kinder vor dem Fall zu bewahren. Die häufig viel zu laut und viel zu fröhlich sprach. Die selbst nie zur Ruhe kam und nur selten ehrlich lachte.

Und Niels, der wie Jule Gast in dieser Familie zu sein

schien. Der kam und ging, wann es ihm passte. Der sich nahm, was er brauchte. Der freundlich half, wenn Isa ihn schickte. Der sich nie erklärte.

Es tat Jule gut, abgelenkt zu sein und sich nicht ausschließlich mit ihrem eigenen Leben zu beschäftigen. Doch ihr war auch klar, dass dieser Besuch keine Dauerlösung war. Sie brauchte endlich einen konkreten Plan, wie es bei ihr weitergehen sollte.

Wie feinen Sand ließ sie die Möglichkeiten durch ihre Gedanken rieseln. Reisen wäre eine Option. Raus aus dem Grau in die Sonne. Sie könnte auswandern. Noch mal studieren, Eigentum erwerben, das Geld dazu besaß sie jetzt. Sie war für nichts zu alt und für nichts zu jung. Es gab beängstigend viel Auswahl, und sie hatte keine Ahnung, wie es weitergehen sollte. Nur eines spürte sie ganz genau: Sie war ihre Einsamkeit so leid, wollte nicht länger allein sein.

Eines Abends saß sie mit Isa auf dem Fußboden im Wohnzimmer und faltete wieder einmal Wäsche. Die Kinder schliefen, Niels war beim Fußballtraining. Wenn sie mit den vier Körben Wäsche fertig waren, würden sie aufräumen und die Spielsachen, die sich explosionsartig verteilt hatten, zurück in die dafür vorgesehenen Boxen packen. Jeden Abend das Gleiche: Jule und Isa räumten auf, was die Kinder im Laufe des Tages wieder durch das Haus verstreuten.

»Mir fehlt das«, sagte Jule unvermittelt.

»Was, die Unordnung? Das permanente Chaos?«

Jule schüttelte den Kopf. »Ist egal. War nur so ein Gedanke.«

»Sag schon. Was fehlt dir?«

Jule wand sich. »Eine Familie«, antwortete sie schließlich. »Und wie sich das Leben danach ausrichtet. Du wachst morgens auf und weißt sofort, was zu tun ist. Bei dir gibt es keinen Stillstand, alles ist in Bewegung. Bei mir ist alles starr. Alles ist möglich, und nichts passiert. Ich drehe mich um mich selbst, seit Jahren. Und ich habe keine Ahnung, was ich will. Ich bin einsam.«

»Und du denkst, weil ich eine Familie habe, bin ich nicht einsam und weiß, was ich vom Leben will?«, fragte Isa ungläubig.

»Du hast das hier.« Jule machte eine Bewegung, die das Zimmer meinte, jeden Winkel, aus dem das Leben quoll.

»Hast du eine Ahnung, wie einsam es mit Kindern sein kann? Es dauert lange, bis du etwas zurückbekommst. Du gibst und gibst und gibst. Du musst dich um alles kümmern, alles im Blick behalten. Und niemand sorgt sich um dich. Niemand verschwendet überhaupt nur einen Gedanken daran, wie es dir geht. Meine Eltern habe ich in dem Moment verloren, als ich selbst Mutter wurde. Sie sind toll zu den Kindern, aber dass auch ich ihr Kind bin, haben sie vergessen. Wenn wir uns treffen, interessieren sie sich nur für die Jungs. Wenn ich meiner Mutter von meinen Problemen erzähle, tätschelt sie meine Hand und sagt: ›Na ja. Das wird schon wieder.‹ Im nächsten Moment fragt sie Lasse, was es Neues in der Schule gibt. Natürlich bin ich einsam, Jule. Und die Einsamkeit wird mit jedem Kind schlimmer, weil der Graben zu den anderen immer breiter wird. Zu denen, die keine Kinder haben, weil sie das Leben, das ich führe, nicht verstehen, aber trotzdem meinen, darüber urteilen zu können. Doch selbst der Graben zu denen, die

Kinder haben, wird größer. Nirgends wird so viel gelogen wie unter Müttern. Wir lügen uns unser Dasein zurecht, um nicht zu verzweifeln. Wir tischen den anderen diese Lügen als Wahrheiten auf, was uns weiter verzweifeln lässt. Ich hasse Krabbelgruppen, Elternstammtische und Spieltreffen. Gehe ich aber nicht hin, bin ich noch einsamer. Ich bin in diesem Haus, in dieser Familie isoliert.«

»Aber du hast Niels, ihr seid zu zweit.«

»Der macht mich nicht weniger einsam. Im Gegenteil. Die meisten meiner Sorgen teilt er nicht. Auch nicht meine Erschöpfung. Irgendwann einmal haben wir uns darauf verständigt, eine Familie zu sein, Kinder zu haben. Für ihn bedeutet das aber etwas ganz anderes als für mich. Ich schlafe jeden Abend neben einem Mann ein, der ein anderes Familienleben führt als ich.«

Im Bett dachte Jule lange über das nach, was Isa gesagt hatte. Sie hatte nicht gewusst, dass ihre Freundin so empfand. Die starke, tatkräftige Isa, die stets wusste, was richtig war.

Jule drehte sich von einer Seite auf die andere, fand keinen Schlaf. Einsam sein und allein sein, zwei völlig unterschiedliche Dinge, dachte sie. Und sie war beides. Vielleicht konnte sie sich für den Anfang mit dem Nicht-mehr-allein-Sein begnügen, in der Hoffnung, dass die Einsamkeit irgendwann verschwand? Der Weg dahin kam ihr unendlich lang vor. Doch war sie den ersten Schritt vielleicht schon gegangen?

Es passt einfach nicht

Der Anruf musste irgendwann kommen, das hatte Jule gewusst. Als es dann aber so weit war, fühlte sie sich schlecht vorbereitet.

Es war ein sonniger Vormittag, der nach Frühling roch. Isa und Jule waren gerade dabei, die Küche aufzuräumen, da klingelte Jules Handy.

Sie sah die unbekannte Nummer und wusste sofort, dass es Eva war.

»Gehst du nicht ran?«, fragte Isa.

»Es ist Eva.«

»Na los.«

»Was soll ich ihr sagen?«

»Alles?«

Es klingelte weiter.

»Mach schon, das ist nicht fair.«

Das stimmte. Es war nicht fair. Aber was war schon fair in dieser Geschichte? Jule wischte sich die Hände am Küchenhandtuch ab, hob ab und machte sich auf den Weg nach oben in Lasses Zimmer.

»Ich wollte nur hören, wie es dir geht.« Eva räusperte sich. »Ich will dich zu nichts drängen, nur Hallo sagen.«

»Klar. Hallo.«

»Hallo. Noch mal. Hatten wir ja schon. Entschuldige.«

Stille.

»Ich habe so viele Fragen. Aber ich respektiere natürlich, wenn du Zeit brauchst, um dich an alles zu gewöhnen.«

Gewöhnen, dachte Jule. Würde sie sich jemals daran gewöhnen, dass Eva ihre Mutter war und nicht Anke? Dass Anke sie gestohlen hatte? Sie bezweifelte es. Aber ihr war bewusst, wie schlimm es war, ohne Antworten zu leben. Sie musste mit Eva reden, es ließ sich nicht länger aufschieben, auch sie brauchte diesen nächsten Schritt.

»Frag mich ruhig«, sagte sie.

»Wirklich?«

»Natürlich.«

»Passt es denn jetzt?«

»Ja.«

Eva atmete erleichtert aus. »Das bedeutet mir viel.«

Jule wollte sich Mühe geben und Eva die gleiche Offenheit entgegenbringen, die sie ihr hatte zuteilwerden lassen. Doch dieses zweite Gespräch wurde zu einem holprigen Tanz, der seinen Rhythmus nicht fand. Einiges konnte Jule leicht erzählen: wo sie geboren, wie sie aufgewachsen war. Die kleine Landkarte ihres Lebens. Überhaupt alles, was auf Fakten basierte, funktionierte ohne Probleme. Schwierig wurde es dort, wo das, was Jule wusste, mit dem verschwamm, woran sie sich zu erinnern glaubte. Wie sollte sie Marlenes Verschwinden erklären? *Es gab einmal ein Mädchen in meinem Leben, von dem ich dachte, sie sei meine Schwester, dann war sie weg ...* Wie konnte sie etwas erklären, was sie selbst nicht verstanden hatte? Und wie den Schmerz beschreiben, der ihr Verschwinden begleitete?

Und wie ehrlich durfte Jule werden, ohne Eva zu verletzen? Ihre wenigen Erinnerungen an Rostock waren gute. Warm und hell. Es hatte eine große Schwester in ihrem Leben gegeben, eine Mutter, einen Vater. Jule konnte das Gefühl der Geborgenheit abrufen. Es steckte in ihr. Es musste eine Erfahrung sein. War es möglich, Gefühle zu erfinden? Nein, das, was sie spürte, musste einmal wahr gewesen sein, musste seinen Ursprung in ebendieser Zeit haben, der besten ihres Lebens. Die gleichzeitig die schmerzhafteste Zeit in Evas Leben gewesen war.

Also, wie ehrlich durfte Jule werden?

Und wie ehrlich bei der Schilderung dessen, was nicht gut gewesen war, was gefehlt hatte?

Marlene und Georg, die auf unterschiedliche Weise verschwanden und unaussprechliche Leerstellen hinterließen. Anke, die so traurig wurde, dass sie nicht mehr leben wollte. Jule, die jedes Mal Angst hatte, wenn Anke sie nicht vom Hort abholte, nicht wie verabredet am Zaun stand und auf sie wartete. Wie sie mit pochendem Herzen die Wohnung betreten hatte, niemals wusste, was sie erwarten würde. Wie sie zögerlich die Tür geöffnet und gehorcht hatte. Gute Geräusche waren: Küchengeräusche, Schritte, Stimmen. Schlechte Geräusche: Schluchzen. Und am schlimmsten: Stille.

Wie ehrlich sollte Jule schildern, dass sie sich an Ankes Bett geklammert hatte wie eine Ertrinkende. Wie erklären, dass sie schon im Grundschulalter den Haushalt geführt hatte. Wie sie ihre Mutter beruhigt und getröstet hatte. Wie sie stark sein musste, weil es nicht Ankes Schuld war. Wie die ganze Last der zerbrochenen Familie auf Jules schmalen Kinderschultern gelegen hatte. Wie sollte sie all das erzählen, ohne Anke in einem schlechten Licht stehen zu lassen? Und hatte Eva nicht schon genug gelitten? Musste sie jetzt auch noch erfahren, wie sehr ihre Tochter gelitten hatte?

Und so manövrierte sich Jule beim Erzählen durch ihr Leben, ließ aus und beschönigte, relativierte und verschwieg. Eine miserable Darbietung nach allem, was Eva ihr erzählt hatte.

»Und deine Mutter?«, fragte Eva direkt.

»Anke Hoff.«

»Wie ist sie?«

»Gut.« Jules Kehle war wie zugeschnürt. »Gut.« Mehr nicht. Mehr wäre Verrat.

Wie auch die Begrüßung war die Verabschiedung vorsichtig, abwartend. Ob die andere noch etwas sagen oder hinzufügen wollte? Die Aussicht auf ein nächstes Mal vielleicht? Einen Besuch? Einen Anruf? Ein Treffen?

Doch Jule wollte die Leerstellen nicht füllen. Es war zu früh für ein Treffen, sie hatte das letzte noch nicht überwunden.

Sie legte auf und starrte aus dem Fenster. Die Nachbarn schnitten die Hecken zurück, ihr Hund tollte ausgelassen durch den Garten.

Es passt einfach nicht, dachte Jule. Eva und sie, das gehörte nicht zusammen. Was sie miteinander verbunden hatte, war mit der Nabelschnur durchtrennt worden. Seitdem hatten sie zwei völlig unterschiedliche und voneinander unabhängige Leben geführt. Heute gab es nichts, das sie noch miteinander verband. Die höfliche Distanz zwischen ihnen barg nichts Vertrautes. Es war das vorsichtige Abtasten zweier Fremder, die sich plötzlich arrangieren mussten. Die Mutter, nach der sie sich immer gesehnt hatte, würde sie auch nicht in Eva finden.

Die Erkenntnis tat weh. Doch wo vorher nur stumpfe Hilflosigkeit gewesen war, brachen nun die unterschiedlichsten Gefühle durch:

Enttäuschung über die Distanz zwischen ihnen.

Sehnsucht nach einem ehrlichen Austausch.

Scham, nichts Vertrautes in Eva zu finden, obwohl sie doch ihre leibliche Mutter war.

Ein schlechtes Gewissen, Eva nicht die dankbare Tochter zu sein, die sie verdiente.

Loyalität Anke gegenüber, die sie nicht verraten wollte.

Trauer darüber, mit Anke nie die Gespräche geführt zu haben, die so wichtig gewesen wären.

Alle Gefühle waren zu gleichen Teilen wahr.

All das war auf einmal sie.

All das machte sie lebendig.

Fingerspitzengefühl

Ich legte das Telefon weg und sah aus dem Fenster. In der Ferne entdeckte ich ein Reh auf meinem Feld. Es verharrte ganz still und schaute unschlüssig in meine Richtung.

Das war es also gewesen, das Gespräch mit dir. Du hattest nicht aufgelegt, nicht gesagt, dass ich mich nicht hätte melden dürfen, nein, wir hatten tatsächlich miteinander gesprochen. Ein klein wenig war ich dir nähergekommen.

Zwar hattest du mir nur oberflächlich aus deinem Leben erzählt, eine zehnminütige Abhandlung, so persönlich wie ein Bewerbungsgespräch. Außerdem hattest du angespannt gewirkt. Was auch immer du zurückhalten wolltest, es kostete dich viel Mühe. Trotz allem wertete ich das Gespräch als Erfolg, als eine erste Annäherung.

Meinem Anruf waren unerträgliche Tage des Abwägens vorangegangen. Der Zettel mit deiner Telefonnummer wellte sich bereits an den Rändern, so oft hatte ich ihn zwischen den Fingern gehalten. Ich wollte dich anrufen und dir all die Fragen stellen, die sich seit deinem plötzlichen Verschwinden aufgestaut hatten. Einmal hatte ich schon bis auf die letzte Ziffer deine Nummer gewählt und dann wieder aufgelegt. Noch stärker als mein Wunsch, mit dir zu sprechen, war die Angst, du könntest dich weiter von mir entfernen. Diese Nummer, die ich nicht wählen durfte, war der seidene Faden, an dem unsere Beziehung hing.

Dein Besuch bei mir hatte vieles verändert. Unsere Begegnung hatte sich schnell im Verein herumgesprochen. So viele Frauen riefen mich an und wollten wissen, was genau passiert war, wie es jetzt weitergehen würde. Sie wollten das Happy End hören, nach dem sich alle sehnten. Und jedes Mal, wenn ich von dir erzählte, nährte ich nicht nur meine eigene Enttäuschung, sondern auch die der anderen Frauen. Jahrelang war ich es gewesen, die ihnen Mut zugesprochen, die sie ermahnt hatte, nicht aufzugeben. Und nun? Ich hatte das große Glück gehabt, dass ich mein Kind wiedergefunden hatte. Oder besser: Es hatte mich gefunden. Ein Privileg, nach dem sich alle Eltern im Verein sehnten. Doch du warst heimlich geflüchtet. Wie sollte ich das erklären?

Irgendwann war ich nicht mehr ans Telefon gegangen. Wenn ich mir sicher war, dass es nicht deine Nummer war, ich kannte sie mittlerweile auswendig, ließ ich das Klingeln in der Stille des Hauses verhallen.

Nun war ich froh, dass ich den Anruf bei dir gewagt hatte. Ich wischte mit dem Daumen über das Display des Telefons und stellte es zurück auf die Station. Das Reh stand noch immer bewegungslos auf dem Feld. Ein dürres Tier mit Beinen wie Streichhölzern. Am liebsten hätte ich dir ein Treffen vorgeschlagen, doch es stand noch zu viel zwischen uns. Wie sollten wir uns begegnen, wenn du dich schon am Telefon entzogst?

Ich hatte gedacht, wenn ich dich erst gefunden hätte,

wäre mein Leben wieder intakt. Doch nun verstand ich, dass es noch lange dauern, diese Verletzung vielleicht sogar niemals ganz ausheilen würde.

Das Einzige, was uns helfen konnte, war Zeit.

So simpel, fast beleidigend

»Nowak hier. Ihre Akte ist bereit für die Einsicht.«

Jule fühlte sich, als hätte man sie mit einem Kübel Eiswasser übergossen. Sie war ans Handy gegangen, ohne aufs Display zu sehen, so sicher war sie gewesen, dass es noch einmal Eva war. Eva, die sich einen Ruck gegeben hatte und nun doch ein Treffen vorschlagen wollte. Eva, die genauso fühlte wie Jule, die diese seltsame Distanz zwischen ihnen nicht stehen lassen wollte.

Dass es jetzt ausgerechnet Nowak war, warf Jule aus der Bahn.

»Sie können vorbeikommen. Ich bin noch bis achtzehn Uhr im Büro. Sonst erst wieder übermorgen.«

Sie hatte nicht mehr an ihn gedacht. Die Akte war egal geworden. Sie wusste doch schon alles über ihre Vergangenheit.

»Sind Sie noch dran?«

»Ja.«

»Und, schaffen Sie es noch heute? Andernfalls würde ich Ihnen Kopien der Unterlagen zusenden. Das kann aber ein paar Tage dauern. An Ihrer Stelle würde ich die Akte sofort lesen wollen. Sie enthält zahlreiche Informationen über Ihre Herkunftsfamilie sowie über Ihre Adoptivfamilie.«

»Welche Informationen?«

»Wie gesagt: Bis achtzehn Uhr bin ich noch hier.«

Sie packte ihre Sachen zusammen und ging hinunter zu Isa in die Küche, die das Mittagessen vorbereitete.

»Was ist mit dir?«, fragte Isa. »Du bist ganz blass, wirst du krank?«

»Nowak hat angerufen. Ich muss noch mal nach Rostock. Ich kann meine Akte einsehen.«

»Jetzt? Wie war das Gespräch mit Eva?«

Jule schüttelte den Kopf. »Später.«

»Melde dich, wenn du angekommen bist. Nicht wieder verloren gehen, ja?«

»Brrr«, machte Noah zum Abschied.

Die Fahrt erschien ihr diesmal kürzer. Sie kam gut voran und fühlte sich ausgeruht, wach. Es konnte am Wetter liegen, an diesem strahlenden Blau, das sich prall und zuversichtlich über die Äcker spannte, oder daran, dass ihre Gedanken klarer waren. Warum sagte ihr Nowak nicht einfach, was in dieser Akte stand? Warum ließ er sie nach Rostock kommen? Sie wappnete sich innerlich, diesmal würde sie sich nicht abspeisen oder verunsichern lassen. Schließlich war es ihre Geschichte, ihre Akte.

Es war Nachmittag, als sie vor dem Jugendamt parkte, das Wetter unverändert. Nicht diese helle Milchsuppe, sondern kräftige Strahlen, die jeden Winkel der Stadt gnadenlos ausleuchteten. Sie lief die Steintreppe hoch zu Nowaks Büro, sicher und mit festem Schritt nahm sie die Stufen. Sie erinnerte sich daran, was sie bei ihrem letzten Besuch aus der Akte aufgeschnappt hatte. Von Evas Verurteilung war die Rede gewesen und davon, dass die Behörden sie als Mutter für ungeeignet hielten. Jule wusste, was sie erwartete. Und doch hatte Nowaks Ton sie hellhörig werden lassen. Gab es wirklich Informationen über Anke und Georg?

»Hier bin ich«, begrüßte sie Nowak.

Über den Rand seiner Brille hinweg sah er sie an. »Frau Hoff. Kommen Sie rein.«

Umständlich beugte Nowak sich zum Regal hinter seinem Schreibtisch und zog die Akte heraus. Hellgraue Pappe, wenig Papier. Alles wie gehabt.

»Bitte schön.« Langsam schob er die Unterlagen über den Tisch.

Sie starrte auf den Umschlag. Er sollte gehen, sie allein lassen. Schlimm genug, dass er mehr über ihr Leben wusste als sie selbst. Ihn nun auch noch vor sich zu haben, während sie die Akte las, war geradezu voyeuristisch. Aber er machte keine Anstalten, den Raum zu verlassen. Er hatte sich seinem Bildschirm zugewandt und signalisierte unmissverständlich: mein Büro, meine Regeln.

Also gut. Sie atmete tief ein, schlug die Mappe auf und widmete sich dem ersten Dokument. Sie erkannte es wieder. Ihre Geburtsurkunde.

»Wieso sind hier nur Anke und Georg vermerkt?«, fragte sie. Wenn Nowak schon blieb, konnte er vielleicht helfen.

»Ich würde mal behaupten, diese Urkunde wurde lange nach Ihrer Geburt ausgestellt. Reine Formsache. Offizielle Unterlagen der DDR haben leider in vielen Fällen den Wert von Spielgeld. Die interessanten Infos kommen noch.« Er nickte in Richtung der Mappe.

Sie nahm das zweite Blatt Papier. Es war der Bericht, aus dem sie bei ihrem letzten Besuch Evas Namen gestohlen hatte. Er war überschrieben mit »Zur Vermittlungssache Galinsky«:

Eva Galinsky, am 20.12.1984 verurteilt für drei Jahre und sechs Monate Zuchthaus wegen ungesetzlichem Grenzübertritt zusammen mit dem mutmaßlichen Kindsvater Martin Wittstock sowie Beihilfe zur vorbereiteten rechtswidrigen Nichtrückkehr in die DDR mit ebendiesem, entbindet im Bezirkskrankenhaus Rostock am 23.03.1985 Kind, weiblich, 52 Zentimeter groß, 3.480 Gramm schwer, Kopfumfang 34 Zentimeter. Einlieferung in das Säuglingsheim Rosenberg, nach Absprache mit betreuender Krankenschwester Ewers.

Laut Aussagen des zuständigen Vernehmers ist Eva Galinsky ungeeignet, das Kind im sozialistischen Sinne aufzuziehen. Der Vermittlung an geeignetere Eltern wird stattgegeben.

Gezeichnet, Straatmann, Stempel.

Jule sah aus dem Fenster, wandte ihren Blick zum azurblauen Himmel. Dieses Schreiben hatte ihr Schicksal besiegelt. Dieser läppische Wisch hatte dafür gesorgt, dass sie nicht im Säuglingsheim blieb, bis Eva entlassen wurde. Alles hätte anders kommen können, hätte es diesen Vermerk nicht gegeben.

»Brauchen Sie Hilfe?« Ohne ihre Antwort abzuwarten, fuhr Nowak fort: »Ich verstehe das so: Ihre Mutter, Eva Galinsky, hat versucht, zusammen mit ihrem Partner, vermutlich Ihrem Vater, zu fliehen. Sie wurden geschnappt, und Galinsky wurde inhaftiert. Seltsam ist, dass sie in Rostock geblieben ist. Die August-Bebel-Straße war eigentlich ein Untersuchungshaftgefängnis. Nach ihrem Geständnis brachte man die Frauen normalerweise entweder nach Hoheneck, dem Frauengefängnis in der DDR, oder in ein Arbeitslager. Ihre Mutter ist aber in Rostock geblieben. Vielleicht lag es an der Schwangerschaft. Also hat sie Sie im Bezirkskrankenhaus bekommen, und dann hat man Sie in ein Säuglingsheim gegeben. Rosenberg. Von dort aus sind Sie vom Ehepaar Hoff adoptiert worden. Fraglich, ob Ihre leibliche Mutter dieser Adoption zugestimmt hat.«

Jule erwiderte nichts, legte das Blatt zurück in die Mappe und nahm sich das nächste vor. Nowaks detektivischer Eifer nervte sie. Andererseits war es hilfreich, den Kontext der Informationen zu erfahren.

Das nächste Dokument kannte sie noch nicht, es war wieder eine Art Bericht.

Titel: »Bericht über Familie ▮▮▮▮▮▮▮ und ihre Eignung als Eltern«.

Sie zog das Blatt Papier näher zu sich heran und begann zu lesen. Brach ab, setzte erneut an. Der Text war kryptisch, so gut wie unleserlich. Eine Textschwärzung reihte sich an die nächste.

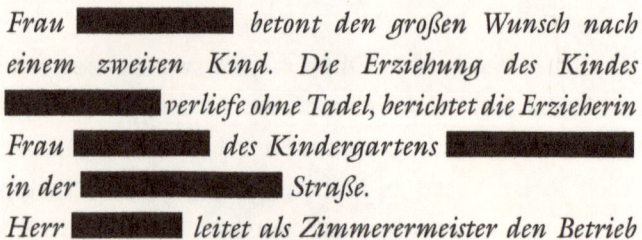

Frau ▮▮▮▮▮▮▮ betont den großen Wunsch nach einem zweiten Kind. Die Erziehung des Kindes ▮▮▮▮▮▮ verliefe ohne Tadel, berichtet die Erzieherin Frau ▮▮▮▮▮ des Kindergartens ▮▮▮▮▮▮▮ in der ▮▮▮▮▮▮▮ Straße.
Herr ▮▮▮▮ leitet als Zimmerermeister den Betrieb

██████████████. Frau ██████████████ ist als Lehrerin
an der ████████████████████ Schule in der ██████████
Straße tätig.
Überprüfung der Wohnstätte ist am 20.03.1985 unange-
kündigt erfolgt. Eine Badewanne und ein separater
Schlafraum sind vorhanden.
Keine weiteren Vermerke.
Einer Vermittlung des Kindes D-215w wird zugestimmt.

Sie nahm vier Fotos aus der Mappe. Das erste zeigte Anke
und Georg, verliebt und jung, vielleicht ihr Hochzeitsfoto.
Es war das erste Mal, dass Jule ihre Eltern so sah.

Dann drei Fotos ihrer Wohnung. Das Badezimmer. Das
Wohnzimmer mit der Schrankwand, wo auch ihre Bilder-
bücher gestanden hatten. Und der Teppich, von dem sie
wusste, wie er sich angefühlt hatte, wenn sie mit Marlene unter dem Sofa gelegen und sie sich eine Höhle gebaut hatten.
Die kleine Glasvase auf dem Couchtisch, die man nicht anfas-
sen durfte, weil sie kaputtgehen könnte. Dieses Foto öffnete
eine Tür zu ihren Erinnerungen, und da waren sie: die Bilder, die Erlebnisse, die Gefühle. Vage zwar, aber unumstößlich – ihr Leben mit Anke, Georg und Marlene in Rostock.

Das nächste Foto zeigte ihr Kinderzimmer noch mit Git-
terbett, in dem eine kleine Plüschkatze saß. Diese Katze
kannte sie. Sie hatte auf sie gewartet. Minka gab es wohl
bereits, bevor klar war, dass sie Ankes und Georgs Tochter
werden sollte. Das Bett stand schon. Die Überprüfungen
waren abgeschlossen. Und dann hatte der Zufall ein Neugeborenes in ein Säuglingsheim gespült, gesund und rosig,
und das Schicksal war besiegelt gewesen.

Jedermanns Kind. Im nächsten Haushalt hätte vielleicht ein Teddybär auf sie gewartet.

Sie schluckte. Mit zittrigen Fingern nahm sie das letzte Blatt aus der Mappe, mehr Notiz als Bericht.

Das Kind ████████████, *geboren am* ████████, *ist am* ████ *zu Tode gekommen. Von den Eltern als Unfall geschildert: Das Kind sei auf dem Weg nach draußen gewesen, um im* ████████ *Lakritzkonfekt im Wert von* ████████ *zu erwerben. Beim Schuhezubinden sei* ████████████ *plötzlich* ████████. *Die sofortige Reanimation durch* ████████████ *blieb erfolglos. Die unverzüglich gerufenen Rettungskräfte konnten nur noch den Tod des Mädchens feststellen.*
Ursache nach Befund der Obduktion: ████████. *Keine Verletzungen intra vitam nachweisbar. Fremdeinwirken unwahrscheinlich. Der Leichnam wurde bestattet auf dem* ████████████.
Überprüfung des Elternhauses geplant für den ████████. *Weitere Observierungen sind angewiesen.*

»Was soll das?«, fuhr Jule Nowak an. »Was steht hier? Sie haben alles Wichtige geschwärzt.«

Nowak hob die Schultern. »Das ist die Regel, die Persönlichkeitsrechte Dritter müssen gewahrt werden.«

»Was soll ich dann mit dieser Akte?«

»Mehr kann ich leider nicht für Sie tun.«

»Gibt es denn keine ungeschwärzte Kopie? Ich muss wissen, was hier steht.« Wütend hämmerte Jule mit dem Zeigefinger auf die geschwärzten Stellen.

»Leider nein.«

»Es geht um meine Familie. Und wenn es Sie beruhigt, zwei davon sind tot, und von meinem Vater habe ich seit siebenundzwanzig Jahren nichts mehr gehört, vielleicht ist er auch tot. Es gibt also keine Persönlichkeiten mehr, die geschützt werden müssten. Ich will wissen, was da steht.«

Nowak verschränkte die Arme vor der Brust. »Diese Informationen haben nicht unmittelbar mit Ihrer Adoption zu tun. Das Gesetz will es so.«

Sie starrte Nowak an. Vorschrift ist Vorschrift, sagte sein Blick, seine ganze Haltung unmissverständlich. Sie kochte vor Wut. Was war das nur für ein System? Wer entschied darüber, welche Informationen relevant waren und welche nicht? Waren nicht per se alle Hinweise, die mit ihrem Leben zu tun hatten, für sie relevant?

Ohne erkennbaren Grund erhob sich Nowak plötzlich: »Ich habe eine Kollegin rufen hören, es klang wie ein Notfall. In fünf Minuten bin ich wieder hier.« Er ging zur Tür: »Es ist ja wirklich ein außerordentlich sonniger Tag heute.« Damit verließ er den Raum.

Erst begriff Jule nicht. Was sollte das? Warum sprach er vom Wetter? Und welcher Notfall? Welche Kollegin? Sie hatten die letzte Viertelstunde zusammen verbracht, ohne einen Anruf, ohne ein Klopfen an der Tür.

Sie nahm sich das letzte Blatt Papier noch einmal vor, ging ganz nah heran, um die Schwärzung zu entziffern. Nichts zu machen. Die Balken bildeten ein undurchsichtiges Muster auf dem Text.

Sie nahm das dünne Papier in die Hände, hob es etwas an, um die Schrift besser lesen zu können. Dabei bemerkte sie, dass die schwarzen Balken ergrauten. Sie verblassten, weil sie die Tischplatte als Hintergrund verloren. Jule hob das Papier noch höher, verstand jetzt, warum Nowak vom Wetter gesprochen hatte, und hielt das Blatt schließlich gegen das eintretende Sonnenlicht.

Es war so simpel, fast beleidigend.

Als Nowak kurz darauf zurückkam, saß Jule zurückgelehnt auf ihrem Stuhl.

»Entschuldigung, das hat etwas länger gedauert. Sind Sie hiermit fertig?«

Sie nickte und hielt mit der einen Hand die andere fest, um das Zittern zu verstecken.

Nowak klappte die Mappe zu und verstaute sie wieder im Regal hinter sich. Als er sich zu ihr umdrehte, notierte er etwas auf einem Zettel und reichte ihn ihr. »Meine Nummer. Wenn Sie noch Fragen haben, rufen Sie an. Und wenn ich Ihnen einen Rat geben darf: Reden Sie mit jemandem darüber, was Sie heute erfahren haben. Das macht es leichter. Gibt es Verwandte oder Freunde, die Ihnen beistehen können? Die etwas über die Zeit wissen und Ihnen Auskunft geben können?«

Jule schüttelte den Kopf. Alle tot.

»Versuchen Sie Ihre leibliche Mutter zu finden, diese Eva Galinsky. Vielleicht hilft es Ihnen, ihre Sicht der Dinge zu erfahren.«

Sie nickte und bedankte sich. Er konnte nicht wissen, dass ihre Fragen nicht um ihre leibliche Familie kreisten, sondern um Anke, Georg, Marlene und das kratertiefe Loch in ihrem Herzen.

Zwanzig Pfennig

Jule stand vor dem Jugendamt, während der Nachmittag noch einmal alles gab. Sie hielt ihr Gesicht in die Sonne und schloss die Augen. Da war es also, das fehlende Puzzlestück. Die Bestätigung von Marlenes Tod machte das Bild komplett. Es erklärte, was den Zerfall der Familie ausgelöst hatte. Einer Familie, die künstlich zusammengesetzt worden war. Vater, Mutter und zwei fremdplatzierte Kinder. Marlenes Tod, der am Faden zog, mit dem sie grobstichig zusammengesetzt worden waren, bis sie sich komplett aufgelöst hatten.

Jule hatte sich nicht mal anstrengen müssen, die Schwärzungen zu entziffern.

Ursache nach Befund der Obduktion: zerebrales Aneurysma.

Hirnblutung. Ein Aneurysma also, das eine Siebenjährige umbrachte, die gerade auf dem Weg zum Kiosk war, um sich und ihrer kleinen Schwester für zwanzig Pfennig Lakritzkonfekt zu kaufen.

Das war alles. Das Geheimnis um Marlenes Verschwinden. Tragisch. Ohne Schuldigen. Ein grausames Verbrechen am Leben. Beim Schuhezubinden umgefallen, tot.

Die neuen Informationen fielen in das Loch in ihrem

Herzen. Marlene war tot. Ihre große Schwester. Als Kind gestorben. Da war die Erklärung. Wenn jemand sie heute fragte, ob sie Geschwister habe, konnte sie sagen: »Ja, eine Schwester. Sie starb mit sieben an einer Hirnblutung.« Es wäre so einfach, und es wäre die Wahrheit.

Langsam ging sie zum Auto zurück. Und um das letzte bisschen Ungewissheit auszuräumen, würde sie zum Friedhof fahren. Jetzt sofort. Sie wollte am Grab ihrer Schwester stehen, um die Vergangenheit mit weiteren Gewissheiten zu füllen.

Sie parkte den Passat zwischen Pfützen und Matsch auf dem angrenzenden Parkplatz. Die Sonne hatte es plötzlich eilig gehabt, hinter den Dächern zu verschwinden. Wie ein tiefes Seufzen war der Abend über die Stadt gekommen.

Gleich hinter dem massiven Gittertor entdeckte Jule die Friedhofsverwaltung, die Fenster zuversichtlich erleuchtet. Sie stieg aus und ging darauf zu. Ein seltsames Gebäude war das: angedeutete Erker, dicke Säulen, ein Türmchen, Fenster wie Schießscharten. Von allem etwas.

Drinnen erwarteten sie Holztäfelungen, PVC und vergilbte Wände, ein überheiztes Büro und ein konturloser Mann um die vierzig vor einem Computer. Kaum sah er Jule, blickte er zur Uhr an der Wand. Der Feierabend war nah.

»Es geht schnell«, versicherte Jule. »Ich suche ein Grab.«

Er nahm die Brille ab und rieb sich die Nasenwurzel. »Ob das schnell geht, werden wir sehen. Wie alt ist das Grab?«

»Achtundzwanzig Jahre.«

»Parzellennummer?«

Jule schüttelte den Kopf.

»Sterbedatum?«

»Der 23. September 1989.« Sie hatte die Informationen, die sich hinter der Schwärzung verborgen hatten, noch genau vor Augen. *Das Kind, Marlene Hoff, geboren am 05.05.1982, ist am 23.09.1989 zu Tode gekommen.*

»In welchem Verhältnis stehen Sie zur Toten?«

»Marlene war meine Schwester.«

Er nickte. Tippte etwas in den Computer. Kniff die Augen zusammen.

Jule fühlte eine neue Ruhe. Marlene war ihre Schwester, sie war gestorben und auf diesem Friedhof begraben. Wenn man die Wahrheit kannte, war es ganz einfach.

»Sie haben Glück«, sagte der Mann. »Die Ruhezeit wurde verlängert.«

»Ruhezeit?«

»Laufzeit. Die Dauergrabpflege wurde ebenfalls verlängert.«

»Was? Von wem?« Es musste sich um eine Verwechslung handeln. Wer sollte Marlenes Grab verlängern wollen?

Bewegung kam in das müde Gesicht des Mannes. Datenschutz, las Jule in seiner Miene.

»Bitte. Es ist wichtig.«

»Ist es immer«, murmelte er.

»Meine Mutter, meine letzte lebende Verwandte, ist vor einem Monat verstorben. Wenn das hilft.«

»Wie ist der Name Ihrer Mutter?«

»Anke Hoff.«

Wieder starrte er auf den Bildschirm. Dann sagte er: »Ja.«

»Was ja?«

»Die Gebühr wurde von ihr entrichtet.«

»Und wann verlängert?«

»Vor acht Jahren um weitere zwanzig Jahre.«

Jule schluckte. Anke hatte Marlenes Grab verlängert. War sie hier gewesen? Wann? Und warum um alles in der Welt hatte sie nie über Marlenes Tod gesprochen, wenn sie doch noch immer um sie getrauert, dieses Grab sogar verlängert hatte? Jule war fassungslos.

Sie ließ sich den Weg zu Marlenes Grab beschreiben und lief los, durch die verschiedenen Abstufungen von Grau, in die die Dämmerung den Friedhof gehüllt hatte – grauer Himmel, grauer Weg, graue Bäume. Ging vorbei an grau poliertem Marmor, grau bemoosten Feldsteinen, hellgrauen Soldatenkreuzen. Entlang dunkelgrauer Buchsbaumhecken, üppiger Blumengestecke auf frischen Gräbern, verdorrter Sträuße in zu großen Vasen.

Dann wurden die Steine kleiner und der Grabschmuck bunter. Kindergräber. Natürlich, Marlene war als Kind gestorben.

Jule sah ausgeblichene Windräder, durchnässte Teddybären, Schutzengel, denen das Scheitern ins Gesicht geschrieben stand. Sie musste an Lasse, Finn und Noah denken, die ständig in Bewegung waren, laut und hitzig. Und an die toten Kinderkörper zwei Meter unter der Erde, kalt und stumm.

Die anderen Kinder hier waren später zu früh gestorben, 1997, 2005, 2015. Marlenes Grab war das älteste: 1989. Ein Grabstein wie ein Denkmal und gerade so anonym, wie es sein konnte, wenn es einen Namen trug. Ein Bodengewächs, ein Strauß weißer Rosen in einer Vase. Ein dunkler Stein, keine Zierde, keine falsche Freude.

Marlene Hoff
Geboren 05.05.1982
Gestorben 23.09.1989

Jule ließ die Ziffern und Buchstaben tief in ihr Bewusst-sein sickern. Dies hier war wahr. Dies hier war echt. Dies hier erklärte und versöhnte. Marlene war gestorben. Marlene war tot. Hirnblutung. Wieder und wieder dachte Jule die neue Wahrheit, damit sie wirklicher wurde und Halt gab.

Es musste eine Beerdigung gegeben haben. Wieso hatte sie keine Erinnerung daran? Wieso war da nichts in ihrem Kopf? Oder war sie nicht dabei gewesen? Sie waren doch eine normale Familie damals. Der Tod eines Kindes konnte nicht verheimlicht werden. Wo war diese Erinnerung? Es musste sie geben. Irgendwo.

Ihr Blick verhakte sich. Stopp. Die Rosen. Nicht verdorrt. Frisch, stolz und elegant, ein bisschen Grün drum herum.

Ihr Herz machte einen Ausfallschritt. Luft fehlte. Sie sah auf die Uhr, musste sich beeilen. Zurück durch die feuchte Stille, durch den Nebel, durch das dunkle Grau.

Der Mann war gerade dabei, seine Jacke anzuziehen.

»Entschuldigung«, sagte sie atemlos. »Ich habe noch eine Frage. Die Grabpflege, was beinhaltet die?«

»Wenn Sie nicht zufrieden sind, müssen Sie sich an die Gärtnerei wenden. Da ist aber niemand mehr um diese Uhrzeit.«

»Darum geht es nicht. Ich muss wissen, was von der Gärtnerei gepflanzt wird. Oder geliefert.«

Der Mann hob die Schultern. »In der Regel Bodendecker, Wechselbepflanzung nach Jahreszeit, Stiefmütterchen im Frühjahr, Begonien im Sommer. So was.«

»Auch Schnittblumen? Sträuße?«

»Nicht dass ich wüsste.«

Als sie wieder vor Marlenes Grab stand, schaltete sie die Taschenlampe ihres Handys an. Von wem waren diese Rosen? Anke war seit Wochen tot, von ihr also nicht. Vielleicht doch von der Gärtnerei? Oder was war damit: Marlene war auch adoptiert. Hatte Eltern, die sie hier gefunden hatten und Blumen brachten. Wer trauerte um Marlene? Wer gedachte ihrer und stellte Blumen auf ihr Grab?

Jule ging in die Hocke und fuhr den Namen auf dem Stein nach. Die Rillen, die Marlene formten. Dieser Nachname, der sie verband. Den ihnen ein Mann gegeben hatte, den sie nicht kannte. Georg Hoff, Vater zweier Töchter, denen er statt seiner Gene seinen Namen vererbt hatte.

Und dann: ein schwacher Impuls erst. Der aber richtig ansetzte. An Zahnräder, die ineinandergriffen. Die eine Maschine in Gang setzten, die lange geruht hatte. Die plötzlich arbeitete, dampfte und walzte. Das tat, wofür sie geschaffen worden war.

Jule eilte zum Passat. Atmete die Scheiben des Autos undurchsichtig. Sah sich selbst dabei zu, wie sie eine Entscheidung hervorbrachte, die erste eigene seit Jahren.

Sie schrieb Isa eine Nachricht:

Melde mich später, muss noch etwas erledigen. Mach dir keine Sorgen.

Phantom

Ich hielt an meinem Entschluss fest: Ich würde mich vorerst nicht bei dir melden. Nicht weil ich mich nicht nach dir sehnte, sondern weil ich dich auf keinen Fall bedrängen wollte. Schon das Telefonat war dir zu viel gewesen, ich durfte nichts überstürzen.

Doch ich blieb nicht untätig.

Du hattest mir diesen Namen dagelassen, *Anke Hoff*, der Name deiner Mutter, der Frau, die dich großgezogen hatte. Wer war sie? Wo lebte sie? Schier manisch kreisten meine Gedanken um diese Frau. Gerade weil du nichts von ihr erzählt hattest – nur ihren Namen kannte ich und wo ihr in Hamburg gewohnt hattet –, wurde ich das Gefühl nicht los, dass irgendetwas nicht stimmte mit dieser Frau. Dass es nicht die harmonische Mutter-Tochter-Beziehung war, vor der ich mich nach deinem plötzlichen Verschwinden gefürchtet hatte.

Du warst unerreichbar, aber sie? Ich könnte sie aufsuchen und ihr all die Fragen stellen, die mir auf der Zunge brannten. Würde sie mir ablehnend gegenübertreten oder verständnisvoll? Ich fragte mich auch, ob sie überhaupt wusste, dass du dich auf die Suche nach mir gemacht hattest.

Aus dem Verein kannte ich einen Fall, in dem die Adoptivmutter bis zuletzt geleugnet hatte, dass ihr Kind nicht ihr leibliches war. Auch als alle Unterlagen das Gegenteil bewiesen, klammerte sich die Frau noch an das Konstrukt ihrer lebenslangen Lüge. Unter Tränen schilderte sie Geburtsschmerzen und Stillprobleme, sodass ich am Ende fast Mitleid mit diesem wahnhaften Verhalten hatte.

Wäre Anke Hoff so eine Frau? Würde sie leugnen, dich adoptiert zu haben, wenn ich vor ihrer Tür auftauchte?

Ich googelte ihren Namen, fand jedoch nichts im Internet über sie. Weil es mich aber nicht losließ, beschloss ich, einen Antrag beim zentralen Melderegister zu stellen. Eine Prozedur, mit der ich durch meine Arbeit im Verein vertraut war.

Dabei fühlte ich mich jedoch, als würde ich dich hintergehen. Wie würdest du reagieren, wenn du von meinen Recherchen erfahren würdest? Andererseits war es eine legale Anfrage, ein legitimer Vorgang und geradezu irritierend einfach: Ich musste mich online beim Einwohnermeldeamt Hamburg registrieren, ein Formular mit Ankes Namen ausfüllen, sechs Euro via PayPal bezahlen und auf »Senden« klicken. Nur Sekunden später erhielt ich das Ergebnis.

Ich hielt den Atem an. Las Ankes Adresse, ihr Geburtsdatum und dann, womit ich überhaupt nicht gerechnet hatte, ihr Todesdatum.

Vor über einem Monat war sie verstorben.

Ich starrte auf den Bildschirm meines Laptops.

Anke Hoff war tot.

Sie war keine sich wahnhaft verhaltende Mutter, keine fürsorgliche. Keine Löwenmutter, keine Mutter, die sich nicht um die Entwicklung zwischen dir und mir scherte. Sie war eine tote Mutter. Und das änderte alles.

Im ersten Moment fühlte ich fast so etwas wie Erleichterung. Meine Kontrahentin war aus dem Spiel, jetzt gab es nur noch dich und mich. Die Zukunft gehörte uns allein. Doch sofort schämte ich mich zutiefst für diesen egoistischen Gedanken. Sie war deine Mutter gewesen, ihr Tod war eine Tragödie, wie jeder Tod einer Mutter. Ihr Verlust musste schmerzhaft für dich gewesen sein.

Und auch ich hatte etwas durch den Tod dieser unbekannten Frau verloren. Ich würde nicht herausfinden, wer die Frau war, die dich großgezogen und geprägt hatte. Anke Hoff würde ein Phantom bleiben.

Mehr noch: ein Geist.

Überraschung

Georg Hoff wohnte nur knapp sechzig Kilometer von Rostock entfernt und erfreute sich der Webseite seiner Zimmerei zufolge bester Gesundheit. Sonnengegerbte Haut, ein breites Lächeln, hellblaue Augen, auch für sein Alter noch erstaunlich dichte Wimpern.

Ihn über das Internet zu finden, war einfach gewesen. So einfach, dass es Jule wütend machte. Es war nicht die hilflose Wut, die sie nach Ankes Tod mit hängenden Schultern und trübem Blick begleitet hatte. Es war eine klare, scharfkantige Wut wie hochprozentiger Alkohol.

Wieso war sie nicht schon früher zu ihm gefahren? Wenn es doch so unkompliziert war, ihn zu finden? Wieso hatte sie es nie in Erwägung gezogen, ihn zu suchen? Vor ein paar Wochen, als er noch ihr Vater gewesen war? Als seine Rolle noch klar umrissen war?

Sie wusste die Antwort. Statt ihn zu fragen: »Warum bist du gegangen?«, hatte sie sich jahrelang gefragt: »Was ist falsch mit mir?« Statt wütend auf ihn zu sein, hatte sie die Schuld bei sich gesucht.

Sie bremste ab, war viel zu schnell für die schmale Landstraße, der sie durch die frühabendliche Dunkelheit folgte.

Wenn sie jetzt unangekündigt auftauchen würde, wie würde er reagieren: sich freuen? Sie abweisen? Sich erklären? Ihre Verwandtschaft leugnen?

Egal. Es ging nicht mehr um ihn. Es ging nicht darum, was hätte sein können.

Es ging um Fakten.

Fakten, auf die sie beharren würde.

Fakten, die endlich Klarheit bringen sollten.

Sie erreichte das Ortsschild, wieder so ein kleines Kaff im Nichts, diesmal nordwestlich von Schwerin. Es war ein Straßendorf, nur eine Handvoll Häuser, ohne Probleme fand Jule ihr Ziel: Zimmerei Georg Hoff, ein imposantes Fachwerkhaus mit angrenzender Werkstatt. Sein Grundstück machte fast ein Viertel des gesamten Dorfs aus.

Jule hielt auf dem gepflasterten Parkplatz neben einem Transporter mit dem Logo der Zimmerei. Sie stieg aus, war gespannt, aber ruhig. Richtete sich auf. Nahm die Schultern zurück, das Kinn nach oben – *wollen wir doch mal sehen.*

Das Haus war modernisiert worden. Es hatte bodentiefe Fenster, ein Dach, dessen Ziegel selbst in der Dunkelheit glänzten. Der Anbau hatte eine große Glasfront zum Hof und war erleuchtet. Jule sah Balken, riesige Sägen und andere Werkzeuge. Und dann ihn. Im Gespräch mit einem jüngeren Mann mitten in seiner Werkstatt. Georg war grauer und kleiner als in ihrer kindlichen Erinnerung. Und älter, alt eigentlich, ein alter Mann. Zumindest im Vergleich zu dem anderen. Vielleicht sein Auszubildender oder sein Geselle, er trug wie Georg Zimmermannskluft. Die beiden schienen sich gut zu verstehen, wirkten vertraut, redeten und lachten.

Sie durchfuhr ein irrsinniges Gefühl. Tatsächlich: Neid. Auf den anderen. Hier stand sie, sah Georg zum ersten

Mal nach siebenundzwanzig Jahren und fühlte sich wie das Kind, das sie gewesen war, als er sie verlassen hatte.

Er sah aus dem Fenster in ihre Richtung. Sie wusste nicht, ob er sie hier draußen im Dunkeln erkennen konnte. Sie rührte sich nicht, ließ ihre stille Anwesenheit wirken. Einen Moment lang verharrten sie so, dann kam er auf den Parkplatz.

»Wollen Sie zu uns?«

Sie näherte sich ihm, und sein Lächeln erstarb, fiel auf den Boden. Sie kam noch einen Schritt näher und trat darauf, zerquetschte es unter ihren Sohlen. Sie war nicht mehr das kleine Mädchen. Sie konnte ihm in die Augen sehen, ohne den Kopf zu heben.

Er sammelte sich, knipste augenblicklich ein neues Lächeln an. »Das glaub ich ja nicht!« Er fasste sie an den Schultern, betrachtete ihr Gesicht auf der Suche nach irgendetwas. »Das ist ja eine Überraschung! Mein Gott. Wie lange ist das her?« Er sah in Richtung des Passats. »Aus Hamburg bist du?« Und als sie immer noch nichts erwiderte: »Möchtest du einen Kaffee? Ich habe einen Kaffeevollautomaten, ein italienisches Modell, die Maschine macht einen Milchschaum, das hast du noch nicht erlebt.« Er ging in Richtung Haustür und zog einen Schlüssel aus der Tasche seiner Zimmermannshose.

Sie blieb stehen. Bewegte sich keinen Zentimeter.

»Willst du nicht reinkommen?« Er merkte, dass etwas nicht stimmte, sah sie fragend an.

»Ihr habt mich adoptiert. Anke und du. Ich habe meine leibliche Mutter kennengelernt. Und Marlene ist gestorben, mit sieben.« Keine Sekunde würde sie länger warten. Seinen Small Talk konnte er sich sparen.

»Was soll das, Juliane?«

»Ich wusste nichts davon! Überhaupt wusste ich so gut wie nichts von unserer Familie.« Es fiel ihr schwer, sich zu beherrschen.

Er hob abwehrend die Hände.

»Anke ist vor fünf Wochen gestorben«, fuhr sie fort. »Ich habe Unterlagen gefunden und mich auf die Suche gemacht. Es war schwer. Es war demütigend und anstrengend.«

»Anke ist tot?« Er sah betroffen aus. »Und sie hat dir nichts von deiner Adoption erzählt?«

»Nein. Niemand hat mir etwas erzählt«, presste sie hervor.

»Mir darfst du keine Vorwürfe machen. Wann hätte ich es dir sagen sollen? Du warst damals noch ein Kind.«

»Und seitdem? Du hättest es mir in den vergangenen siebenundzwanzig Jahren an jedem verdammten Tag sagen können!«

Er schüttelte heftig den Kopf.

»Nein? Nicht? Wieso?«

»Ich wollte euer Leben nicht kaputt machen!«

»Was denn kaputt machen?« Was war denn noch intakt, nachdem Marlene gestorben und du gegangen bist? Wie willst du das beurteilen können? Was weißt du denn von uns, Georg?« Jule war laut geworden. »Hast du kein einziges Mal darüber nachgedacht, dich bei mir zu melden? Kam dir nie in den Sinn, dass ich dich brauchen könnte? Dass ich verdammt einsam war? Dass es Anke schlecht ging, nachdem du verschwunden warst?«

»Natürlich habe ich darüber nachgedacht. Und nicht nur

Anke ging es schlecht. Aber was hätte ich tun sollen? Es war zu spät. Wenn man den Moment einmal verpasst hat, lässt sich das nicht ohne Weiteres nachholen.«

Jule glaubte ihm nicht. Er machte es sich einfach. Es gab Millionen Gründe, das Falsche zu tun. Und es gab nur einen Grund, das Richtige zu tun: Ehrlichkeit.

»Bitte«, sagte er ruhiger. »Komm doch rein, Juliane.«

Häuser statt Menschen

Drinnen erinnerte nichts mehr an die Vergangenheit des Bauernhauses. Es war geschmackvoll und teuer eingerichtet. Die offene Küche grenzte an einen Wohnbereich mit einem Massivholztisch, lederbezogenen Stühlen, einer dunklen Couchlandschaft und einem Flachbildfernseher, so groß wie Jules Kleiderschrank. Der Boden war aus geschliffenem Beton, Fußbodenheizung, kein Staubkorn weit und breit. An den Wänden hingen großformatige Landschaften: Strand, Dschungel, Wüste.

»Die Fotos sind von mir. Ich reise viel«, erklärte Georg. »Nur mit Rucksack und Zelt.« Er holte zwei Tassen aus dem Küchenschrank und stellte sie unter den chromglänzenden Kaffeeautomaten. »Als Ausgleich zur Arbeit. Ich habe hier alles selbst gemacht. Als ich das Haus vor acht Jahren gekauft habe, war es eine Ruine. Das Dach undicht, das Mauerwerk feucht, die Fenster morsch. Eine Katastrophe.« Er lachte. »Ich musste es komplett entkernen, dann habe ich es Stein für Stein wiederaufgebaut. Ich habe den Grundriss geändert, größere Fenster eingesetzt, das Dach erneuert. Es versorgt sich selbst mit Energie und ist smart.« Zum Beweis tippte er auf sein Handy, und die tief hängenden Lampen über dem Esstisch leuchteten auf.

Der Milchkaffee war fertig, die beiden Tassen stellte er auf den Tisch. »Ich habe das schon häufiger gemacht, alte

Häuser gekauft, modernisiert und dann wiederverkauft. Aber dieses hier, von dem konnte ich mich nicht trennen. Es ist eigentlich viel zu groß für mich.« Er zuckte mit den Schultern und setzte sich. »Komm.« Er deutete auf den Stuhl gegenüber.

Jule nippte nur am Kaffee, Georgs Redefluss war versiegt. Sie wartete. Sie hatte nicht vor, ihm dieses Gespräch einfach zu machen. Sah an ihm vorbei zur Spiegelung im Fenster, zu den zwei Gestalten, die sich gegenübersaßen und sich nichts zu sagen hatten.

Die Kaffeemaschine schaltete in den Selbstreinigungsmodus, zischte und blubberte in die Stille hinein.

Schließlich räusperte sich Georg. »Ich wollte dich Julia nennen, Anke war das zu romantisch. Sie wollte etwas Handfestes für dich. Dabei warst du so ein kleines rosa Ding, als du zu uns kamst, winzig. Du warst erst ein paar Tage alt.« Er suchte ihren Blick. »Anke wollte unbedingt ein zweites Kind, das unsere Familie komplett machte. Wir standen schon ein paar Monate auf der Liste, nichts passierte. Wir dachten schon, wir würden kein zweites Baby bekommen. Und dann ging es ganz schnell. Morgens kam der Anruf, zum Mittagessen hatten wir dich schon bei uns.«

Jule sah Minka vor sich, die bei Anke und Georg auf sie gewartet hatte. Dachte an den Anruf des Säuglingsheims, der auch bei der Familie auf dem nächsten Listenplatz hätte landen können. Das Leben, das sie statt diesem hier hätte führen können.

»War Marlene auch adoptiert?«

Er nickte.

»Wer sind ihre Eltern?«

Er hob die Schultern. »Wir waren froh, dass man sie uns überhaupt gegeben hatte. Sie war schon zwei Jahre bei uns, als du kamst.« Er rührte geräuschvoll in seinem Kaffee, pustete, schlürfte den Milchschaum.

»Warum habt ihr adoptiert?«

»Wir konnten keine Kinder bekommen. Haben es lange probiert. Und dann hieß es, wir hätten gute Chancen auf eine Adoption. Anke war Unterstufenlehrerin, ich Zimmerer, Meister im volkseigenen Betrieb. Warte mal.« Er stand auf und verschwand im Flur.

Jule blickte sich um. Abermals dachte sie, dass dieses Haus zu groß, zu perfekt war für einen Mann wie Georg. Dass er sich hier etwas erschaffen hatte, das er nicht ausfüllte.

Er kehrte zurück und hielt ein Foto in der Hand. »Hier, das war kurz nachdem wir uns kennengelernt hatten, bei der Mai-Demonstration.«

Auf dem Bild waren Georg und Anke zu sehen. Er schaute direkt in die Kamera, hatte eine Fahne geschultert, Schwarz-Rot-Gold, Hammer, Zirkel, Ährenkranz. Sie hatte einen Arm um seine Taille gelegt und lachte ihn von schräg unten an. Ein attraktives junges Paar. Georg mit breitem Jungslächeln. Herzensbrecherblick. Die Frauen müssen ihm zu Füßen gelegen haben. Und Anke war die eine gewesen, Stolz blitzte in ihren Augen. Kein Vergleich zu der Frau, die Jule gekannt hatte.

Wären ihr die beiden sympathisch, wenn sie sie heute treffen würde? Anke vielleicht. Georg nicht. Und als Paar auf keinen Fall. Da war etwas in Ankes Blick, ihrer Haltung, das Jule nicht gefiel. Eine starke Frau, die sich für einen Mann krumm machte. Das war es, was sie sah.

Sie legte das Foto weg, mit der Bildseite auf den Tisch. Es erklärte nichts.

Dann hielt Georg ihr ein anderes Foto hin. Es zeigte Marlene und Jule. Marlene noch im Kindergartenalter, sie selbst ein pausbäckiger Säugling, von der großen Schwester unbeholfen umarmt.

»Lange her«, sagte Georg. »Marlenes Tod hat uns damals völlig aus der Bahn geworfen. Sie war erst sieben. Wir machten uns fürchterliche Vorwürfe. Aber woher hätten wir wissen sollen, dass ihre Blutgefäße nicht in Ordnung waren? Anke war danach nicht mehr dieselbe. Natürlich war es schrecklich, aber es muss doch weitergehen. Sie wollte das Haus nicht mehr verlassen, war völlig antriebslos, weinte viel. Die ständigen Kontrollen machten es nicht besser. Die von der Jugendhilfe mussten Marlenes Tod überprüfen, klar. Obduktion und alles. Dazu kamen aber unangekündigte Hausbesuche, Befragungen der Nachbarn.« Als er weitersprach, klangen seine Worte gepresst. »Die wollten wissen, ob wir unsere Kinder schlugen. Die sind sogar in unsere Wohnung eingebrochen. Die waren gut damals, die hätten keine Spuren hinterlassen müssen. Aber die wollten uns wissen lassen, dass sie da waren, dass sie ein Auge auf uns hatten. Das hat Anke den Rest gegeben. Als die Grenze auf war, wollte sie nur noch weg. Für mich war es nicht schwer, ich habe überall Arbeit gefunden. Aber für sie, eine Lehrerin aus der DDR? Sie hatte keine Chance.« Er schüttelte den Kopf.

»Und dann hast du uns einfach verlassen.«

»Es ging nicht mehr.«

»Und später? War es dir egal, was aus ihr geworden ist? Aus mir?«

»Nein! Aber wie hätte das gehen sollen? Nach all den Jahren? Und dann Ankes ständige paranoide Umzüge. Irgendwann wusste ich nicht mal mehr, wo ihr wart.«

Jule erwiderte nichts. Sie hatte keine Fragen mehr, hatte genug gehört. Ihr Vater, dieser hier, war ein selbstverliebter Idiot, der sich anscheinend mehr aus Häusern machte als aus Menschen. Er hatte den unkompliziertesten Weg gewählt, hatte die Dinge passieren lassen, sich aus der Verantwortung gezogen. Er hatte sich einen Dreck um sie gekümmert. Und nie einen Cent Unterhalt gezahlt.

»Ich muss los«, sagte sie und erhob sich. »Eines noch: Ich war heute auf dem Friedhof, bei Marlenes Grab. Sind die Rosen dort von dir?«

»Rosen?« Er war sitzen geblieben und starrte gedankenverloren auf die Tischplatte. »Ich bin nie wieder dort gewesen. Die Beerdigung war schlimm genug.«

Jule sah ihn entgeistert an. *Was bist du nur für ein feiger Hund*, wollte sie ihm an den Kopf werfen. *Besitzt du eigentlich auch nur einen Funken Anstand? Das Kind, das du adoptiert, für das du dich entschieden hast, das du wie deine eigene Tochter behandelt hast, es abends ins Bett gebracht, ihm die Zähne geputzt, ihm vorgelesen und die Welt erklärt hast, liegt keine sechzig Kilometer von hier begraben, und du warst kein einziges Mal auf dem Friedhof?*

Aber sie besann sich. Eigentlich konnte er ihr leidtun.

Sie sammelte sich, konzentrierte sich darauf, was wirklich wichtig war. »Keine Idee, von wem die Blumen sein könnten?«, fragte sie.

»Vielleicht von Elke.«

»Ankes Schwester?«

»Sie ist früher manchmal zum Grab gegangen.«

»Ihr habt Kontakt?«

»Lose. Als ich wieder nach Rostock zurückkehrte, haben wir uns hin und wieder getroffen. In den letzten Jahren seltener. Sie hat Anke auch nicht verstanden. Dass sie den Kontakt abgebrochen, sich nicht mal mehr zu Weihnachten gemeldet hat.«

»Du bist nach Rostock gegangen, nachdem du uns verlassen hast?«, fragte Jule.

»Das hier ist meine Heimat.« Wieder dieses Schulterzucken.

»Welche Verwandten gibt es noch von Ankes Seite?«

»Elke und ihren Mann Götz. Ihre Kinder Dennis und Tina. Ankes und Elkes Eltern sind schon lange tot.«

Jule schluckte. Die Familie, die sie so schmerzhaft vermisst hatte, sie existierte.

»Warum hat Anke das gemacht, den Kontakt abgebrochen?«

»Ich nehme an, sie hatte Angst.«

»Wovor?«

»Dass sie dich ihr wegnehmen.«

»Ihre eigene Familie?«

»Nein. Aber ihre Eltern und Elke wurden auch befragt. Und Anke befürchtete, dass sie was erzählten, was falsch ausgelegt werden könnte. Das Verhältnis zu ihnen war schon lange schlecht, sie vermutete, dass sie sie denunzieren würden. Anke vertraute niemandem mehr. Nach Marlenes Tod schnitt sie alle Verbindungen zur Außenwelt ab. Sie klammerte sich an dich und ließ dich keine Sekunde aus den Augen.«

Georg Worte lösten bei Jule ein Gefühl aus, das sie gut kannte. Das Gefühl, das ihr Leben bestimmt hatte. Anke, die sich an sie klammerte. Sie schützen wollte vor etwas, das Jule nicht sah, nicht verstand.

»Ich muss los«, wiederholte sie und ging zur Tür.

Georg stand auf, schob den Stuhl an den Tisch. Richtete ihn parallel zur Kante aus. Dann folgte er ihr.

»Eine letzte Frage noch: Wusstet ihr, dass meine leibliche Mutter einer Adoption nie zugestimmt hatte?«

»Das lässt sich nach so langer Zeit kaum mehr herausfinden.«

»Doch. Es war eine Zwangsadoption, ein Verbrechen.«

Er schnaubte. »Es war eine legale Adoption, über die Jugendhilfe. Wir mussten unzählige Gespräche und Überprüfungen über uns ergehen lassen, das hatte alles seine Ordnung.«

»Ihr müsst euch doch gefragt haben, woher Marlene und ich kamen?«

Er schüttelte ärgerlich den Kopf. »Man hat nicht gefragt. Wir waren froh, dass sie euch uns überhaupt gegeben haben. Es hieß, viele, die in den Westen gegangen waren, hatten ihre Babys einfach zurückgelassen. Und wir konnten euch doch was bieten. Ein sicheres Umfeld, Zuwendung, Stabilität.«

Stabilität, er meinte das tatsächlich ernst.

Sie drückte die Klinke, es war Zeit zu gehen.

Bevor sie ins Auto stieg, sah Jule sich ihren Vater noch einmal an, prägte sich seine Züge ein, seine Haltung, die Art, wie er die Hand zum Abschied hob.

»Bis bald«, rief er.

Ich glaube nicht, dachte Jule und verankerte das Bild in ihrem Gedächtnis, das sie von Georg in Erinnerung behalten wollte: den wachen Blick, die wettergegerbte Haut, die Lachfalten. Das Bild eines netten Kerls. Eines oberflächlichen Mannes. Eines miserablen Vaters.

Einen kurzen Moment lang stand sie neben dem Passat und sah in den Nachthimmel. Kein Leuchten, kein Glitzern, kein Blinken, nur blauschwarze Weite.

Es war vorbei. Ihre Reise war zu Ende. Sie hatte gefunden, wonach sie gesucht hatte. Sie hatte erfahren, was sie wissen musste.

Es war Zeit, nach Hause zu fahren.

Unvollständig und an den Rändern ausgefranst

Sie folgte der leeren Landstraße zur Autobahn. Hielt an der ersten Tankstelle, führte den Zapfhahn ein, hörte ihn gluckern und rauschen, ging rein, kaufte sich ein Brötchen, einen Schokoriegel und eine Flasche Wasser. Saß wieder im Auto, fuhr los und fühlte sich wie in Watte, wie bruchsicher verpackt.

Ihr Leben lang hatte sie sich unvollständig gefühlt und an den Rändern ausgefranst. Verkehrt zu sein, war das Grundrauschen ihrer Existenz gewesen, ständig hatte sie das Gefühl gehabt, dass etwas fehlte oder irgendwo versehentlich verloren gegangen war. Und nun endlich hatte sie die Puzzleteile gefunden, die das Bild vervollständigten und dem vagen Gefühl eine Heimat gaben. Sie ganz allein hatte sich auf den Weg gemacht und die Antworten gefunden, die sie so dringend brauchte. Ein unbekannter Stolz erfüllte sie.

Das war sie also, ihre Vergangenheit:

Anke, die einmal eine glückliche und selbstständige Frau gewesen war, eine, die ihre Träume nicht dem Zufall überließ. Der alles genommen worden war. Erst ihre Adoptivtochter, dann ihr Zuhause, ihre Ideologie, ihr Beruf, ihr Mann, ihre Familie. Der nur Jule geblieben war und die ständige Sorge, sie zu verlieren.

Georg, der sich aus dem Staub gemacht hatte, als es schwierig wurde. Der feige war und egoistisch. Der Ankes

Traum von einer Familie verraten hatte. Der gut für sich, aber nicht für sie gesorgt hatte. Womöglich sogar glücklich war mit dem Leben, das er sich errichtet hatte.

Marlene, die viel zu früh gestorben war. Die ebenfalls adoptiert war. Die Eltern hatte, die wahrscheinlich nicht wussten, was mit ihr geschehen war. Leibliche Geschwister vielleicht, die jeden Morgen mit dem Gefühl aufwachten, dass irgendetwas in ihrem Leben fehlte.

Eva, die Jule geboren und verloren hatte. Die nicht in ein System passte, das Konformität verlangte. Die man gebrochen und die sich aus eigener Kraft wieder zusammengesetzt hatte. Die ihre Narben nicht zur Schau stellte, aber sie mit Würde trug. Die ihr Leben akzeptiert hatte und das Beste daraus machte.

Martin, der ihr leiblicher Vater war, dessen Gene zur Hälfte in ihr steckten. Der Ostseegrau war. Der Himmel und Nebel war. Der nie etwas anderes sein würde. Der starb, ohne zu wissen, dass sie leben würde.

Dazu ein Staat, der Familien zerriss wie ein Blatt Papier. Der sich anmaßte zusammenzufügen, was nicht zusammengehörte. Der gescheitert war und einen Trümmerhaufen hinterlassen hatte.

Und Jule?

War all das. War die Summe dieser Teile. Und doch nicht. Sie war entstanden aus Anke, die leugnete. Aus Georg, der verschwand. Aus Eva, die verzweifelte. Aber sie war nicht Eva. Nicht Anke oder Georg.

Was war ihre Geschichte?

Sie hatte in der Vergangenheit nichts verstanden und die Fehler ihrer Eltern wiederholt. Hatte zu wenig Fragen gestellt und zu viel akzeptiert. War gegangen, wenn ihr jemand zu nahekam, hatte verlassen, statt sich zu zeigen. War durch zweiunddreißig Jahre getaumelt, darauf bedacht, nicht anzuecken, sich nirgends zu stoßen. Ausweichen, vermeiden, verhindern. Das war sie, das hatte sie bis an diesen Punkt gebracht. Bis zu dieser Stelle, an der sie sich gerade befand, irgendwo zwischen Osten und Westen. Zwischen Vergangenheit und Zukunft.

Nun konnte es weitergehen. Die neuen Erkenntnisse befreiten sie, endlich war da Platz für echte Entscheidungen.

Noch dreiundsechzig Kilometer bis Hamburg.

Der Prolog ihrer Geschichte war geschrieben.

Es war an der Zeit.

Epilog

Jule fährt Fahrrad. Sie tritt kräftig in die Pedale, der Wind lässt ihre Haare fliegen. Sie mag den Gedanken, sich aus eigener Kraft fortzubewegen, in letzter Zeit ist sie häufig mit dem Rad unterwegs. Manchmal auch ohne Ziel, einfach drauflos, und entdeckt Hamburg dabei ganz neu.

Heute hat sie ein Ziel, sie ist unterwegs zu einem kleinen Café in Othmarschen. Sie hat es vorgeschlagen, weil es ruhig genug ist, um reden zu können. Weil es belebt genug ist, um schweigen zu können. Und nah am Elbstrand, falls sie später noch spazieren gehen wollen.

Von ihrer neuen Wohnung aus ist es nicht weit, am Vormittag hat sie die letzten Kisten ausgeräumt, hat Dinge in Möbeln verstaut, hat allem einen Platz gegeben. Es soll mehr als eine Wohnung werden, hat sie sich vorgenommen. Diese sechsundfünfzig Quadratmeter sollen ein beständiges Zuhause werden, von ihr allein geschaffen.

Vor zwei Tagen ist Isa zu Besuch gekommen. Die Abdrücke von Noahs Händen sind noch am Küchenfenster zu sehen.

»Jule, ich bin stolz auf dich«, hat sie gesagt.

Die letzten Meter bis zum Café schiebt sie ihr Rad. Jule sieht sie schon von Weitem, sie sitzt an einem der kleinen Tische unter den Sonnenschirmen, draußen auf dem Gehweg. Sie winkt ihr zu, ihre Blicke treffen sich.

Evas Magen zieht sich zusammen. Da ist sie, ihre Tochter. Es fällt ihr schwer, sich an diesen Gedanken zu gewöhnen. Jule kommt näher, und Eva erkennt Martin in ihren Zügen. Erinnert sich an seine Nase, an die sie so lange nicht gedacht hat. Sieht plötzlich sein Gesicht vor ihrem inneren Auge. In ihrem gemeinsamen Kind lebt er weiter.

Sie wird Jule nichts davon sagen. Eva weiß, dass sie vorsichtig sein muss, dass das, was zwischen ihnen wächst, noch zart ist, ein Sämling, von dem niemand weiß, ob er durchkommen wird. Egal wie viel Licht, egal wie viel Wasser, egal wie viel Dünger. Es gibt Dinge, die kann man nicht beeinflussen.

Jule umarmt sie zur Begrüßung. Am liebsten würde Eva sie an sich drücken, aber sie muss sich beherrschen, muss sich vor Augen führen, wie die letzten Monate für ihre Tochter gewesen sein müssen.

Sie bestellen Eiskaffee, löffeln Sahne und reden über alles Mögliche. Nur nicht über sich. Das Eis schmilzt schnell, sie müssen den Sonnenschirm drehen, damit sie wieder im Schatten sitzen.

Später gehen sie am Elbstrand spazieren. Der weiche Sand unter ihren Füßen gibt nach, sie kommen sich näher. Als sie sich verabschieden, es dämmert bereits, ist da ein neues Gefühl, eine Dankbarkeit gegenüber der anderen Frau, die sich all die Jahre um ihr Mädchen gekümmert hat. Wenn sie noch leben würde, vielleicht würde Eva sie einmal besuchen.

Nachwort

Im Herbst 2017 stieß ich zufällig auf eine Fernsehdokumentation über Zwangsadoptionen in der DDR. Als Mutter zweier Kleinkinder war ich schockiert von dem, was ich sah. Und mich trieb die Frage um, wieso ich noch nie von diesem dunklen Kapitel der jüngsten deutschen Vergangenheit gehört hatte. Ich bin Jahrgang 1985 und in Coburg in Oberfranken, unweit zur thüringischen Grenze, aufgewachsen. Die Schicksale, die ich in der Reportage gesehen hatte, konnten sich also zeitgleich und nur wenige Kilometer von dem Ort abgespielt haben, in dem ich meine Kindheit verbracht hatte. Mein Unwissen erschütterte mich, ich begann zu recherchieren und mich zu hinterfragen. Was wusste ich überhaupt von der DDR? Beschämend wenig.

Je mehr ich von den Machenschaften der Stasi erfuhr, umso beklemmender wurde es. Ich begegnete Lebensgeschichten, die ich mir als Autorin nicht spannender und ergreifender hätte vorstellen können. Eine erste Idee für ein Buch entstand, und ich schrieb einen groben Entwurf der Geschichte, die ich erzählen wollte. Schnell wurde mir jedoch klar, dass ich dieses Buch nicht schreiben konnte, ohne mit denen gesprochen zu haben, die von Zwangsadoptionen betroffen waren. Ich nahm Kontakt auf zum Verein *Hilfe für Opfer von DDR-Zwangsadoptionen*. Schon zwei Tage nach meinem Anruf gab man mir die Telefonnummern von zwei Betroffenen. Einer Mutter, der das Kind weggenommen worden war. Und einer Tochter, die lange Zeit nicht wusste, dass sie adoptiert worden war.

Ich meldete mich bei ihnen und erzählte von meinem Romanprojekt. Die Frauen luden mich nach Berlin ein und berichteten mir in aller Offenheit und mit großem Vertrauen von ihrem Leben. Ihre Geschichten haben mich sehr berührt, und ich kam mit Material für noch zwei weitere Bücher nach Hause.

Doch der Besuch in Berlin verlieh mir nicht – wie erhofft – neue Schaffenskraft. Einen Roman zu schreiben, der sich auf wahre Begebenheiten stützt, kam mir auf einmal moralisch fragwürdig vor. Schließlich bedeutet Romane schreiben immer auch spielen. Es ist ein Ausprobieren, Verwerfen, Überarbeiten. Ein Spiel mit Figuren und Möglichkeiten. Was erzeugt Spannung? Welcher Charakter funktioniert, welcher nicht? Durfte ich mit dem Material, aus dem das Schicksal dieser Menschen geformt war, spielen?

Noch stärker als meine Zweifel war jedoch das Gefühl der Verbundenheit zu den beiden Frauen, die ich kennengelernt hatte. Ich wollte ihre Geschichte nicht unerzählt lassen, und mir wurde klar, dass ich mit einem gut recherchierten, fiktiven Text eine breite Leserschaft erreichen und so dem Thema Aufmerksamkeit und Würdigung verschaffen kann.

Im Lauf von zweieinhalb Jahren habe ich drei sehr unterschiedliche Fassungen dieses Buchs geschrieben. Letztlich war es die Geschichte von Jule, Eva und Anke, die ich ausarbeiten und anhand derer ich zeigen wollte, wie weitreichend die Beschlüsse aus DDR-Zeiten noch immer sind.

Um den Kontext dieser Zeit besser zu verstehen, habe ich neben den Interviews mit Betroffenen mehrere Gespräche mit Historikern geführt, in der Gedenkstätte der Stasi-Untersuchungshaftanstalt in Rostock recherchiert und mich intensiv mit einer Journalistin ausgetauscht, die sich seit Jahren mit DDR-Zwangsadoptionen beschäftigt.

Obwohl ich viele Fakten in den Text verwoben habe, bleiben der Roman und die handelnden Figuren fiktiv. Die Geschichte von Eva, Jule und Anke hat es so nicht gegeben. Zugunsten des Romans habe ich an einigen Stellen sogar bewusst auf Fakten verzichtet.

Keine Fiktion ist jedoch leider die schleppende Aufklärung von DDR-Zwangsadoptionen. Die Aufarbeitung dieser Fälle ist extrem schwierig, nicht zuletzt aufgrund der komplexen Datenschutzlage. Zu Unrecht verhängte Urteile von damals können zwar mittlerweile aufgehoben werden, ehemals Inhaftierte werden rehabilitiert, sie haben ein Anrecht auf Haftentschädigung und Opferrente, doch bis heute wurden bei keiner Rehabilitation die Folgeurteile wie Sorgerechtsentzug und Freigabe zur Adoption für nichtig erklärt – die Eltern wissen nichts über den Verbleib ihrer Kinder. Und so wirken die menschenverachtenden Urteile der DDR auch dreißig Jahre nach deren Untergang weiter.

DDR-Zwangsadoptionen

(Stand: August 2021)

Im Spannungsfeld zwischen Fakten, Fällen und Emotionen

- Betroffenenverbände gehen von mehr als 10.000 politisch motivierten Adoptionen in der DDR aus.
- Bislang konnte die Forschung jedoch nur sieben Fälle präzise aufarbeiten und rekonstruieren.
- Eine vom Ostbeauftragten für die neuen Bundesländer 2017 in Auftrag gegebene Vor- und Machbarkeitsstudie hat hinreichende Erkenntnisse geliefert, dass es weit mehr politisch motivierte Adoptionen in der DDR gab, als bislang in der Forschungsliteratur dokumentiert. Eine auf einem Rechenexempel basierende Plausibilitätsannahme geht von ein bis zwei Zwangsadoptionen pro Jugendamt in der DDR aus. Bei 228 Jugendämtern kommen die Autoren der Studie auf einen Schätzwert von 340 Zwangsadoptionen in der DDR zwischen 1966 und 1990. Klarheit über die Bedeutung und den Umfang soll eine von der Bundesregierung 2021 in Auftrag gegebene Hauptstudie liefern.
- Noch schwieriger ist die Aufarbeitung von Fällen, die sich auf einen mutmaßlich vorgetäuschten Säuglingstod mit anschließender Adoption beziehen. Hier konnte bislang kein einziger Fall lückenlos geklärt werden.
- Fernab der Zahlen müssen Betroffene eine Aufklärung ihrer häufig traumatischen Lebensgeschichte erfahren. Sie finden Begleitung und Unterstützung beim Verein *Hilfe für Opfer von DDR-Zwangsadoptionen*, bei den Beratungsstellen der Union der Opferverbände Kommunistischer Gewaltherrschaft e.V. sowie den zuständigen Adoptionsvermittlungsstellen.

Danksagung

Ich danke dem großartigen Team der Literaturagentur copywrite, allen voran meinen Agentinnen Lisa Volpp und Vanessa Gutenkunst, die mich so engagiert und fürsorglich bei meinem Debüt-Abenteuer begleiten. Dir, liebe Lisa, gilt mein größter Dank dafür, dass du schon fest an das Potenzial dieser Geschichte geglaubt hast, als sie sich noch in einem sehr diffusen Vorstadium befand. Mit deinen wertvollen Anregungen hast du sie so viel besser gemacht.

Von ganzem Herzen danke ich auch meiner Lektorin Lisa Krämer, die ab der ersten Sekunde für diesen Text gebrannt hat, ihn zu Goldmann geholt und sich so unermüdlich für ihn eingesetzt hat. Gleichermaßen danke ich all den anderen tollen »Goldfrauen« und »Goldmännern« von Penguin Random House, die mein Buch mit so viel Enthusiasmus, Fingerspitzengefühl und Erfahrung in die finale Form und schließlich in die Buchläden gebracht haben.

Ein großer Dank geht an Katrin Behr, Esther Finck und Singora-Viola Greiner-Willibald vom Verein *Hilfe für die Opfer von DDR-Zwangsadoptionen*, die mir in aller Offenheit von ihrem bewegten Schicksal berichtet haben und mir als Ansprechpartnerinnen immer zur Seite standen.

Außerdem danke ich Michael Heinz von der Behörde des Bundesbeauftragten für Stasi-Unterlagen, der mir in vielen geduldigen Gesprächen die Verhältnisse in der Stasi-Untersuchungshaftanstalt nähergebracht hat, Christian Sachse von der Union der Opferverbände Kommunistischer Gewaltherrschaft e. V. für die politische Einordnung von DDR-Zwangsadoptionen, Agnès Arp für die Auskunft zum aktuellen Forschungsstand, Karin Rowold für den Einblick in ihre jahrelange Recherche, Alex für die Schilderungen von Rostock zu DDR-Zeiten, Sabine für die bildhaften Informationen über Pfarrerskinder in der DDR, Haike für den akribischen »DDR-Fakten-Check« sowie Michi und Tim für ihre große Freude und Unterstützung in entscheidenden Momenten.

Aufs Allerherzlichste möchte ich mich auch bei meinen Freundinnen und wunderbaren Erstleserinnen Anne, Anna und Ilona bedanken, die die Geschichte mit ihren klugen Anregungen verbessert und mich immer ermutigt haben, weiter daran zu arbeiten.

Ich danke meinen Eltern für ihren unermüdlichen Rückhalt und die Geduld, mit der sie auch die gruseligsten Rohfassungen dieses Textes über sich haben ergehen lassen. Außerdem danke ich ihnen, genauso wie meinen Schwiegereltern, aus ganzem Herzen für die vielen Stunden Kinderbetreuung, ihre Notfalleinsätze zu Erkältungszeiten und nervliche Unterstützung. Ohne euch Großeltern wäre die Arbeit an diesem Roman neben meinem eigentlichen Job und den täglichen Herausforderungen unseres Familienalltags kaum zu stemmen gewesen.

Schließlich möchte ich meinem Mann danken – für Kaffee, 9-Uhr-Käsebrote und grenzenlose Unterstützung. Du hast immer an mich geglaubt, hast mir geholfen, aus meinem Traum einen Plan zu machen, und ganz selbstverständlich Platz dafür in unserem Leben geschaffen. Dafür bin ich dir unendlich dankbar, ohne dich hätte ich dieses Buch niemals schreiben können. Ich habe ein solches Glück mit dir.

Die Autorin

Lisa Quentin ist 1985 geboren, hat Germanistik und Psychologie in Freiburg studiert und danach zehn Jahre lang als Werbetexterin und Online-Redakteurin gearbeitet. Nach einer Ausbildung zum NLP-Coach arbeitet sie nun in der Online-Branche und erforscht das Verhalten von Nutzer*innen. Zusammen mit ihrem Mann und drei Kindern lebt sie in Lübeck. *Ein völlig anderes Leben* ist ihr Debütroman bei Goldmann.